創世紀

✦ 七故事

武陵驛 著

水蜘蛛的
最後一個夏天

謹以此詩及本書獻給Gracie, Nathan and Elaine

《雨夜提筆突圍》

空曠的半夜
只有雨的孤身
敢於落在月黑深處

掙脫了語言的追捕
不拘形狀，綿密的思緒

只有雨的顏色
配得上黑夜的一襲勁裝
不帶長刀，不需火種

神行千里的冰冷之手
為窗前呈上一枝袖箭玫瑰

雨在背景處律動
馬跳溪澗長嘯而過
辨識黑暗裡危險的風

且以剎那間的閃電
點燃正在蒼老的歷歷事物

作者簡介

武陵驛

武陵驛，原名張群，九十年代畢業於上海外貿學院，財務管理課上翻譯外國小說的不務正業學生，做過短暫政府公務員，後在美資企業、外貿公司和日本貿易商社熬煉多年；一九九八年移民澳洲，從事國際貿易和製造近二十年；二〇一〇年定居墨爾本，二〇一三年重返校園攻古希伯來文和古希臘文，獲ACT神學碩士。在教會擔任牧職至今。《傳道書》說，手所當作的，當立即去做。自此發奮，日夜複始，在虛空的電腦前碼字；處心積慮，捕捉耳邊消失的風聲和身前搖動的樹影。曾翻譯出版美國長篇小說和長篇非虛構作品，並陸續寫成中短篇小說，散見於大陸各文學期刊。二〇一九年在澳洲獲詩歌和散文獎項。

不是序的序

歐陽昱博士
澳洲雙語詩人、學者和小說家

我不寫序已經很久了。以前有人找我寫，我基本上都是有求必應。後來沒人找了，我開心很多。寫序是一件痛苦的事。得花很多時間看稿，還不一定寫得好。不知道情況搞清楚沒有，路數摸得對不對，有沒有理解錯了的地方，總之，還得一切都揀好話說，真是痛苦難當。

武陵驛的真名是張群，我跟他在一次我在墨爾本的中英文雙語詩歌朗誦會上認識，差不多快大半年了吧。知道他是我上海對外經貿大學校友，從前做過大生意，後來當了牧師，一直對文學情有獨鍾，翻譯出版過一部長篇小說和一部長篇非小說，還在各處發表過不少短篇小說。

我在替他美言的同時，也在替他擔心。在這樣一個大家都不看書，逐漸進入postliterate society（後文字社會）的世界，從事文學事業真是難得又難辦，而在說英語的澳大利亞，這就更是難上加難了。寫給誰看呢？賣給誰買呢？將來何以為繼呢？

對他來說，這顯然好像並不是問題，因為他不僅已經寫了，而且寫得很多，富有詩意，也很不錯。這部集子中，除了最後那篇，居然完全不像出自一個牧師之手。比如，小說人物的做愛，似乎頗為老道、細節，大概不是一般牧師能夠體會或體驗得到的吧。這篇《拉鍊男女》，寫得撲朔迷離，飛揚跋扈，小說詩歌一起來，連一個性工作者的名字都叫「詩詩」。

他的語言，有一定力度，愛夾雜各地方言，如陝西和上海等地的地方話，寫起來也放得很松，隨便選取一段吧，比如：

輪到前排新來的魚雷同學被叫起來打手心，他回頭看了好朋友來來一眼，來來低著頭，臉一陣紅一陣白。他第二個就記了喻雷同自己講廢話傳紙條。來來想大義滅親，首先滅了自己，其次滅魚雷，不能算太對不起他。魚雷雖是來來剛交的朋友，但他長得太醜，大家都說醜人多作怪，記醜人小過一次算不上什麼。

你還別說，我就喜歡小說裡寫人醜，這麼隨便選的一段，居然就點到了一個穴。

前面提到，他的小說富有詩意，我就閉著眼睛，再次隨便從中提取一段，拾得為詩：

《壓縮》

過去喬賓曾突發奇想
何不把記憶壓縮後
封在一個餅乾盒子裡
隨身攜帶

探索記憶使他迷戀
獨自帶著餅乾盒
登上一條遠洋輪
沒有數碼媒體、電話、電視、網路

見不到什麼人
除了日出日落、潮汐洋流、魚群和星辰
世界離得很遠
過去逼得很近

海上的顆顆塵埃
含著水珠的形狀
像夜空的星辰
一樣透明……

宛如在耳邊，卡塔一聲
鐵盒蓋打開
現在的喬賓

與二十來年前的無數個自我重逢
原來，記憶一直在盒子裡暗暗生長
長滿苔蘚的豐饒
開盒的聲響微小，卻一直跟隨在他身後
追了他那麼多年

這樣的文字，於我而言，是有味道的，有哲理的。張群的語言太張揚了，這是值得發揚的。順便說一下，我似乎更喜歡他在一起聚會講的真實故事。希望看到他下一本弄個非小說故事集來。

當然，7篇小說的7天安排，能很明顯地看出牧師的匠心之獨運，這對我這個異教徒來說，顯然有些不太適應，但那是我的問題，不是他的問題。

我不想過多浪費讀者時間，只想借此不是序的序，祝賀武陵驛以此新書，隆重登上澳華文壇，文學道路越走越寬廣。

失樂園的悲鳴

澳洲華人神學研究中心主任
陳廷忠教授

武陵驛用意識流的手法來說故事，你無法不進入人物的內在思維中，而且不得不朝著這個方向尋找，這樣很配合哲理的思維，但卻不失故事的推動力。他如此做我估計跟他一生坎坷的人生和思考有關：人生本就不是平鋪直敘，一路上滴下來沉痛的回憶，不堪回首但又不得不回首，因為他還是一位在生命中已尋到出路的人，是過來人，想以回首來照亮前路，雖然還是迷糊，但也呈現了一點燈光。

在人性傷痕無法癒合之下，影響了人生境遇中的扭曲抉擇，有時是無奈的、甚至無能，但往往是在看清絕望後的自甘；在坍塌了的倫理中，如何再能建設靈性文化、拓展意義的視野？你會生出傲然抗議的孤寂和恐懼，在失樂園的境界中，你祇有悲鳴和控訴，誰也幫不了你；即便尋到一絲憧憬，也為貪得無厭的猙獰所熄滅。但你做為你，做為仍有血肉的你，在充滿無奈的世界中，你豈能只嘆息默認你訛我詐就完事呢？

處在這樣的世界中，最難消受的就是於事無補的糖衣假藥，如勵志性的流行心理學、甚至躲在宗教中的慰藉；因此，我讚賞武陵驛的勇氣，他雖然是位基督教牧師，卻不願意隨意開方，試圖治理這個扭曲的世界，不願意用抓不到癢處的安慰，而是首先願意暴露傷疤，因為祇有暴露隱藏在黑暗的傷疤，才能有醫治的可能！

我喜歡「水蜘蛛」這個象喻（我想這也是作者以這故事為書名的意思吧）。故事中女孩默默地承受身、心、靈無法癒合的傷，但唯一能讓她眼神出現晶瑩的時候，是偶爾躲起來觀看水蜘蛛。「她說，蜘蛛是這個星球上最神奇的生物，上天、入地，遊獵、撒網，還會用流星錘……水蜘蛛喫飽了，它在水面走路，紅光閃閃，帶著一條看不見的蛛絲，小時候我很傻，我想我是那隻水蜘蛛」。水蜘蛛能「隨時感應水中的波動」，這可是不受環境折磨的生物，這是自由！

女孩嚮往脫離非人化的命運，成為人人的寫照；而她的「顧客」卻產生了極度的孤獨感：「孤獨感，是與生俱來的嗎？他已經到了意識到一個人一旦出生就踏上死亡之途的年紀。意識到人生是呱呱落地的悲劇開始，過了好多年之後，他才能明白，悲劇這所以稱為悲劇，並非因為旅途終點是死亡，而是因為纏繞每一個旅人的都是隱藏的孤獨感」。基督教總稱之為「罪」，而武陵驛極可能借用基督教「上帝六日創造天地，第七日休息」的象喻（七故事）來指出人類的心路旅程的回轉，從罪（孤獨感？）往回歸樂園之路的可能性，以「往尼尼微去」做為旅程的結束，也是新旅程（自由的嚮往／拯救？）的開始……

在這講究凡事都效率至上的時代中，慢讀細嚼漸漸被笑話為落伍，但是這裏的每一篇故事都無法速讀，因為它們淌著緩慢遊行全身的血淚，稍一快速，就錯過了生命。這裏的人物都不是什麼善男信女，他們在跌宕起伏的樂園以東，走走停停，愁腸回蕩，尋到的都是離開理想太遙遠的結果，可又能體會這些人物在任何一段時間上，雖然沉溺滑跌其中，卻不失去瞭望樂園的七天回轉，有方向、有寬恕、有陽光、有愛。這就是試圖「往尼尼微去」的意義：在無法循著人造的慣常思維和道義的路上，尋求由上面來的靈感和力量。

張群，辛苦了，老師為你驚艷！

導讀——澳華文學飛出一隻極樂鳥

汪應果教授
原南京大學中文系文化經濟研究所所長

武陵驛與我有一段文緣，我倆真正是通過文章交友。發生在半年前，我收到一個陌生微信，他讚賞我寫的一篇有關紀念「新文化運動」一百周年的文章。這篇文章最先發表在澳洲《同路人》雜誌上，同時發佈在澳華文學網上，產生了一定的影響，又被北美洲大型華文文學刊物《紅杉林》稍加壓縮發表。武陵驛決心找到我這個人。

他的中文姓名叫張群，上海人，一名聖公會牧師，他向我索要全文，發送到他教會小組，「讓人人都有機會讀一讀」。就這樣我倆見面了，認識了。他具有相當豐富的閱歷，既當過公務員，又在美資企業、外貿公司、日本貿易商社熬煉多年，移民澳洲，從事國際貿易和製造曆二十年，可以說是一個商業多面手。他受過多方面正規系統的高等教育，九十年代畢業於上海外貿學院，赴墨爾本神學院和Ridley神學院攻讀古希伯來文和希臘文，取得了碩士學位，成為能夠閱讀原文《聖經》的華人牧師。他也是一位頗有見地的業餘神學家，講經佈道成為他日常的工作。他足跡遍佈世界各地，已然成了一位旅行家。在他向我講述的各地旅行遊歷中，最令我神往的是他在南太平洋島嶼的經歷，食人族部落的驚悚離奇傳聞，世界上僅有的神鳥怪獸，伸手即可食得長在樹上的「麵包」……富有傳奇色彩的經歷為他業餘寫作提供了大量素材，他提起筆，在這兩年的時間裡，寫下了不少作品，並在國內文學刊物發表部分篇章，於是，他又成為國內外文壇上小荷初露的作家。在和他幾次神聊暢談中，我腦子裡突然冒出了一個意象——他寫的作品一定會像一隻來自太平洋島國的五彩斑斕的極樂鳥。

果然，我的預想完全正確。當我打開他這本處女作的封面時，撲面而來的就是極樂鳥的羽毛髮出令人炫目的多彩色調。這本集子收七篇小說，篇數雖不多，題材卻很廣，內容均來自于作者所言「身邊人的故事」，實際上幾乎涵蓋了作者人生各個階段的生命體驗：有寫民國少年在日治時期上海法租界的少年成長《開香堂》，有寫跨國貿易活動《拉鍊男女》，有寫上世紀九十年代經濟高速增長時期《如果黑洞不存在》《水蜘蛛的最後一個夏天》，有寫他移民澳洲後接觸到的商界、學界的兩棲生活《黃金海岸的巫女》，有寫澳洲第一代華人新移民在中西方文化衝撞中的失敗婚姻，還有取材於《聖經》的宗教寓言故事。筆觸所及，上至政府官員，下至知識份子、商賈妓女、同性戀者、異裝癖者、市井小民……各色人等，可謂光怪陸離，生活情境，可謂五光十色。

小說的創作方法，作者也多所嘗試，有偏重現實主義的非虛構寫實，也有現代主義、後現代主義的表現手法，還運用了一些元小說的寫作方式。然而，在這異彩紛呈的題材、多樣化的手法呈現的後面，我更想指出的是，這本小說集為我們世界華人文學提供了一些前所未有的新東西，做出了一些新審美發現。

在我看來，下列幾點理應引起讀者及評論者的注意：

一、作者的視角始終與通常的中國大陸文學、港澳臺文學或一些海外華人移民文學不同，他的興趣點喜歡落在華族與異族、黑道與白道、俗界與神界交匯處的混沌區內，因而造成他作品人物性格的複雜性、多面性，小說主旨的多義性，以及敘事的顛覆性。舉個例子，《開香堂》故事是發生在上世紀三十年代的上海法租界，這裡日本憲兵、法國員警、黑道大佬、偽警察局高官、地下抗日者混雜一處，抗日者「三樓阿哥」和綽號「魚雷」的中學生藉著汪偽員警高官父親身分掩護以及黑道老大或明或暗的保護從事鬥爭。

這種敘事顯然跟大陸體制內文學一貫的國共日偽四角關係截然不同。同樣，另一個主要人物來來的爸爸，作為一個生意人，他的工廠既拒絕投靠日本人，但實際上卻在為日本人的戰爭服務；來來既是同情支持抗日地下活動的小開，又在不自覺中成了關鍵的告密者。凡此種種，人物思想與行為的倒置，造成人物性格和命運的多元衝突。出現這種複雜矛盾，當然和那個特定的混沌環境緊密相關。作者的確是展示了一段特殊現實下特殊的人物關係。反映商務活動時，作者也同樣著眼在大陸國企、日本企業、澳洲及港澳臺私企之間的混沌區，同樣具有上述多元衝突的特點，從而給讀者帶來新視角，新鮮題材，多元衝突的敘事，乾淨而富有衝擊力的語言，含蓄的悲劇審美感受。

二、商務題材的四篇小說，無疑是這本集子的重心所在，《拉鍊男女》、《如果黑洞不存在》、《黃金海岸的巫女》、《水蜘蛛的最後一個夏天》，作者通過這四篇，揭示了一個重大而深刻的主題，在經濟超級繁榮表像下的「個性的毀滅」！我想把這個概念定義為：一些優秀個性由於社會壓力過重超過其個性自身抗力時，造成完整人格的扭曲或毀滅。這個主題是藉助一系列的女性形象來完成的。像《拉鍊男女》中的辛西婭，《如果黑洞不存在》中的孟喆，《黃金海岸的巫女》中的Amy，《水蜘蛛的最後一個夏天》中的小珠，集中表現在優秀女性的身上，或稱之為「女性毀滅」。

辛西婭是一名職場佳麗，她在國企、日本商社以及私企間長袖善舞，攪得風生水起，但她機關算盡，還是玩不過那個關係極其複雜的男人世界，後來也只能上了日本商人高木的床，甚至，最終還可能丟失性命（作者故意在此含而不露）；孟喆是一位台資企業的普通女職員，仰賴豐富的天體物理學知識，自稱來自黑洞。為了反抗日企商人的鹹豬手，她竟然在招待日企商務首領的卡拉OK上唱起《大刀進行曲》，結果丟掉了飯碗，以後，她只能運用各種關係做起了「生意」，觸犯法律，差點遭到美國政府的起訴。她不停掙紮，最後，還是不得不成為日企小田部長的續弦。她的人生經歷像是來自黑洞，最終，又被黑洞吸入，具有強烈的反諷意味。

Amy則是一名帶有神祕色彩功夫頗深的禪修女子，她的金剛獅子吼奇怪發聲，令人頭疼欲裂，被人稱為巫女。由於二十年前的那場猛烈颱風種下的因，開出了在澳洲神水銷售會上與馬藝的愛情之花，遲來二十年的愛情是苦澀的，終無結果，雖然她為醫治馬藝致吐血。

這些優秀女性「個性的扭曲毀滅」說明，在一個沒有健全全民福利保障體系的強國，在一個以男性為主宰的世界商業叢林，即使是優秀的女性，處境也總是岌岌可危的。「女性扭曲毀滅」主題最沉重的樂章在《水蜘蛛的最後一個夏天》，也是全書的「文眼」所在，全書以它的篇名作為書名，體現出作者之用心。小珠可以說是國家把全民資產轉化到「我們的」「可靠」

「孩子」接班人手中，成為他們私有財產之後，又在「悶聲大發財」號召下，畸形經濟繁榮形成貧富分化而製造出來的一枚惡果。她出身貧窮，但勤勞優秀，學生時期是好學生。她很努力，她曾有夢，也像所有懵懂少女一樣有美好愛情追求，然而，她身居社會底層，她的夢只能是虛幻的。她初中還沒畢業就必須輟學打工賺錢；她找到的男友只能同屬底層，男友把她賣給了南方的娛樂城，從此她變成了「小姐」，出賣皮肉。作者把她的墮落始終跟她的童稚放在一起描寫，她既像一隻「追逐春風的小羊」，對自然保持著持久的探索興趣，又常常在馬老闆和嫖客的淫掌下東躲西藏，瑟瑟發抖，最後，她失蹤了，人們傳說馬家別墅出現了女鬼，水庫裡發現一具「乳房和下陰都被剜除」的女屍……小珠，沒有姓名，她來沒來過這個世界？無人知曉。她比那尚能留下替身門檻的祥林嫂還淒涼萬分，細思默想，令筆者淚盈眼眶。

小說揭示了一個殘酷到齒冷的現實世界：在權貴對全民掠奪性榨取的經濟模式之下，億萬普通勞動者及其子女手中毫無資源，他們實際上是連做夢的資格都沒有，他們即使付出再大的努力，也只能淪為權貴餐桌上的人血饅頭。水蜘蛛就是像小珠、杜鵑、詩詩那眾多的走在娛樂城樓梯上的底層女性的代表，是中國億萬草民命運和生存處境的象徵：她們之所以能行走在水面上，僅僅是因為她們所依靠那一點點微弱的水面張力，實際上，足下是水的深淵。

三、這是一位元元神職人員的作品，一部帶有神學啟示錄意味的小說集。這在上世紀二、三十年代描寫中國的文學中並不少見，著名的諾貝爾文學獎得主賽珍珠就是傳教士的女兒。然而在本世紀，孤陋寡聞的我還是首次見到一位元元牧師的作品。

前文我曾提及，本書作者把眼光投在「俗界——神界」的混沌區，具體說就是放在最後一篇《往尼尼微去》裡主人公身上。我必須指出，整部小說集都是「往尼尼微去」，向著一個大城覆滅的大災難而去。

這篇取自《聖經》故事，講的是上帝降災。耶和華指認約拿當先知，派他到亞述的尼尼微去，向那裡的人民宣告耶和華的意志——由於亞述人的殘暴，上帝將降罪亞述國人，並摧毀尼尼微城。約拿害怕亞述人的殘暴，沒有去尼尼微，違背了上帝的旨意，於是上帝懲罰了約拿，讓約拿所乘坐的船在海上遇險。此時約拿有所悔悟，要求船員把他扔向大海以救船員。約拿掉進大海後被大魚吞食在肚裡三天三夜，又被大魚吐到了尼尼微的岸上。約拿改正了錯誤，承擔先知的義務，向尼尼微人宣佈上帝懲罰的決定。但是，殘暴無情的亞述人在神諭下集體懺悔了，舉國上下真心誠意痛改前非，於是，上帝收回了懲罰亞述人的成命。這麼一來，約拿尷尬了，他陷入悖論之中：一方面他是先知，必須向亞述人宣佈上帝懲罰的決定；另一方面，懲罰已經被上帝收回，約拿做為先知的信用也就破產，他在世人面前就是個騙子。如果尼尼微城不毀滅，也證明上帝言而無信，也是個騙子。這都是約拿不願意見到的。

作為《聖經》裡一個十分有名的故事，寓意複雜，極其多義。後代聖經學者的研究解釋繁複多樣，作者把比較晦澀的寓言小說放在最後，是想說明什麼？我借此機會，以這篇宗教小說為重點，試著給讀者做一番解讀探索。

整部小說集的走向無疑是「往尼尼微去」。首先要承認，邏輯中的悖論也是上帝意志（宇宙意志）的體現，它存在著，也是合理的。其次，上帝把愛人放在第一位，為此祂可以違背自己的承諾，做出前後矛盾的決定。祂可以寬恕所有的人包括做了壞事的人，但前提是，不義之人必須有真誠的懺悔。約拿開始時拒絕上帝，不去尼尼微，因而受到懲罰，但是，當他看到船員生命受到威脅時，他勇敢要求船員把他拋入大海以救船難，上帝原諒了他，讓大魚把他送上岸；同樣，亞述人作惡多端殘忍暴虐，上帝要毀滅他們，而他們一旦真正懺悔，上帝又立刻收回成命。

約拿作為先知的使命，傳達上帝懲罰意志，不管敵國人民是如何地罵他、打他、不相信他，他一律不顧不理不辯解不反駁，他只是堅定地按上帝的原話說，這裡已顯露出作者寫作的第一個意圖。

我認為這是一篇寫法獨特關於大城覆滅的雙主題小說，此番新型肺炎瘟疫爆發，似乎驗證了這篇災難小說的先見。在聖經神話基礎上，作者做了顛覆原型神話的虛構，從而給小說增加了現實性，顯示了作品的雙重主題。作者有意採用「去神話」寫法，增加了一個關鍵人物巴比倫女人。通篇小說唯一的神跡，就是約拿被大魚吞進肚裡三天三夜，又被吐回到尼尼微岸上（其實這也是可以作科學硬解釋）。巴比倫女人是一個個處於混沌帶的人物，她起初全然像是上帝派來給約拿傳達神諭。約拿之所以拒絕去尼尼微，除了恐懼之外，更深層的原因是約拿不願意上帝饒恕他的敵人亞述國，不希望給亞述國人有悔改的機會。後來，約拿發現巴比倫女人居然是一個廟妓，最後，發現還很可能是個瘋子，這裡出現了一個嚴重問題：神諭是不是假的？約拿陷入對上帝的嚴重懷疑之中。

信仰危機導致他一場大病，當他病好，意外地看到枯萎的蓖麻上長出了一片新芽，約拿頓悟：上帝的憐憫和恩惠普及萬物，並不因為他是約拿而有所優待，這看起來並不公平，但卻有更廣闊的公義。約拿在小說的結尾終於得到了心靈溫馨和喜悅，他意識到自己經歷九死一生去尼尼微，不是為了一己私利，也不是為了自己（猶太）人利益，而純粹為了解救敵國。排除一己私念，為棄惡行善深入敵巢的善行就是聖潔，聖潔必然產生喜樂。人生在世，最難得就是喜樂。約拿不是一個聖人，而是一個聖潔的人，他做了聖潔的舉動。這篇小說結尾產生兩重寓意：一是全民「懺悔」，一是自我「聖潔」。

現在，我們把作者編排思路再理一下，小說集共收七篇，構成一個模擬上帝創造的小世界，按創世天數分作七天，每天一篇，「由俗到聖」，由開始的黑道人物、日本兵大雜燴，到中間的商賈、妓女雲集，直到最後體現上帝意志。由俗到聖的途中，標誌性人物就是約拿。他既是上帝的使者，入聖；又是凡人，入俗。這篇文章中的約拿，或許就是作者的自況。

作者把寓言體小說放在最後，莫非是想說明，作為全書的總結，控訴眾多優秀女性的毀滅，控訴像小珠一樣成群被侮辱被損害的「小姐」們的悲慘命運，全社會對她們負有原罪。作者借尼尼微即將毀滅又被救贖的寓言，提出了一個全民「懺悔」的觀念。出自基督教教義，這個觀念對國人來說比較陌生，也很難相信，雖然前有德國勃蘭特在波蘭猶太人遇難紀念碑前的「驚世一跪」，後有中國巴金老人為「文革」做出感動國人落淚的「與民族共懺悔」，但我們卻缺少施罪者與國人的全體懺悔，我們犯下的罪和惡，並沒有得到上帝的赦免和後代子孫的原諒。為了百年來惡政造成中國人近億人的非正常死亡，為了千千萬萬低層百姓所遭受的無盡苦難，作者在呼喚：中國人，懺悔吧！若你們拒絕，我不會跟你們爭辯解釋辯論，我不理你們，但上帝要我告訴你們的話，我必須說：「你們將因罪遭到滅頂之災！」我想，這就是這篇宗教小說振聾發聵的地方。

第二主題強烈暗示讀者，構成這篇作品推動力的神諭可能是假的。全民災難終將過去，然而於個人而言，約拿經這番磨煉，也得到了心靈淨化昇華，走向聖潔。作者目的莫非又是在說明：大災難並不可怕，信仰也不依靠神跡，不依賴人做什麼事，而是服務於他人的利益，使自己成為「聖潔」，最好的回報就是喜樂，發自心底的喜樂。作為牧師的作者，把基督教信仰做了一番新闡釋。他莫非在指出，信仰是人們與宇宙意志（上帝）在極高層面上的靈魂交流，並由此領悟宇宙與人生的真諦，獲得心靈淨化的至高喜悅，而這似乎也跟全世界的嚴肅宗教信仰鼻息相通。

「懺悔」與「聖潔」是這篇災難小說一體兩面的雙主題：「懺悔」是認罪並真心改過，「聖潔」是涅槃再生。一個偉大民族若想重新崛起，也必須經歷這兩次全民的心靈洗禮，我想，這就是作者通過大難臨頭的尼尼微想對讀者說的話。

整部小說集的走向都是引導讀者「往大難臨頭的尼尼微去」。約拿是苦澀難懂的人物，但每一個讀者都可能是一個約拿。小說如同極樂鳥的羽毛，極其美麗多彩，但鳴聲並不如婉轉柳鶯，相反，在疫情肆虐時期，啼叫之聲極其粗糲、這是話糙理不糙的粗糲，它很可能「話不中聽」，然而，它那繽紛的色澤卻可讓人們充分領略作品的文學美，思想美，神學哲學之美。

2019年12月31日—2020年1月9日

目次

禮拜一

拉鍊男女

看這X齒
與Y齒的邂逅
註定在一起的異類
即使金屬高冷的絞纏
即使互相廝磨噬咬不分彼此
即使齒牙老去打滑脫落
還是你唯一可依賴
一種咬合關係
隨時分開

1 拉鍊壞了

從四季變化的速率看，城市的進化似乎總是比人快；地鐵車門吐出來的乘客宛如來得過早的細雨，紛紛揚揚的水滴，轉眼間不見了；上一刻，身邊還是立體的聲浪圍逼，下一分鐘，安靜卻凝固成絕對而超然的存在。地鐵站簡單而粗大的樑柱，與天花構成了一個私密空間，讓秋天躲在這裡，乾燥一下身子。

跟著一個倒端著雨傘衝鋒的老太太擠下車，我差點被傘尖命中大腿；晃了一晃才站穩，腳步開始猶豫。身後，響起一個人打呵欠的長音，凸顯出這座遠東大城高峰時段的浮華與虛無。

聲音越到了我前面。

北器公司最有上進心的這個青年一肩高一肩低，沿著月臺往前行，走得不快但堅決，好像去隧道深處某個神祕所在上班。月臺變作了一條船，隨著他雙腳移動的能量搖盪起來。

沒想到夜間缺覺的後果很嚴重，這麼快顯現在月臺上。我一串健步趕上去，及時拉住了李希。

我的朋友李希從小膽子大，愛做出格的，但格局不小，為人仗義。記得在西安時，他們一個大院的孩子勾肩搭背，放學後去食品店偷蘋果，下手最快偷得最多的那個是李希，後來事發，被老師找去談話，就他一個人寫了檢討書，包攬了所有的罪。

他揉著睡眼……剛才在月臺上，過去的一分鐘，感覺慢極了，好像世界，所有一切都消失了，這裡什麼都不存在。只有從黑漆漆的隧道深處露出一點點光暈，扔出來的一支火把，風太大，扔不到，半途熄滅了。那個黑乎乎的洞裡面，有什麼東西，讓我，怎麼說呢，心裡有一點點溫暖，一點點奇怪，還有害怕……

前頭有什麼呢，什麼也沒有，除了地鐵車廂不知死活向黑暗紮進去。

到了北器公司所在的辦公樓，走到電梯口，我忍不住笑話他老是倒楣忘記拉褲鏈：上次出去，忘了關男廁所的前門……

李希與我無話不談。但一旦遇到拉鍊這兩個字，他老是緊張地盯著我，保守祕密，兄弟。祕密，當然，我不能說也不會說；拉鍊，則是一個公開的實際問題，必須立刻解決。一語成讖。意外常常帶不來驚喜。這次他不是忘了拉，偏巧，就在公司門口拉不上了；偏巧，抬頭又遇見了公司的俞副總；偏巧，在李希絕不能丟醜的當口，拉鍊壞了。

公司俞副總把守著電梯口，似乎想扮演一個拯救地球的超人，把飛一樣行走的李希截了下來，拉到角落裡私語，兩個人竊竊的樣子異常親密。

隨後，老俞手抄在褲袋，搖搖擺擺走了，背影顯出地球有救的盼望。

但是，李希這邊發生了狀況，不光是褲門狀況，還有那張日本訂單。老俞點將，要李希接待日本客戶高木，高木帶來一張服裝訂單，訂單總數量其實不大，老俞不知為何盯上了年輕的李希，每次撞見都要給他敲木魚，說是年底出口創匯指標還差那麼一截，高木的訂單恰好填空。李希做汽車配件與五金件出口，從來沒有碰過服裝成衣，也沒有日本市場管道經驗，叫他接單就是把月球摘下來當高爾夫打。李希可以推脫。可假如他不接單的話，那麼楊民一定接；在不是人人都有球打的當口，李希可不想給楊民這個便宜。楊民是從泰國公司調回來，小矮子戴著副超大眼鏡，成天提著個大公事包，裡面裝的不知道是樣品還是《曾文正公全集》，不是跟在領導屁股開會，就是往制衣打版車間的姑娘堆裡鑽，他是俞副總眼前不折不扣的紅人，傳說他還是老俞的什麼遠親。

在男廁所裡，李希低頭看著牛仔褲褲襠，牙縫裡吸著冷氣，拉鍊兩排齒怎麼都對不上。完貨！

當初李希離開西安，是以出國留學為理由，在上海的阿姨家亭子間裡好死賴活寄居一年多，結果，沒有出得國去，只能進入北器上海公司，一多半也是為了搬進市中心的公司宿舍棲身。他從西安來滬落下一個小毛病，一急就用西安話罵人，罵得還有上海話腔調。因為小學四年級前他也是在上海親戚家寄居，後來他偷偷爬上火車跑回西安，說上海親戚瞧不起他們家。可大學畢業，他又默默一個人返回上海，那回他說就算上海親戚瞧不起他家，自己絕不能瞧不起自己。

我從他公事包裡的文件上卸下一枚別針，給他褲子前門別上，別針兩端都藏在門襟裡，看了看，活還行。

他在鏡前，照了又照。

他常說我就是他的影子，藏在他背後的一個影子。我與李希好到比孿生兄弟更相像。相像到連我也不禁要自問：是不是我在乎李希超過了他在乎我？李希為人有那麼多毛病，也許，我們之間關係的本質，如同世間諸多平凡的友誼，就是左手幫右手的老習慣那樣簡單，也許，我的毛病就是我老是縱容他的毛病。

拉鍊壞了類似的糗事發生過好幾次。李希偏愛從海甯路淘便宜貨，有一次，還買了一套印著草聖張旭墨寶的內褲，穿了一星期，才發現原來後面是破的。不管他有多麼特立獨行，不管遇上什麼倒楣小情況，他總是意志執著，化險為夷，在這顆星球的殘酷生存中找到一個安全地帶。

李希不惜漂在大上海的地下和半空中，但他像所有地球人一樣還得掙錢吃飯住房談戀愛惹禍。男人惹禍，跑不了褲襠問題。他惹禍離褲襠不遠，在拉鍊那裡。不過，不是他褲子上的那條拉鍊，他知道，我知道，但我不會說，我是守口如瓶之人。在思想上，我與他穿同一條褲子；在行動上，我是他最得力的兄弟。

拉鍊，不僅是一種行之有效的服裝輔料，還是一家奇怪的重慶酒店的名字，它好像一座無言深沉的橋樑，黝黑的人字形橋身，架在月球背面，把我們哥倆內心濕漉漉的黑暗連在一起。

2 拉鍊之詩

戰鬥前的焦慮寫在他掛著眼屎的臉上。

李希今天起得更早，如同一個武士磨好刀帶上弓箭，在樹林裡找馬，才發現戰鬥早就打響，沒人在意他上不上。他帶著一嘴牙膏白沫，還忘不了埋怨，怪鬧鐘沒叫喚，他說，真不習慣，一個沒有女朋友叫床的早晨……

催他早起的人的是我：叫什麼床，叫你起床！

他與我昨晚喝酒喝得high，今早起床哪怕坐著，都有一種射得過頻產生的空乏。樓下煎油條、豆漿和香醋的氣味沒有勾起他食欲，那些不夠能量對付這個早晨的戰鬥。李希一邊洗漱一邊穿衣說，與理想分手，這次是真的。

理想是他的女友，不，是前女友。李希在昨晚上作的更正：截止到昨天晚上，理想才正式降格為前女友。在按下抽水馬桶閥門之前，李希心一軟，放下剪刀，留下了一張理想的裸照，夾在外貿英語函電教材裡面。他喜歡把女友稱之為理想，因為只有理想才最豐滿最徹底：理想全身赤裸徹底，斜倚在床上，一手枕在腦後，另一手貼著髖部曲線，小拇指朝天翹著，嘴唇撅成一個小喇叭口，似乎可以聽見理想的嬌斥沖出照相紙。

因為今天是個特殊日子。

我們準時坐上公司的醬紫色豐田大霸王，去了浦東機場，路上李希吃了整整兩份羅森便利店的夾肉三明治。

我們舉著一塊大牌子，順利接到從重慶飛過來的裴玉，一個穿著深色職業套裝的日本海歸女孩，小巧玲瓏，長相一般，但氣質溫婉，舉止端莊，喜歡用靦腆的笑來回答問題。裴玉笑起來有東瀛卡通人物的純真，單側臉頰浮現一個孤零零的酒窩。

路上走了兩個小時，堵了一個半小時。李希對日本卡哇伊的笑總是不滿足。這一個半小時裡面，他像一個耐心的鬥蟋蟀客，重慶話，日本話，俏皮話，冷幽默，就差沒唱歌跳舞，連司機聽得都不耐煩，把收音機關掉，換上重金屬搖滾樂。

李希很善於用一根看不見的草撩呀撩，終於把裴小姐的櫻桃小口撩開了。她也不是真害羞，她與他聊起在日本四五年的讀書工作。半路上，突然大雨從天而降，但李希還是不怕麻煩，冒雨從副駕駛座換到後座，與裴玉並排。

公司給裴玉特別安排的女員工宿舍特別不錯，在南浦大橋附近一片高尚社區裡的板式高層，李希給裴玉放下行李，還留下一些食品和日常用品。李希用心準備的，包括女性日用衛生護理品，他還央求司機多等一會兒，特意給她下了麵條（他做飯也就是下面條的水準）。裴玉沒吃完，李希主動把裴玉剩下的面都倒入自己碗裡。裴玉睜大了的眼睛，隨即變成彎月。兩個人似乎就是從此時刻起，不再像是第一天遇見。他與她就是同一條拉鍊的兩邊，一經拉動，就對上了齒，嚴絲合縫。

在回公司路上，司機忍不住逗李希說，怎麼了，不留下來與裴大小姐一起共進晚餐？

他對司機的揶揄一反常態，不反擊，沉下臉，有點煩的樣子。晚上，雨停了，公司宿舍外牆上水落管發出打鼓的咚咚聲響，濕度還是很大。李希打開他那台老舊的筆記本，硬碟卡卡地響，摸著上唇沒剃乾淨的幾根須段，他告訴我一個祕密。

他指點手機個微信的黑貓頭像說，近期來一個陌生人加他微信好友，叫愛你沒齒，專門問他一些無聊的問題：比如，陰莖系帶斷裂如何治療，他立馬想刪了對方，但愛你沒齒發來一個網址，希望與他一同讀詩。李希在西安就是一個詩歌時代長大的文藝青年。後來，他鬼使神差，註冊上了那個網址，叫做什麼拉鍊詩社，他在裡面真的看到了一首詩，驚出了一身冷汗：

《拉鍊》

看這X齒
與Y齒的邂逅
註定在一起的異類
即使金屬高冷的絞纏
即使互相廝磨噬咬不分彼此
即使齒牙老去打滑脫落
還是你唯一可依賴
一種契合關係

我說，嘻嘻，格式有意思，喜歡黃詩。

我與李希的緣分在於，彼此共用的那些夜晚和夜晚的祕密。祕密的魔力讓我們倆藏在同一塊魔術師的黑色幕布裡面，友誼是這幕布上一根契合默契的拉鍊。

走廊裡砰然一聲響，李希開門探頭，鼻子裡哼了一聲，一把雨傘掉在地上，楊民回來後把廁所門關得像地震似的，楊四眼老是習慣先去廁所輕鬆一把。

李希白了我一眼，自言自語：隕石要撞上地球了吧。最近怪了，楊民那二瓜非但不跟我搶單子，還說是高木訂單萬事俱備，只欠東風。他想幫我，瓜皮（西安話：傻瓜）！

公司的先進青年李希為人大方，時常喜歡送些小禮物給人，比如，日本進口的小滾筒刷子，輕輕一滾，就一舉黏除西裝上的毛屑，他也送了一個給楊民，卻不料開罪了他。當時，李希熱情地拆開滾筒刷子包裝，演示如何正確使用本產品，楊民就那麼愣愣地看著李希當著他的面，把自己的西裝上上下下滾了好幾遍，一分鐘不到，刷子就成二手貨了。

我拉開窗簾，弄堂裡的萬家燈火攀著晾曬竹竿，從被單衣褲縫隙間湧進來，公司宿舍老舊的面孔瑟縮了一下，發潮的牆面好像開水立刻把老人的皮膚燙起殼，不用戳就掉下皮屑似的白灰。於是，鼻子裡充滿了油鍋與煤氣的暖香。走廊上廁所的水箱卻好像出了故障，流水聲不停。

李希學著像老年人一樣喟然長歎：在西安就是發配充軍，哪怕沒有立錐之地，哪怕喝西北風，我也要回上海，我不喜歡什麼南京路，陸家嘴，外灘……你看，這些染著一身煤氣味的老房子才是真正的大上海，我就是出生在這種房子裡，一輩子身上都是這種味道，將來就算出了國，老了也要回來，死在這種味道裡，最好那時能握著心愛的女人的手……

有時候，我覺得許多人天生都是詩人，但多數像李希一樣把詩歌活成了生存，他曾經像喜歡姑娘那樣喜歡過詩歌，但在大學裡得到一個確切的消息：詩歌死了。還有人說小說也死了，文學他媽的也死了，連上帝他老人家也不在了。這個世界，對他這個階層來講，除了生存，就是生存。詩歌，也許就是地鐵隧道深處那渺茫的一點光暈。按李希的話，就是麻大底很。（西安話：麻煩得很）

他開始有事沒事往裴玉的宿舍跑，開始喜歡看早秋的風景，看裴玉蝴蝶那樣飛上單車，長裙彩雲似的飛過黃葉飄飄的法國梧桐樹。只有在這時候，李希還是保留了那麼一點詩意。

3 拉鍊是一種象徵

雖然進北器不是進北京，想當初，李希還是一個晚上睡不著。他以為北器公司真不小，也許與什麼飛機坦克導彈火箭國際大買賣有關。北器公司聽名稱是一個堂堂央企，總公司也真是在北京。進來之後才發現，北器真不大，也不靠譜，仗著北京部裡面那點兒關係，老闆撈著個批文，拉了一幫朋友立了山頭扯大旗，不能倒騰軍火，那就倒騰民品，什麼都做，都是有一單沒一單的，五金，紡織品，服裝，日用百貨，文教用具，什麼都做。真正的長單大單，可以當作口糧吃的，基本上沒著落。

公司這點爛事，李希搞得清楚，好歹這是一個部屬外貿企業，有著蛛網一般千絲萬縷的上層關係，而且對員工也是有情有義。他與頂頭上司出口部朱經理關係搞得熱乎。朱經理與俞副總有嫌隙，不喜歡楊民，老朱好幾次喝得暈暈乎乎，都說要把機會留給李希。但李希盯上的可不是出口部副經理位置，他的心思在進口部。然而，俞總出了一道日本成衣訂單的難題，如果他李希答不出，進口部經理的美麗位子難免要落在楊民手上。

為了拿下這個日本成衣訂單，李希拼了，每天睡不了幾個小時。奇怪的是，似乎也是從這天起，競爭對手楊民卻表現得寬容大度，不斷對李希伸出橄欖枝。李希對於晉身進口部經理，志在必得。他最提放的就是楊四眼，但這天上午，把李希拉入公司樣品間裡卻是四眼。

楊四眼說東風來了，但李希感到是東方亮了。眼光射向藍色辦公轉椅裡微風搖擺的兩條裹著黑色絲襪的長腿，彷彿閃著美人魚的鱗光，李希身子一緊，立刻卸下呵欠連連的疲憊。

即使見到儀表不俗的李希，辛西婭的眼皮也只是略微抬了抬，她直發披肩，黑色短裙修身，白色緊身恤衫，翹起二郎腿，在轉椅裡轉了一圈，那麼慵懶，揚起畫得高高的左眉，漫不經心間，在紙上逐一列明了訂單原輔料清單，根本沒用計算器，算出了大致採購成本，一排纖麗的漢語小字還夾雜著日語假名，注明了各廠商的優缺點，然後，她選出一家在浙江的成衣加工廠作主要供應商，以及一家叫高泰的作為輔料供應商。李希仔細地看了好幾遍，沒看出什麼，心裡著實搖撼。但他還是說，是不是輔料的成本核算高了點？

辛西婭說這張女洋裝訂單看來沒什麼特別，除了一些小地方需要注意，比如拉鍊。你別在小地方省錢，成本核算一定要用日本拉鍊。

不用又如何？李希完全不懂，但他有一個毛病，喜歡跟懂業務的美女抬杠。

楊四眼把眼鏡湊到李希面前說，幾條小拉鍊不簡單，就算是生活中最常見的小東西，也不能掉以輕心。

楊四眼現在鼻毛剪得很齊整，李希還是免不了討厭。楊民和他就是天生相生相剋那種，李希禁不住要懷疑自己，人生充滿了許多可惡的時刻，不得不接受一些鳥人的恩惠。

辛西婭點頭，楊民受到了鼓勵說，生產一條簡單的拉鍊，老實說，一點不容易，需要高精度製造，充分展示了機械製造的難度。世界發展了一百年，拉鍊還是一種不那麼便宜的閉鎖方式。

十五分鐘後，李希與辛西婭談妥，若是她幫助北器接下高木訂單，並順利完成驗收和交貨，北器會支付她個人5％傭金。李希開價十分爽快，按合同成交金額而非毛利潤支付，更沒有要求支付在收貨款之後，這簡直不是精明商人李希的風格。我斷定他被辛西婭迷倒了。李希按她所述整理成一份報價單，辛西婭指出，還是沒用YKK拉鍊。

李希有點不樂意：YKK拉鍊好在什麼地方？

辛西婭說，YKK拉鍊好在什麼地方？原料選用的都比較好，在防腐蝕和耐用性都比較好，性價比目前來說算是非常高，

辛西婭低垂的眼瞼突然睜開，眉毛挑起一側，三根雪白細長指頭一甩，好像拋擲無形的飛鏢。她說，最終用戶不看你的面料啊做工啊，他們第一感覺就是拉鍊的順滑度，好像一男一女合在一起，是否順滑……

一瞬間，李希心動了，但他又感到不適，不明白為什麼。她的風情就在於她弱小的軀體，像脆薄的蛋殼，一旦打破，就會釋放出新生命的能量，她一點兒沒有說笑的意思，但也不是一本正經，彷彿天底下的風流她都看穿，懶得點破。

她拉家常說起了歷史：拉鍊不僅僅是拉鍊，還是象徵……二戰以後，拉鍊已經脫離了實用軌道。好萊塢第一次使用裝拉鍊的機車夾克，表現電影《飛車黨》（The Wild One）中馬龍·白蘭度（Marlon Brando）似的年輕叛逆。一夜之間，拉鍊文化在全球綻放開來……大名鼎鼎的滾石樂隊還特意塑造出前置拉鍊的牛仔褲形象。拉鍊配牛仔褲，就是代言狂放不羈的青春……

她笑了，雨水刮花了玻璃的笑。

在楊四眼的大眼鏡片後面，看不清眼神。

李希是靠業績幹出來的，但楊四眼是靠當官當上來的，從泰國回來，大概沒幹別的，就一門心思地鑽研如何當進口部經理，以便將來可以直接頂替俞副總。我想著，心裡一沉。

但李希笑得開心。望著辛西婭，他佩服起來。相信他這個齒與辛西婭也對得上，然而，他還是沒法打消心頭的一些不舒服感覺。

年底還有那麼幾個月，李希必須沖一沖。他能說會道，長袖善舞，才三年不到就已經在汽車配件出口上做出有聲有色，這離不開重慶的裴總對他的關照。裴總曾半開玩笑地說過，北器進口部經理，李希完全可以試一試。李希做汽配出口幹得不賴，要是做日本軸承進口，可能更有前景。日本主要軸承供應商和裴總個人十分親密。進口部的主要業務就是進口日本軸承，在全國管道分銷，主要就是賣給重慶裴總的汽車製造廠。向今年年度出口創匯冠軍衝刺對於李希，具有一些特殊意義。

在花園酒店高木的套房內，李希與高木談判合約，辛西婭作日語翻譯。樣版、包裝、信用證條款、交期、付款條件等等交易條件談得很順利。高木戴上老花鏡，用鋼筆刷刷地在合同內一一注明品質特殊要求。

晚飯前生意成交。李希代表公司宴請高木。喝酒時候，高木不再能征慣戰，而表現出北海道狐狸的脾性，他與中國人喝酒很謹慎，基本上一個人自顧自喝，喝到一半，點上一支煙，酒也就停了。李希鼓動他唱《北國之春》。高木眯縫著狐狸似的眼睛，撓著越來越高遠的腦門，說他喝多了失禮失禮云云。

最後，還是辛西婭一聲不響，把高木門前的酒全幹了。

李希把桌上剩下的半瓶清酒和半瓶黃酒統統握在手，對辛西婭說，哥陪你一塊兒，一人一半！

他期待著辛西婭撒嬌退讓，沒曾想她對高木許諾說，要是明天把銷售合同簽下，酒不管多少，她全包。

高木興致高漲。等到她咕咚咕咚喝幹桌上的酒，高木的臉從知床半島的清朗秋色轉眼變成了煦紅春天，他對李希與辛西婭連連誇獎，似乎連他在內，也覺得辛西婭與李希很般配（不止是在業務上）。那一刻，李希意識到為什麼感到不舒服，他不習慣辛西婭男人般的豪爽以及左邊挑得高高的畫眉。

但是，他真的需要她。也許，不止是在業務上。

過了一天。下午兩點鐘，高木西服革履，準時登門，在北器談判室內簽下了五千件的合約，一個試訂單，萬事開頭難。李希在合約正本上蓋上公司章，藍色油墨中英雙語的圖章像藍藍的夜色頓時融化了他，他想美美睡上一覺，他閉上眼，看見眼前出現了一個藍色的英語字：Success（成功）。

在回家地鐵上，他的眼光一直沖在前，沒有落在衣著暴露的美女身上，而是落在地鐵玻璃窗上獵頭公司的廣告上面。他把廣告上的每一個字都咀嚼了一遍，一長條廣告彷彿被他眼光鋸開一線，可以窺見遠東大城黑暗內心中的饑渴。

對著窗玻璃，他哼著粵語版《一人有一個夢想》，玻璃反光在暗處像月光，把他的臉洗得不那麼白，他看上去即使像動物那樣在地下生活，也一樣會健康強壯，隧道裡的風悄悄吹散了他的眼神……

一個半月後，我們沒帶司機，開車去浙江主要加工廠檢查生產品質。我擔心試訂單生產工序多，也許要出什麼紕漏，可是實地抽檢，原輔料和加工過程看來都沒有什麼問題。所有輔料都到齊了，除了YKK拉鍊。

廠方解釋說輔料都是高泰公司提供，他們不知情。再問高泰公司，原來是辛西婭控制的一家輔料供應公司，李希想起辛西婭並沒有告訴自己這一點，心裡有些七上八下，自己是不是太黑心，給辛西婭那點傭金摳得太少了，早該想到她會利用輔料供應管道做文章。不過，說到底在出口環節這也不算什麼，她供應所有輔料，吃點回扣很正常，她專做日本市場，輔料品質應該不會有問題，可是，離開工廠，一路上他開著車，心裡一直不踏實，好像丟了什麼東西在廠裡，卻怎麼也想不起來丟了什麼。

李希開車，直視前方，他不說話，我也不說。

這一陣，李希連裴玉那邊也很少去，明顯心事重重。他搖下了自動車窗，眼角掃視著左後方，打了左方向燈，卻沒有並線舉動。過了好一會兒，他朝我轉過臉來，眼底血紅如同角膜發炎。

他終於問，記得拉鍊酒店嗎？

車外的風呼呼撲上來，彷彿立刻被迎面而來的龐大祕密推入後方的深淵。躲不過去的祕密。想想那個名字，邪氣！

進上海後，李希把車突然拐上了高架，駛往虹橋機場方向。他從口袋裡摸出一張電腦列印的電子機票遞給我，上面打著我的名字。這時，我才知道李希的底牌。

——孫望，我送你去機場。

李希又拿出他的手機給我看：去重慶。緊急情況。

必須去重慶一趟。

我盯著一個咧著嘴無聲笑著的黑貓頭像，他又收到了愛你沒齒的微信，這回給李希發來一張照片，不是很清晰，像是彩色噴墨印刷機打的，但看得出來那是一個類似酒店的大床，被單被血濡濕。一隻青筋如河網密佈的手緊緊攥住被單，竭力掩飾著住了被單底下的什麼東西。手指頭上沾著血，似乎還在往下滴。

——這個愛你沒齒，到底是誰？他怎麼會有照片？

李希搖頭，眼白布滿血絲，動作慢得好像脖子被一隻看不見的巨大扳手擰反了。去重慶，每次有事，李希都依賴我孫望來解決問題。這次也不例外。記憶像一根壞了多年的拉鍊，倏然，又可以重新拉開，裡面露出一幢十八層的人字形高樓，位於重慶城郊，現代混凝土建築鑲滿銀灰色的金屬嵌板，好似一根1/3拉開的金屬拉鍊，如封，似開，半推，半就……過去，不是死了，葬了，而是離我們太近，遲遲不願離去。

拉鍊男女夜總會，這個名稱古怪的夜總會，就像記憶深處的一根刺，埋在重慶炎夏的那一夜。

4　拉鍊男女

重慶那個處處冒著火鍋蒸汽的夜晚，到底發生了什麼，我拚命在記憶深處挖掘。事情經過很可能不是我回到造型奇特的拉鍊酒店，而是它一直都在，始終盤旋在看不見的地方，在我一旦想起的時候，它突然出現：拉鍊開口在底層，就是酒店大堂；二至四樓是餐飲和商店；而從五樓起，拉鍊合攏為一條細長的槽形造型。

拉鍊夜總會，就在四五樓之間的那幽暗而華彩的夾層……

水聲驟然停止，尖叫聲從浴室傳出。

我踉踉蹌蹌沖進去，她頭髮濕漉漉的，光著身子，正躲在燈光照不到的角落，像一片還沒預備好落下的樹葉簌簌發抖。她說頭髮還沒洗完，就看見了一個陌生男人在鏡子裡，一隻手捂著下身，另一隻手被吊在房梁上。

鏡子裡當然什麼都沒有。

我不喜歡她揚起高高的左眉毛，這讓我想起了辛西婭。

她還在說那人手上全是血。

傳說，人身上有三盞燈，分別在頭頂和肩膀的兩側，是一個人的陽氣所在。三盞燈的強弱，決定了一些異次元空間的不明物敢不敢靠近你。但我沒敢告訴她。

我只是把浴室門關上，把她帶到臥室裡，緊緊地摟住她，她終於鎮靜下來，不再發抖，吃力地掰開我的手說，憋死我了！你想殺了我？我告訴你，我可知道你是誰……

剛才我的手也許一直在她的脖子上徘徊。

孫大哥，你呀你。

她裹上浴巾，調皮地吐著舌頭。一旦擺脫恐懼，她就是個難纏的狐狸精。

我一把揪下她的浴巾說，認錯人了。我不姓孫。

她赤身裸體跳起來，我瞪著她的樣子一定十分嚇人。

川妹子改口說，哦豁，老天爺都不管，隨便你姓個錘子，天底下帥哥長得都像孿生兄弟！

——我不姓孫。

我的手推了她一把。

川妹子的兩條彎眉突然都挑到天上：你不是孫望，你是個錘子？你以為你不住拉鍊酒店，我就認不出你！每隔一個月你都會來重慶，每次都住拉鍊酒店，老天爺都不曉得為什麼你這次住這個破地方！拉鍊酒店的上上下下，誰不曉得，你每次來都要千挑萬選，選的不是臉盤，你選最漂亮的手。你說只有配得上你的手的女人才有資格進你房間上你床……

她見過的一雙最修長勻稱的男人的手，長在我手腕上。我有一雙連女人也嫉妒的手，白淨細嫩，指甲粉紅圓潤，全然看不見凸起的青筋。手指第二關節看起來像蝙蝠爪一樣有力，可以讓人倒懸在任何地方。

幾個月前的重慶夏天，這雙手被一隻戴祖母綠戒指的手輕輕撫過，宛如有血有肉的十個雪白琴鍵，被幾十萬年前的墨綠色螢光掃描。琴鍵雖然什麼都夾不住，但高低八度的音都藏在指縫間。拉鍊頭（拉鍊酒店管媽媽桑叫做拉鍊頭）甩出一疊撲克牌一樣天女散花的卡片，酒店那個最美的前臺小妹海底撈月全收了去，不消說，今天晚上她還是要開五間房，還是用的夜總會五個部長的身分證，外聯部，內務部，特勤部……拉鍊頭自稱為常委，她摸著我的手，說比女人的還嫩。

我渾身的汗毛立了起來。我每來山城必住拉鍊酒店。拉鍊頭總約我們去她那裡喝酒唱歌。但我一次都沒去過。因為她手下所有的小姐，一個比一個矯情。我見過她們每個人沒化妝的鬼模樣。白天我們去汽車公司談完業務，晚上陪經理們吃飯……

我沒打算上川妹子，或許是情緒緊張到必須找到釋放的管道。我沒有李希那麼強的需要，但川妹子溫柔輕巧地剝掉我的衣褲，我只剩下一身月光染白的皮膚，像李希一樣白的一層魚皮，是我最後的遮羞物。她嫻熟的手法令我迷醉空虛。我猛然把她壓倒在床上，像被逼到絕路的坦克一樣碾壓她，飛快地進入她的身體，腰胯連續發射火炮，舌頭的烈焰吞噬了她的口腔，我那些胡亂呼喝彷彿炸藥包連連爆炸，蓋住她的呻吟。在重慶的暗夜，濕熱難當，欲望除下衣衫，我好像一下子就變成了放蕩不羈的李希。

我癱倒在床，全身虛脫。詩詩（現在我記起她的名字）從我胸口抬起臉，一隻泛著一層清光的手擦去我額頭和兩鬢的汗水，給了我一陣電擊般的記憶閃回。

我眼前出現詩詩從拉鍊酒店的電梯下來，裙子在光裡虛弱地閃晃。如果拉開厚厚的窗簾，半明半暗的街燈光影裡，就可以看見對面數百米開外的那幢十八層酒店，好似一條拉開1/3的拉鍊，如封似開……李希在危難中，只有我這個朋友出手相助，縱然我不知如何完成他的囑託。李希也許沒什麼真正的朋友，除了我一個。我不出手，誰幫他。我想起飛抵重慶後，按李希要求，沒有入住拉鍊酒店，而是在附近隨便找個地方，然後才踱進拉鍊酒店，上電梯，找到媽媽桑，點了人緣最好的人事部長詩詩。

詩詩，我心裡顫動，忍不住說起稀裡糊塗的人生頭一次。男女之事，通常轟轟烈烈開始，中間雷聲大，雨點小，最後的點射，無盡的無聊和空虛。唯有真正的第一次，才可叫做盡情。結束後，那也是一個小巧的川妹子，她用雪白的浴巾替我擦拭乾淨，還說不要忘了她，不要忘了杜鵑鳥。可是，我已經忘了那個夜店的名稱，忘了那個女人長什麼樣，甚至忘了第一次做了點什麼套路，只記得那個女人的名字——杜鵑——非常美的名字，細的腰和白的腳踝。在珠海……

詩詩獻出一種良家女子才有的柔情：沒想到你感情還那麼細膩。大哥不要那麼難過。為什麼要對陌生的她說起這種隱私？只為了她是一個陌生的傾聽者？

她吃吃地笑。我的臉莫名其妙地熱了起來，兩側太陽穴突突直跳。有什麼好笑？脊樑骨突然涼風習習。空調冷風吹幹的汗，還是夜半的露水，手掌心弄得膩膩的。不是因為整整五張大團結嗎，主席粉色的招手，柔和謙卑的微笑。我為什麼就不能再細膩一回，我一定看上去活像被人打了一頓，說不出原因的渾身酸痛。

但詩詩還是無意中露出她的鋒芒：大哥，你是真的喜歡男人多過女人呢，還是就是想玩玩不一樣？

這次，我沒有暴怒，沒有抑鬱，反而相當冷靜。事實上，是我有意引導她說這種事。在我們胡亂糾纏的間隙，我終於從她嘴裡掏出底細，這並不難，粉紅色的大團結。每次不管是什麼客人來，客人都不會到前臺來，他們會直接出房間，從別的出口離開酒店。而退房就是小姐們的差事，開房的幾百塊押金也就成了她們兜裡的小費。詩詩說有一天半夜，她下班在電梯口碰到一個人，那人突然塞給她五百塊錢和門卡，讓她去拉鍊酒店前臺退房。她答應了。她去前臺找最熟的小妹。快，給我退房。前臺小妹有點納悶。怎麼了？你稍等一下啊。不行了。我有情況。前臺小妹跟著她上樓，打開房門，呆了。整個一殺人現場。一個穿著閃光內衣的男人趴在床上，下身裹著床單，血還在不斷滲出來。臥槽，你知道麼！送進醫院，醫生一看，那玩意兒全斷了！那麼多血！跟殺了人一個樣。

詩詩講得很到位，做這一行的記性都不錯。

她笑得更甜：大哥，我看那個給我錢的男人長得就像你一樣帥。

我打開皮夾，又數了十張粉紅色大團結，讓她說下去。詩詩說後來為這事，上海還專門來了一個女的作調查，她找了酒店當晚值班小妹，接著找到了夜總會，找到了詩詩，詩詩不說，她可是拿了封口費的。那個女人說她查過入住記錄，並不是拉鍊頭開的房，而是經常來的一個上海帥哥。你認識那個上海帥哥麼，詩詩最後笑了：既然先拿了人家的錢，我當然不會告訴任何人。

詩詩連沖涼都來不及，拿著粉紅色的錢，鞋也沒穿好，就飛也似逃走了，我當時的眼神一定很可怕。

我在酒店的床上，點燃一支煙，把床單燙了一個洞，也不覺著。我想了許多，在腦中重新把那件事的細節洗了一遍。

重慶炎夏的那一夜。那個宴請客戶的晚宴，我沒喝多少，回到酒店休息。我是一個特別容易入睡且睡眠品質極好的人，一覺到天亮，半夜連廁所都不帶上一次。可是，那夜很奇怪，睡著之後，我卻還清醒似的，大腦還在轉動，褥子潮濕，彷佛睡在清晨露濕的草叢間，想起床，身體卻釘在床上，無法動彈，耳邊一直能聽到某個微小的聲音，聽不清究竟在嘮叨什麼，仔細聽像是李希的理想那種嬌滴滴的嗓音；隔壁房間有什麼在走動，很遠，又很近，天花板不隔音，好像樓上有銼刀來回蹭地板，有時，又有人在玩彈珠球，骨碌碌滾來滾去。快天亮的時候，理想乾脆一絲不掛，騎到了我身上……

我驚醒了，被一種扭住喉嚨才能發出的變形尖叫驚醒了。從隔壁來的聲音。隔壁間住的就是李希。

我拉開房門，差點也叫出聲，李希半身赤裸，滿身汗水，好像剛從水裡爬上來，他光著腳，直直地杵在我門口。

我正要問，他把我拽進隔壁，他什麼也沒說，有一刻鐘他什麼也說不出。

沒有預警，血腥味撲面而來，粉塵在天花射燈的焦黃色光柱裡遊動，懸浮在一個長髮女子慘白的臉上，她大字形仰臥在大床上，雙足被長筒絲襪綁在兩個床腳，像一隻中箭的白色大鳥掉落在地，再也無力翻轉，身上胡亂裹著一條血跡斑斑的白色床單。右手也綁定在床架上，左手是自由的，按在床單下方某個部位。女子臉上也有血痕，嘴巴鼓鼓的，塞著襪子，眼神絕望迷亂，長髮是染過的，枯草的金色。

在李希示意下，我想掀開被單，但那女子的手死死抓牢，我不得不從她手裡奪過被單，一床血，的確跟殺人現場似的。

李希頹然跌坐在燈影裡，眼球血紅，雙手顫抖，充滿陽氣的三盞燈都滅了，變成了一根卡在岩壁上任憑大風隨時吹垮的樹枝。

現在，我敢斷定床上的不是女人，而是一個長髮男人。

情趣內衣在閃光，嘴巴塗得紅紅，眉毛也像詩詩那樣畫得高挑，那個惹禍的話兒軟綿綿的，還留著乳膠套子，鮮血彷彿一條條紅色蚯蚓，從套子邊緣不停爬出來。

床頭煙灰缸裡全是煙頭，染著口紅。地毯上碎了幾隻玻璃酒杯，濕漉漉，髒兮兮，分不清是人血還是紅酒。

李希看上去與我一樣，似乎一個晚上沒睡，像一節沒有撣掉的煙灰，脆弱而灰暗。

他語無倫次，好半天我才明白。沖澡後，他等著拉鍊來，沒想到來的那個女人是個底下帶把的。他發現得晚了一點，那個異裝癖要錢，他沒給，異裝癖大吵大鬧，李希一急，他們倆就打了起來。李希下手重，給了他幾下子，他就這個這個樣子了……他管所有拉鍊男女送來的都簡稱拉鍊。他真是走了狗屎運，竟然遇上一個異裝癖做雞。

無論如何，不能讓李希折斷。我必須冷靜，朝四樓電梯口走，碰巧截住剛下班的詩詩，給了她幾百塊錢，讓她拿著房卡去退房，讓她以她男朋友名義叫救護車。然後，我趕緊給長髮男人收拾了一下，給他穿好衣服，腦袋上裹了個枕套，連被單一塊扛下去，救護車來得很及時。

送到醫院，醫生說是生殖器系帶斷裂，我用詩詩的名字支付了全部醫療費，還留下了一筆住院費。最後，也沒忘了給酒店值班前臺送上小費。

長髮男人清醒過來後看到的第一張面孔就是我，我明確地告訴他，如果他不趕緊走，員警不會善罷甘休。這件事就這麼神鬼不知地平息了。

我好像李希眼中的一粒眼屎，就算他蓄意每天張開眼把我從他眼前抹掉，第二天早上我都會堅定不移再次出現在他眼前。我比他更瞭解他自己。我也煩李希男女通吃，更受不了他事過境遷拒不承認。搞不懂李希是喜歡男人多一點呢，還是用喜歡女人來掩蓋他喜歡男人的真相。李希身上最讓我受不了的一點，是他明知自己低微階層，卻不管如何頭破血流，也都要做出一個上進青年的范兒，他打腫臉充胖子的上進是他自己欲望的副產品，他的自卑也免不了是他草根腸胃的排泄物。或許有一天，我也會厭倦到懶得管閒事。也會不願再做他的清道夫和垃圾桶，很可能，我也在暗中嫉妒這個好朋友，或許，就是在老友之間，彼此之間深層的互相牴觸猶如座椅底下深深嵌入的鐵釘，真實到難以拔除。

回上海前，在登機口，手機響了好久，我才接，朱經理在電話裡不高興：你在哪裡呀？……那張訂單你去廠裡抽查過，情況嚴重嗎？。

什麼訂單？

什麼什麼訂單？高木的試訂單！工廠說輔料供應有些問題，他們出了廠檢報告。你快回上海。高木的試單絕不能出問題！

無可逃避的現實又像烏雲壓了下來。我遲疑著，沒有回答，朱經理在電話裡急躁得出奇。

5 李希，你在哪兒

從背後長時間凝視一個苗條的女子，同時避免讓她的第六感察覺，這種工作讓人無法享受樂趣，特務工作也非我所長，特別是一回滬就跟蹤一個女人，可是，不管怎麼說，辛西婭讓我別無選擇。

假如姣好的容貌、黑得發亮的直發、方正的肩頭和恰到好處的曲線就是辛西婭的一切，我會覺得她比裴玉更像一個理想的戀人，比理想還理想。然而，辛西婭走進花園酒店，上樓消失在高木的房門口。我的意識被壓縮成一塊壓縮餅乾，人的大腦本來就充滿了錯覺。原以為楊民是個拉鍊頭，把她和他拉在一起；如今才曉得，原來李希才是那個冤大頭的拉鍊頭，沒有他，她怎麼能夠上高木的床。

不過，還是楊民剛悄悄告訴李希，日本人高木搞了辛西婭，應該說是辛西婭把高木搞定了。這對我們公司訂單有好處，楊四眼是這麼說的。難怪最近楊民看到我就笑，笑得我脊背發涼。也許，楊民當初對高木設計的就是美人計。可辛西婭知情嗎，她是無意中變成了高木的情婦，還是故意將計就計呢？

李希發覺拉鍊壞了，就是一個徵兆。哪怕只是一根小拉鍊對不上齒，一切都可能錯了。

兩個小時後，我跟著辛西婭離開花園酒店，隨著人流，從百貨商場走下一個地鐵站。

手機突然刺耳地響了，我把耳機戴上。

裴玉的聲音在耳朵眼裡歡快跳躍：從日本回來當初，爸爸派我來上海北器鍛鍊一下，我還不願意來。但爸爸一再對我說不來會後悔的……

現在，你一定已經猜到，裴玉是就是北器公司大股東西南汽車製造商裴總的獨生女。現在的李希可能是這座頂現實的摩登城市中最走運的年輕人。裴總已經向李希發出邀請，請他去重慶他家裡做客，同行的就是他千金。即使俞副總不去北京，即使楊民當上進口部經理，李希也無所謂了。唯一讓李希有點幻滅感的是，她在他的床上沒有見紅。但裴玉是從日本留洋回來的，李希又有什麼可以抱怨呢。裴玉的父親早就關照過了，他就希望女兒在這兩年裡解決終身大事，但絕不能是日本人，他沒這個心理承受能力（雖然就是他把女兒送往日本），他希望東床快婿是一個堂堂正正的中國人。

我掛著耳機，下到下一層月臺，突然雙腳灌鉛，邁不出步子。

這一剎那的感覺何其熟悉，又何其微妙。

天天可見那些熟悉的陌生到面孔不見了；密集的月臺此刻空蕩蕩的，金屬般尖銳的燈光默默擠壓著地下的空間，不斷擠出一些形狀不明的影子；車廂長龍被隔成一只只小小盒子，裡面燈火通明，卻是空空如也，除了一些孤單的影子——好多人活在地下，活著活著，就活成了影子，影子的生命是不是會長一些……

隧道的深處，也許每天都發生著我們不知道的事。

就是這麼短短一瞬間的錯覺，我失去了辛西婭的蹤跡。周圍瞬間又卷起人潮包圍上來。

我環顧四周，跑了幾步。一個快速移動的男人在地鐵站反而容易引人注目，我急忙走到一個大立柱後面，我想了一想，朝男廁所走去。如果她是去了女廁所的話，我可以在男廁所門內側等候。可是，我再一次失算了。

辛西婭突然出現在我面前，她的背後是男廁所門，手裡拿著一罐麒麟啤酒，灰白燈光像一層霧氣給她渾身上下鑲了一道曲線玲瓏的銀邊。

她捂著胸口好像心口疼：你看，我們倆是同一副拉鍊，拉上容易，拉開難。

我突然發現自己無力再假裝下去。

我該叫你李希呢，還是孫望？

辛西婭扔掉還未喝完的啤酒罐發問，雙手環抱胸前，能聞到她嘴裡冰冷的酒味。

我喪失了戰鬥力。

我到底是誰？

耳機還掛在我耳朵上，裴玉還在小聲溫柔地絮叨……我不能停止想你，想你的魅力，不是那種人格魅力……是魔術師那樣的神祕魅力。有時候你很高傲，有時候又很隨和；有時候你說起來沒完，有時候你幾小時都沒半個字；有時候你很霸道，有時候你又很優柔，好像缺乏自信。我常常想……我看到的……你像孫大聖那樣有不同的分身……

女人的直覺很可怕。

周圍的安靜彷彿一個失眠的深夜，我陷在無法躲避的黑暗裡，覺得自己既不是孫望，也不是李希。我到底是誰？

我想告訴裴玉，但終究什麼也沒說，只是輕輕把手機掛了。

——你一直用假名孫望入住拉鍊酒店，在拉鍊男女夜總會尋歡作樂，神鬼不知，但你的手卻騙不了人。那裡的媽媽桑和小姐都知道你的手和你的癖好，她們只知你愛漂亮的手，她們還不知道你還有另一個小嗜好。

李希就是我，孫望也是我。李希的祕密是自小就有一個化身。我在西安學校裡挨了打，就把自己切割為李希的好友，可以在空中旁觀別人揍李希的替身，甚至還叫好，孬種欠揍。分身法讓我可以坦然享受精神勝利，沒有心理負疚。所有的壞事厄運都是替身來承擔，李希可以悄然作壁上觀。事事參與，卻不用負責任，為了在上海生存下去，李希把自己變成了一個有兩個分身的人。

那次，撿到孫望的身分證，我在酒店前臺入住登記，前臺問孫先生您住幾天，我糊裡糊塗應了一聲，突然靈光一現，看著那個最美的前臺小姐手裡身分證上孫望的名字，從此我的分身就叫做孫望。凡是單獨去外地出差，我總是用孫望的名義入住，發票抬頭開給公司，報銷無問題，白天辦公幹我是李希，夜晚辦私事，我是孫望。凡是有風險的事壞事髒事都讓孫望扛著，孫望是我最好的朋友，也是我最危險的同謀，最黑的影子，他知道我所有的祕密。日子一長，有時候我也迷失，也許我真的是孫望。

我也雙手抱胸，防禦性地盯著對方高挑的左眉，我決定反擊：真沒想到，去重慶夜總會查孫望的人會是你辛西婭。看來你不簡單呀……直說了吧。高木訂單出事了，這批YKK拉鍊有問題，是道地的水貨，是你們高泰公司的。為什麼？

發現高木訂單生產問題，就在那次裝船前檢驗。在浙江加工廠抽樣檢驗，發現該批貨拉鍊不順滑，拉不上，比例超過10％，廠方出具了檢驗報告，表示可以返工，但要求補償工繳費，因為拉鍊不是他們自行採購。調出那批拉鍊的庫存，再次檢驗，果然，抽樣結果庫存拉鍊不合格率高達15％，所有輔料都來自高泰公司，而高泰卻對投訴置之不理，原因無非是辛西婭在後臺，他們有恃無恐，我在大日頭底下出了一身冷汗，不敢報告給公司，立馬搭機趕到重慶，不停地打辛西婭的手機，但一直聯繫不上。

辛西婭笑了，俏臉一半在陰影裡，北海道狐狸皮一樣柔白：你把拉鍊價格壓得那麼死，還得要ＹＫＫ，高泰公司也要賺錢，只能給這種貨。我希望你簽字放行，準時交貨給日本。

高木還在花園酒店。我攤牌說，別逼我把這事告訴他。

——告訴我就可以。我現在是高木公司駐滬全權代表。

她拉開坤包，甩出一張紙質挺括的新名片。

假ＹＫＫ拉鍊一定會搞砸這張訂單，高木公司代表搞砸自己的訂單？我的腦袋裡轟轟作響，知道有什麼不對勁，但抓不住，也看不見，彷佛那黑糊糊隧道盡頭的一點點光暈，像燃燒不充分的火把一樣，轉瞬被風按滅。

我問，你想讓北器賠死？

辛西婭從包裡找出來一份文檔，我隨手一翻，是一份事先擬定的中日雙語違約調解協議，還沒有簽字。高木公司同意不退貨，在日本當地請人返工，但由此產生的費用得由北器承擔；第一種方法是實報實銷；第二種方法是按合同價打對折，折扣部分沖抵日方損失；辛西婭說第二種是妥協，但也是雙贏。但是，北器必然會丟掉高木的訂單。對，高泰可以順理成章接替北器，成為高木的供貨方。

——為什麼高木這份小單對你那麼重要？

辛西婭拿出煙盒，遞給我，我擺手拒絕，她自己抽了一支煙，自己點上，吸了一口說，高泰要成長，需要高木的長期訂單。

——這個說不過去。日本市場比高木肥得多的單子有的是。

——高泰公司需要高木這樣的中小型客戶打基礎，這是市場策略。

——不對。你辛西婭沒有那麼傻，得罪北器換來一張日本小訂單，劃不來！

辛西婭笑了：你真的不曉得？高木訂單是沒什麼了不起，但高木家族是日本名門望族，他的叔叔就是當朝經濟產業省長官。地位僅次於大藏大臣，在日本首相面前很有影響力。北器有幾個在日本的項目還得過他的關。

——這個單子壞了，高木不再信任北器，專案上高泰公司就能全面介入？

辛西婭把未抽完的大半截煙扔進了垃圾桶，再不慌不忙走回來，媚眼流波：幫助高泰拿下高木續單的人是李希還是孫望，我無所謂。就算兩個人都不幫我的話，我也無所謂。

在這個社會裡，好多人活著活著，就活成了拉鍊關係。辛西婭和我，孫望和李希，全是拉鍊關係，合上嚴絲密縫，因為有拉力才分開，拉力過大，或者反著拉，就拉不上了，拉鍊壞了。拉鍊酒店是那樣一種空間，現實死去的空間，配合黑暗的時間點，雖然孫望是影子，但這個影子其實是真身，而李希才是可憐地像影子那樣活著。

我的左手藏在體側暗影裡，從辛西婭的角度，看不見我那只漂亮的左手和手掌裡的東西。我問，你怎麼想起用愛你沒齒給我發詩歌？

她吃驚地看著我：我不知道，什麼愛你愛我，我不讀也不會寫詩。

她還在裝，但我也更困惑了，她還有什麼祕密是我猜不出的呢，辛西婭開出了條件，她答應對拉鍊酒店事件保密，但我得出賣北器公司的利益。假如她的幕後就是楊民，那楊四眼得到高泰孝敬的經濟利益後，大概也不至於繼續為難我；但這種估計過於樂觀，楊四眼肯定是不拿到進口部經理頭銜不罷手，不管辛西婭背後是誰，他們都該明白豈能與裴總駙馬競爭；李希絕不是受人脅迫背叛公司之小人，但辛西婭若是把事情告訴裴玉……

這時候，我又變成了李希。我孤注一擲，突然拉起她的手，她退縮了一下，但接受了。手很冷，我拉著她，兩個人就像情侶一樣，不，像同一根拉鍊，從自動扶梯下到下一層的地鐵月臺。

我把她拽著往隧道幽暗處走了一段，周邊的光瑟縮了，安靜像吸足水的海綿一樣膨脹起來。我儘量平靜地說，……黑暗的盡頭有某種光亮，模糊，又確定，像某種希望。像是有人在那一頭打手電，有意讓我看到，你看，現在可以看得很分明，又見到了那種光……那是一個小小的月球，從昨夜的天空掉落在鐵軌間，伸手就可以觸及，你往前走，能一直走進去，一個溫暖的家，月宮裡的家……

辛西婭身子又哆嗦了一下，她想抽出手，她說，李希，你有病吧，這是幻覺！

但李希不止是一個會寫詩的文藝青年。我攥得更緊，像握住了滑膩的蛇身：我認識一個精神科大夫，他曾經告訴我，精神病院牆外面的每一個人都是病人；至於幻覺麼，比你我看到的這個大城市更真實……

辛西婭的另一隻手和坤包都打到了我的臉，我沒有躲，也不覺得疼。

我把辛西婭的一隻手攥緊在手掌中，猶如攥緊了裴總的希望、我的前途和裴大小姐的幸福，她的指甲深深嵌入我的皮肉。

我是從詩詩嘴裡得知，那個從上海來找孫望的女人，別人管她叫辛西婭。但我沒有想到高木竟然雇傭了辛西婭。她既然已經是高木的代表，訂單將來由誰來做有什麼關係？真相總是迷離不清，難道是日本客戶串通辛西婭訛詐北器不成？在高木那張農民臉上的溝壑裡面，我讀不到奸詐，從他偶爾眯縫的狐狸眼睛裡，我卻能想像出像辛西婭一樣的惡。

但我斷定辛西婭或高木寫不出那種歪詩。楊民也看不出是詩人的料，後面，還有其他人？誰是愛你沒齒？除了楊四眼外，還有沒有誰參與其中？事情還有許多未解之謎。我是唯一發現巨大的陰謀包圍北器公司的那個人。北器也許還有化解之道，但我卻沒有什麼選擇。

隧洞裡來的風吹得我眼睛疼，藏在身後的左手肌肉像張滿弓弦那樣全部繃緊，手心裡握著一根卸下的耳機線。亮銀色的細電線若是纏在辛西婭的細脖子上，一定會與她的皮膚很相稱。

手機鈴聲突然撕破空氣，劇烈嚎叫起來，震得我和辛西婭腳步踉蹌。

手指按錯了，按下了免提，手機釋放出裴玉慌亂的聲音，回聲在隧道裡放大了數倍，幽深而陌生。

李希，你在哪兒？在哪兒？

2019年7月寫於台師大左鄰穀墨
10月改於墨爾本鷹山

禮拜二

如果黑洞不存在

草地向山丘俯身致敬
從那裡來的旅行家
三隻眼睛邊長著黃斑的小鳥
跳躍，交談，一隻給另一隻餵食

是他們把日頭懸到山灰樹梢的吧
啾啾啾，說不，或者說是
無法直視的光，可以放入心裡的抽屜
藏一段抗爭的事實

不再在口舌躲閃
勇氣系在他們莽撞的翅尖

樹影底下依然是水一樣涼
而腳下的卵石路已經為汗水淹沒

樹長高了，房子舊了，我老了
在我寫的詩裡
年輕是一個佔領第五季的動詞
缺少賓語指向

不知名的土著植物伸出一支長節的手臂
就能創造一個新的季節
在夏天的盡頭是一個新天新地
池塘的漣漪深了

第一章 霍金死了

葬禮的音樂好像深沉的冰河一樣，只在厚厚冰層之下默默流淌，我的後腦勺宛如灌入了何老闆藏在勞斯萊斯幻影後備箱內的半瓶XO，我一直在思考一個問題：何先生到了紅塵濁世中無助彷徨的最後一刻，不知他心裡是不是清楚，是不是捨得，是不是放下。

一個人山高水遠，好不容易走了一長程，看不見前路，卻永不能回頭；一個不想下場的人，終究無緣蒞臨最後告別親朋好友和在世敵人的特殊場合，世道從來如此，全球化生活走到今天，變成了碎片化生存，無情無義豈非也是昭昭天理。

然而，活人的思考對於死人的葬禮是多餘的，我的神經元和大腦工作區暫時罷了工，縱然肉身加持，無論如何得忍著。數十載風流倜儻化為千篇一律的悼詞，一個人精彩無限的幾十萬小時落到紙面也就寥寥數千個字，其實，人生說穿了，也就沒什麼可在意的了。

但是，黃嘉森沒我這麼悲觀頹廢。嘉森即使坐在教堂的長椅裡，身子還是歪斜著，彷彿他的脊椎出了毛病，實際上他的背看來真有問題，他扶起鼻樑上的眼鏡，駝著背一本正經對我說，太不負責任，霍金一錯再錯，甩甩手走了。

在何先生的葬禮上，嘉森關心的不是臺灣的名門貴冑公子何先生，而是殘廢幾十年的霍金先生，不過，也難怪他不分場合，說這話的時候，恰是2018年3月，霍金先生逝世沒幾天。一個像斯蒂文．霍金先生這樣在全世界受推崇的有學問的人死了，全世界有智慧有文化有責任感的好人好像都很悲很傷，好像看電影看著看著，入了戲，動了情，我推測是因為大家都很絕望，也許，永遠無法知道關於黑洞的答案了。

此類推測頗有小人之心，我結婚了，有了後代；霍金終身殘疾，已經像何先生一樣灰飛煙滅；黃嘉森還是獨身，沒有後代，將來會不會有，很難說。然而，嘉森當了畫家。我還在做生意，蠅營狗苟，錙銖必較。我不得不同意，這是聖俗之間的差異。

我的鼻管內彷彿瞬間滴入檸檬汁與醋的混合液體，無比酸澀，不是為了霍金先生，也不是為了何先生。多年以前，我們早接受了命運安排，要隨著這個世界慢慢墮入黑洞，世界已經夠亂夠煩，如果黑洞不存在的話，也許，我們連返回永恆家園的方向都找不見，可是，我不說，不能說。在聖徒嘉森面前，我得忍著。

嘉森完全沒有被葬禮氣氛感染的樣子，他留了長髮，以藝術家評論科學家的態度說，霍金怎麼又說他錯了。２００４年，他公開承認自己三十年前提出的黑洞理論是一個錯誤。現在更可氣的是，他撒手西歸前，又說量子理論可以容許能量和信息從黑洞中脫逃。他說黑洞說和量子力學不相容。要是黑洞真的不存在，物質無法從黑洞中逃脫的經典理論不就是迷惑了整整一代人的異端邪說，一個超級笑話？這怎麼可能？

我終於說，虔誠地信錯了一輩子，大有人在。不過，人生一世，有幾人能像何先生這樣？

多年以後的現在，我知道黃嘉森不是刻薄，也非量窄。大名鼎鼎的霍金先生臨死前修正了他大名鼎鼎的黑洞理論，甚至改稱為灰洞。可如果黑洞真的不存在，那才是宇宙中最神祕最恐怖的事；如果連霍金也錯了，該上哪裡去找來自黑洞的人呢；萬有歸於寂滅，我們又如何歸去，如果連黑洞都不存在？

請別誤會，我和嘉森並不是學者，也不是天文或物理愛好者，而且我們一起坐在臺北的靈糧堂裡面，這根本不是談論此類不可能有答案的話題的合適地方。

聖壇上牧師一臉肅穆，在講述死者何先生的生平，壇下長椅上坐滿了臺北地面上的名人，間或可以聽到一兩聲啜泣，以及小孩子的無法被克制住的啼笑。

作為非信徒，並肩坐在聖壇下面，我和黃嘉森說話用極小的音量，好像怕吵著與我們分享同一空間的死者和天使。我們如此小心翼翼，也因為我們彼此默契，避免談及某個人，所以，我們無可避免來談論信仰，談論科學，以及信仰與科學的衝突，還有一個著名的死者，何先生。

黃嘉森搖搖頭，以他慣有的慢騰騰勁頭說，何先生一生瀟灑，多少女人為他心碎為他割腕，到頭來，還不是直挺挺地躺在那裡活受罪，最後還是何太一個人哭著讓醫生把呼吸機關了，何先生的千金也沒來。

我一直奇怪未看見何家大小姐，他正好消除了我的疑問，我把到嘴邊的話咽回去，教堂聖壇上面銀光閃爍的大螢幕開始呈現何先生的手姿，牧師繃緊的面容水淋淋的，像拿出冰箱的冷凍肉那樣快速解凍，在座的人們悉悉索索，交頭接耳。

我儘管豎起耳朵，還是聽不清牧師說什麼，也聽不懂四周的私議。耳邊嘉森的聲音還在繼續：何太主持臺北總公司的日子裡，斷絕財務支持，把何先生在大陸的公司逼得倒閉了，何先生只是笑笑，照樣去喝酒聽戲。女兒去了美國一去不回，與何先生斷絕了父女關係，何先生在ＩＣＵ病房內全身插滿管子，整天默默流淚。想想當初何先生多麼疼愛女兒。

一道銀色光束從天而降，撞擊在大銀幕上，無端推出一個永遠三十八歲的何先生，面如滿月，俊朗灑脫，笑得雲淡風輕。在那笑容背後，我看見的是後來的二十年歲月在一顆顆佛珠上反覆蹉跎浸潤過的苦澀。

我自言自語：何先生一輩子吃齋念佛，臨了不去佛堂，來了教堂。

嘉森悲天憫人：三次中風搶救後，癱瘓了，只能坐著躺著，大小便失禁，失語，最後的日子就靠氣管切開過日子，整個人每隔一段時間就抽搐不止……何太親自主持後事，他反對也反對不了。何先生英雄一世，走前全身腫得人都認不出，我曉得他怕什麼，怕就怕去不了極樂世界……去一個什麼都看不見的地方，比如黑洞。

我冷笑說，連霍金都不相信黑洞了，你還那麼天真？

嘉森說，霍金太會玩了。從霍金的語無倫次、出爾反爾上，我看出他與這個時代常常突然走紅的藝人沒有本質不同。他說的那些，語不驚人死不休，就是嘩眾取寵。

即使在幽暗的教堂裡面，我還是發覺嘉森的臉白了許多，還保留著二十年前那個臺灣鄉土青年的淳樸與狡黠。與多年以前相比，最大的不同也許在於，嘉森舉辦過個人畫展之後，他的藝術道德與終極關懷形成了與娛樂圈等世俗天然隔絕的一道頭頂金環。

嘉森從前排椅背上取下一本《聖經》，翻開第一頁，指點著他認為是證明黑洞的經文：地是空虛混沌，淵面黑暗，神的靈運行在水面上。

二十年以來，黃嘉森成了一個黑洞迷。他的意思是說你看《聖經》都這麼寫，宇宙洪荒除了水以外就是一個黑魆魆的深淵，分明是一個大黑洞。我們可愛而可惡的宇宙誕生於一個黑洞，也將消亡於一個黑洞。我知道這不是他的原創。我們倆都心照不宣，故意省略了那個最先給我們啟蒙黑洞說的人。

嘉森認為黑洞是一種事實，即便是用神話的語言來表述，即使霍金出爾反爾。而我卻認為那是信仰。即便如斯蒂芬·霍金那樣牛逼，也得承認他的理論就是一種信仰，他在中國受歡迎的程度證明他就是一位黑洞教教主。雖然我和嘉森都同樣不喜歡霍金，但我們所持立場完全相反。嘉森批評我做生意太久什麼都商業化了，我笑話他做生意不成把藝術當成出家了。嘉森以為黑洞確鑿存在；而我則認為信則有，不信則無。正如我儘管多年經商之餘，一直做著從事藝術的夢想，但只是嘴皮子上說說罷了，哪怕我無比熱愛藝術，我仍然把藝術看作可有可無的東西；而嘉森真的放棄了商業（雖然我從不認為他有商業天賦），開始兢兢業業在為做一個成功的畫家而努力。霍金死了，何先生死了，嘉森當了畫家，我還在商場上拼殺。我有時候難免嫉妒這個台巴子[1]，唯一值得安慰的事是，哪怕開一個所謂的個人畫展之後，他仍然必須時時為生計發愁。但我可以八九不離十算出坐在前排要人座位上的那些人口袋裡的銀子，因為我荷包裡的銀子同樣多到不用為五斗米折腰。

我說，霍金沒錯，錯只錯在認錯。不管霍金有時候弄錯了，還是有時候弄不懂了，他都

1 九十年代起開始風靡上海的對臺灣人的一種戲謔的稱呼。

不能認錯，他該將錯就錯到底，說不定再過二三十年，世界顛倒過來，他的錯誤又會進化到真理，他還是一個聖人。

我話語裡充滿怒氣和反諷，嘉森猛然摘下眼鏡，眉頭緊皺，瞪我一眼，呵上一口氣，拚命用袖口擦著鏡片。無論我們倆如何意見不同，現在，我們已經進化到君子動口不動手。這很好，唯一不好的是說明我們都老了，不是人老了，而是心老了。心上了年紀之後，只能在語言上暴力一下。

我像是給死人蓋棺論定般地說，我們用不著討厭霍金，無論他是一個智者、大科學家、科普作家還是一個先知，無論他死了，還是永生下去，世界不會改變什麼麼，多一個、少一個多嘴多舌的不愛世界和平的聰明人又能如何？

我們倆走出教堂，都不自主地打了個寒戰。春寒料峭，三月份的臺北溫差很大，尤其是在雨後。雨過天晴，宇宙蒼茫，兜底沖洗了一遍，天邊一道彩虹並不光彩奪目，彷彿是上天意欲封鎖黑洞的一道警戒線。

我說，活著，總要相信點什麼。

這不是要說服他，這是要說服我自己。用了二十來年的努力來說服自己。

嘉森驚訝地望著我：喬賓，你這麼多白頭髮。

好像他從小認為人越老頭髮越黑一樣。我笑著望向他，他的背早早駝了，走起路來側面看，老是像在地上找什麼東西，卻找不到。

他問我何時回澳洲，我說機票訂了後天晚上。

我在臺灣辦完公務，為自己預留一天時間給女兒和太太採購禮物，恢復疲勞，整理回憶，容許自己發發呆。臺北繁華的商業區內找不到何氏家族的著名公司的時候，我已經在澳洲定居，離開電動工具行業多年，一直在做醫用耗材的國際貿易。而黃嘉森早就離開了何先生的上海公司，他開在昆山的小公司天曉得猴年馬月哪一天也關了，而在臺北的小畫廊裡面開始陸續出現畫家黃嘉森的作品。那時我彷彿一閉眼，就能看見一個孤獨的臺灣人蓄著長髮，坐在高腳凳上，喝著一個人的啤酒；在臺北的夜店裡，微微有點駝背，眼鏡片上泛著白光，他對周圍人絮絮叨叨說霍金錯了。周圍人大笑，都說他醉了。酒吧間空氣裡彌漫著傍晚七點鐘臺北市的有點微醺的甜膩氣息，耳畔漂蕩起優客李林的穿透屋脊的男高音：

I don't believe it
是我放棄了你
只為了一個沒有理由的決定
以為這次我可以承受你離我而去
不必讓你傷心卻刺痛自己[2]

2　曾在九十年代風靡海峽兩岸的一首臺灣情歌《認錯》的歌詞。

有那麼一瞬間，我和嘉森彷彿還坐在九十年代初上海賓館後面的ＫＴＶ包房裡，聲色犬馬，還能夠清心寡欲；紅袖添香，也可以坐而論道——譬如物理學、天文學，此類學問既枯燥又乾癟，卻同樣能擺上桌面果腹。那時侯，我們還是朋友。

凡人的生活有時候不就如此麼，看上去高深莫測，內裡是枯燥乾癟，可無論如何穿得暖、餓不著。

風起時，我和嘉森不約而同豎起各自的衣領，我們在教堂門前分手道別，彼此沒有握手，沒有擁抱，沒有說再見，生分得就像我們剛認識那一陣子——那時侯，我們是客戶與供應商的關係。

我們倆直至分手都沒有提二十來年前上海的舊事，生活教會我們未老先衰，教會我們始終小心翼翼，教會我們不提不重要的人和事。

第二章 來自黑洞

說起黑洞，於我個人而言，源自九十年代。

九十年代宛如一個手裡拿著籃球的紋身少年，帶著一身臭汗和圖案看世界。歲月落在後面，少年步伐很快，跑跑跳跳，手腳不停，每一樣新鮮的東西都摸一摸，籃球難免要脫手，但少年不管不顧，總之是一個玩的心態。那時，尚未聽說過牛奶的新營養成分叫做三聚氰胺，也不擔心有人把手機當成自慰用具；那時，飯館菜肴還沒有濃香到無法抗拒，因而有人醉酒有人吃到吐；那時，還沒有把焦慮當作時尚、把單調誤為簡約的那許多水泥高樓；那時，上海的夜店還沒有天上星星多，門外也還未產生一種叫做撿屍的食人物種；那時，白晝的車水馬龍有著更為細緻的盼望，而黑夜比如今有著更為漫長的耐心。

我對黑洞的記憶與時間有關，準確說，是與夜晚有關，一個春心如水的夜晚，在霓虹色的夜風裡，人影綽綽，安定飄逸。

臺灣大老闆何先生宴請日本重要客戶三共通商株式會社，照例是啤酒黃酒紅酒輪番轟炸。飯畢，賓主酒足飯飽，相悅相攜，移步進入KTV包房，氣氛頗有些迥異，何先生處於玉樹淩風的年紀，身邊陪同除了司機小李子和經理黃嘉森，破例帶上市場部的一個普通女職員孟小姐。說破例，因為何先生請重要客人晚宴總是免不了燈紅酒綠，通常不帶本公司女職員，她們也不願來湊這種男人的下流熱鬧，可是，孟喆是一個例外。

孟小姐職位雖一般，身材臉蛋不一般。她就是後來傳說為九頭身的魔鬼身材，配上一張天使面孔。

為了避免尷尬，我到門外找一個角落，吸了半支煙，等我磨磨蹭蹭地回到包房，司機小李子已經退出去，而黃嘉森作為僅有的兩個臺灣人之一，不能走，也不能坐，他在選曲，眼鏡片反射著鬼火一樣的綠色螢光。

看得出來何先生今晚下了血本。三共通商株式會社是一間戰後崛起的日本國際大貿易商社，作為東芝財團合作多年的交易夥伴，正在亞洲尋找給東芝供應電動工具的供應商，訂單一簽就是三年，包括何先生公司在內許多亞洲供應商垂涎許久。

黃嘉森有點喝高了，我喝得也不少，卻清醒得很。我作為日本三共株式會社的駐滬首席代表，任務是陪好我的兩位老闆，部長小田和課長豬狩，但我隱隱擔心嘉森。

當晚的孟喆寧靜平和，一身洗白了的藍色牛仔衣褲，梳著馬尾，像一個真正的修行者，盤腿坐在地毯上，看不出身高，光潔如嬰兒的臉上流淌著比月色更世故的娛樂場所的照明光，面前的茶几上堆砌起了蘋果核和堅果殼，身邊圍著兩位從日本遠道而來的穿著並不像問道者的道友，交談用的是英語，居然讓我這個翻譯官身暫時失了業。

孟喆就是這樣扳著指頭，一臉高深莫測地說，我打賭你們不曉得我是從哪裡來的。不是問籍貫，不許說上海，不准提地名。

兩個日本腦殼冒汗了，碰在一起竊竊私語。

臺灣經理黃嘉森竊笑，搶先說阿喆是從我們公司來的。他當然不是達爾文主義者，他說何先生開設的這家著名台商貿易公司的企業文化最為獨特，在本公司門下，學徒是反向演化，從人演化為猴，從會走會跑會跳，演化到游泳上樹撓癢癢抓蝨子，還得學會如何向客戶討飯。

眾人哈哈大笑，何先生也跟著笑。

黃嘉森是孟喆的頂頭上司，故鄉在台南鄉下。黃孟二人的老闆台商何先生出身名門，英倫畢業，相貌堂堂，風度優雅，據說有一年處於徐家匯黃金地段的一家大金店搞傳銷致倒閉，引發本市街頭大規模群眾抗議遊行，差點釀成傷害事故。那家金店就是何先生的大哥開的。何氏家族生意遍及東南亞各地，全賴何先生的太太在臺北總公司操持。何老闆生性風流，常年流連於上海和洛杉磯的分公司，這兩地分公司裡面難免鶯歌燕舞，何先生因之樂不思蜀。日本人曉得何生最喜歡美女環繞，還在宴席上，豬狩就一股勁地攛掇何先生，飯畢娛樂照例是去日本人最喜愛的卡拉OK，何先生非但帶上常帶的司機小李子和銷售部經理黃嘉森，還一反常態，樂呵呵拉著孟喆的手，硬是不讓孟小姐回家。沒想到長腿美女孟喆竟然爽快地答應了。誰不知道何先生哪次招待日本客戶不是叫上一堆佳麗陪侍，而同為臺胞的青年才俊黃嘉森先生追求孟喆已不知一日。黃嘉森一下子坐立不安起來，孟喆可真是聰明面孔笨肚腸。

何先生笑完立起身走出去，說是去安排一下。

豬狩課長的名字雖然聯想不佳，長相卻是酷似三浦友和的帥哥，如果挑剔一些的話，缺點只能算是腿短身長，兩條腿略帶羅圈。不過，他懂得揚長避短，從各種角度展示其俊臉和幽默感：孟小姐，依我看你是從媽媽的肚子裡來的。

孟喆一本正經地說，請老老實實問答問題，不說笑話。豬狩自覺尷尬，只能笑笑，望著上峰小田部長。

小田部長生了一雙女人一樣漂亮的白皙小手，他把雙手老實地擱在雙膝上，躬身謙虛地說，孟小姐說的是哪裡，我知道。但我不說。然後，他像欣賞一副莫內的印像主義睡蓮畫那樣專注地望著孟喆。

孟喆把臉轉向我，我笑笑，撓撓頭，我不傻，日本老闆都答不上，我豈能放肆。

KTV包廂門再次被推開，何先生風度翩翩走進來，一手牽一個，一高一矮共兩位小姐，燕瘦環肥。身後跟著司機小李子，手裡提著一瓶XO，那是何先生慣有的手段，總是在晚宴輪番啤酒紅酒轟炸之後低空投出一枚XO核彈。兩位日本人忙不迭連連鞠躬，何先生要的就是那種強烈誇張的戲劇效果。燕瘦環肥各有千秋，一上來有些扭捏，不過，她們馬上看出苗頭，一左一右坐下，不卑不亢，把兩位日本尊貴客人像三明治一樣夾在中間。她們主動幫著日本人點了一大堆吃的喝的，生怕他們唱歌太勁爆，斷水斷糧。

孟喆以撒嬌的口吻說，何先生肯定也不知道我是從哪裡來的！

何先生還是報以紳士般微笑，彬彬有禮地說出一個標準答案：人是神手所造，你是從神而來。

何先生雖是佛教徒，但拜基督徒何太所賜，對基督教相當熟悉。孟喆的纖指輕輕挑去何先生亮閃閃的法國定制西裝馬甲上的一根線頭，她說，老闆，這是科學問題，不要找神學幫忙，好不好？

豬狩推了我一把說，喬老爺說。

連日本人都欺負到叫我的綽號。我索性拍著腦袋胡說一氣：別考何老闆了，你麼，是從人而來。

孟喆伸手也來拍我的頭：喬老爺是任我行。

兩個日本人一頭霧水地望著我。那時孟喆正沉迷在《笑傲江湖》中，任我行這個專有詞彙，我理解該是自大成狂或自我中心的意思。我翻譯給他們聽。日本人連聲點頭：騷哥，騷哥[3]。

燕瘦和環肥小姐點了《你究竟有幾個好妹妹》《冬季到臺北來看雨》《容易受傷的女人》和《為愛癡狂》等等可以一口氣唱到天亮的曲目，就在把酒當歌的熱鬧中，把小心眼的黃經理給擠到一個角落。小田細嫩得像女人一樣的手有節奏地拍打著，彷彿雪白的鴿翼每次都落在身邊燕瘦小姐的大腿上，燕瘦知趣地將頭倚在部長並不偉岸也不浪漫的肩膀上。

孟喆對嘉森使個眼色，起身走過去，客客氣氣地把嘜霸的話筒音量調小，嫣然一笑：你們唱歌，我們說話。

我激將她：你真的有科學答案？

孟喆還是笑：廢話。

她美目流盼，瞟著兩個日本人。

---

[3] そうか，日語表贊同，「是嘛……」「是這樣啊」，或表示疑問，「是嗎？」，一般多為男子使用。

小田部長似乎按捺不住了，他起身親切地拉住孟喆的手說孟小姐，讓我來回答你的問題。他卻拉不動她，他加力拉扯孟喆，沒想到孟喆是地道的力量型美女，部長的身子彎成蝦米狀還是奈何不得。何先生笑呵呵走過來，一手放在瘦小的部長肩上，另一手擱在孟喆肩上，兩下裡一合攏，孟喆的頭差點與小田撞在一起。小田踮起腳順勢將小手搭上孟喆的肩膀，用生硬的中文說，孟小姐很有北海道美人的神韻，如果不是來自日本，就是來自太陽。

無論日本還是太陽都是一回事，都在那個國家的國旗上。孟喆不喜歡小田之類有話不好好說的說話方式，突然站直了身子，她超越一米七的模特身材一旦繃直，自然而然脫離了小田的公轉軌道，她輕蔑地說，部長說的算什麼，黑洞才了不起。你聽說過麼，質量超大，大約是太陽的億萬倍。

孟喆那晚的表演剛剛開始。小田部長的臉上紅一陣，白一陣。

孟喆悠悠長歎一聲：距離太陽約2.6萬光年，我從那裡來，就在人馬座那兒。

我們的VIP包廂有一扇不大的窗戶，大家（連同兩位莫名其妙的陪侍小姐在內）伸長脖子，望著黑魆魆的夜空，只看見一枚檸檬那樣的月亮，邊緣散放著紅光。她的手指劃出一條弧線，落在月亮上面，彷彿伸手可以摘下。月亮很大很近，銀河系的無數亮點之間，某一個黑點假如存在的話，必定很遠很小，若有若無。

她宣佈：我來自黑洞。

眾人面面相覷。我不得不大費周章翻譯給日本人聽，聽得他們又「騷哥[4]」起來。帥哥豬狩把自己的手從身邊小姐的胸衣內收回，托住自己快掉下來的下巴，露出仰視哥白尼或者伽利略的那種眼神。

孟喆接著說，我來自看不見的地方。黑洞不是真空的，裡面極小的空間內，壓縮了一團極高質量的物質，以致萬有引力太強大，類似熱力學上完全不反射光線的黑體，故名黑洞。她指著窗外說，我們才會看到一片虛無，連光線都逃不脫的重力場。

豬狩看來中學課外興趣小組沒少參加，他捧場說，真的哦，天文界好像提出宇宙中已經觀測到不少黑洞存在。

孟喆一點面子都不給日本三浦：那都是假的。

黃嘉森湊趣地說，太酷了，如此說來，黑洞真的非常恐怖，把萬物都吸進去，連光線都逃不脫。不過，說你來自黑洞，我還是不信。

孟喆說，理論上，質量很大的恒星在核融合反應燃料耗盡後，發生重力塌縮，就會變成黑洞。所以說，不管是上帝修了天堂，修了地獄，還是兩個都修了，不管人是去天堂，還是去地獄，一點兒不誇張，人人都在前往黑洞的途中。

她看著一屋子東亞商業精英說，宇宙生命的終點是黑洞，但我是從黑洞來的，懂嗎？

何先生手裡端著紅酒杯，半天才反應過來，他打發同樣發呆的小李子再去車裡面拿一瓶

4 そうか，日語表贊同，「是嘛……」「是這樣啊」，或表示疑問，「是嗎？」，一般多為男子使用。

XO。

黑洞是死亡嗎？我問。

孟喆說，那可是無比絢爛的歸宿。

環肥小姐嘟起紅唇，擺出一個紅彤彤的O，與高個子燕瘦無奈對視。她們一輩子陪男人喝酒唱歌打牌，都不會見過有一個模特身材的女學者瘋瘋癲癲搶風頭。

小田部長彷彿悟到了什麼似的，頻頻頷首，對何先生說：撩哥衣，撩哥衣[5]。

沒人敢撩部長哥的衣服，下屬豬狩抓起一罐麒麟啤酒，鞠著九十度的躬，挨個敬酒，緊張的氣氛頓時鬆弛下來。

小田部長撚著沒有幾根鬍鬚的下巴，眼睛笑成了一條線，與眼角的皺紋連在一起，卻始終離不開孟喆。

豬狩身邊的小姐經不住豬手持續的騷擾，挪到嘉森身邊幫他點歌，兩個陪侍小姐都專注在唱歌上，引得小田部長意氣風發要露一手，他喝幹一杯蝶矢清酒，高歌一曲演歌，淒婉低轉，蒼涼嘶啞，今晚，我們都願意為他的藝術哭一次，雖然眼眶暫時還找不到水源。

孟喆是一個K歌好手，但那晚她表現無比沉著。我們想替她點歌，均被她一一拒絕；小田部長也請不動她。最後是何先生拉下了臉，說小孟不給我面子。孟喆吐了吐舌頭，這才跑去拿遙控器選曲。她三下五除二把其他人點的曲目統統刪除。半分鐘後，進行曲的雄壯前奏如鐵騎

5 りょうかい，日語「瞭解」「知道」或「明白」。

銀瓶般硬生生闖入每個人的耳膜，我的耳朵和眼睛如同被決堤奔瀉的黃河怒流完全遮蔽，看不清螢幕上二十九軍的大刀雪片般飛舞，穿著皇軍制服的人抱頭鼠竄，在場一個個人都象泥雕木塑般凍住了。

孟喆字正腔圓地大聲唱著《大刀進行曲》[6]，高舉一大匝啤酒，宛如揮舞一把八極刀，砍頭如同切菜，功架十足，氣勢如虹。

室內的燈光暗地裡熄了，她把大匝啤酒一飲而盡。螢光和月光映得她肌膚勝雪，面孔輪廓愈加鮮明，她長得很不中國，高鼻樑，大眼睛，細眉高挑入鬢，上唇厚得恰到好處。至此我才明白是我自己笨。晚宴中她曾悄悄問我日本人聽得懂中文嗎，我說聽不懂，但看得懂漢字，她說那就成，一臉的得意。原來這是她蓄謀已久的一次抗日行動。

兩個日本人埋著頭把啤酒當作水來喝，這回再也無法集體「騷哥」，開始地嘀嘀咕咕談論起東京的天氣與電視。何先生臉色難看，他把持不住大將風度，草草買單收場，叫上司機小李子，上了一輛黑色勞斯萊斯幻影，把兩個日本人拉到另一個酒吧買醉。

我推說自己不勝酒力，就沒去。走前，耳膜裡濾過日本人的小聲交頭接耳：中國的黑洞女孩，厲害呀。

孟喆好像什麼事也沒發生那樣，笑得花枝亂顫。

[6]《大刀進行曲》，是麥新1937年在上海創作的抗日救亡歌曲。為國民革命軍第29軍「大刀隊」抗日殺敵而作。

第三章　黑洞效應

午夜的靜安寺是紅塵中一處淨地，佛寺幽靜，人聲喧嚷。孟喆立在街頭，即便穿平跟鞋，手裡拿著一盒臭豆腐，小手指上沾著口紅一樣鮮豔的辣醬，她依然是1993年午夜街頭一道鶴立雞群的風景，一任群芳妒，難怪何先生公司裡的女員工都不待見她。

黃嘉森半憐愛半怨懟，對孟喆說，你呀你，今天發什麼神經！胡說八道，把日本大客戶給得罪了！

孟喆一臉無辜地吃著臭豆腐：你們自己一定要我來，我不討論討論天文學物理學，難不成跟你們這幫臭男人一起泡小姐麼！

嘉森說，黑洞白洞也罷，你掄大刀，何老闆還在等三共的大訂單，看看把何老闆的臉氣成什麼樣！

孟喆哈哈大笑：何先生覺得大客戶難伺候，特意召我來，硬要我唱歌，我是卻之不恭，士為知己者死嘛！

我說，這麼說還是何老闆自找的。看下次何老闆還會請你來。

上天的閉月羞花之愛給了孟喆身材外貌，必然要用沉魚落雁之恨來包裝襯托；上天給了她與身材外貌相匹配的剛烈秉性，必然導致她的身邊差不多都是象我們這樣的臭男人。孟喆，嘉森和我是一組奇怪的三人行。說簡單，我是黃孟二人的客戶，我們常常在下班後聚會，除了業務以外，年輕人還有許多共同話題，三人結伴夜遊，跳舞唱歌溜冰看電影，不亦樂乎；說複雜，我是一個日本翻譯官，與嘉森臭味相投，雖然我是老煙槍，他從不吸煙，但我的身分頗為可疑，是電燈泡還是男二號，我沒弄明白，也不想弄明白。黃嘉森麼，自命為孟喆的真命天子，但孟喆的天文學知識超越了常識範圍，作為滬上罕見的冷僻知識型長腿美女，至少我是這麼看的，她沒把嘉森當回事。

然而，真正使我心慌的事還是很快發生了。孟喆很快不得不離開了何先生的公司。失業，在九十年代中葉的上海已經是一個很令人傷心的字眼。我想起自己失業的狀態，像是一隻嘴尖爪利的野貓，該出現的地方見不到，而不該出現的地方到處晃。只有孟喆那樣的姑娘，就像那個好心的街頭小妹，時不時地把野貓撫摸一下，但，從不會撿回家。

臺灣人黃嘉森望著孟喆總是有點走神，他盯著孟喆好久了。一直沒得手。他最近常把我拖著，說是隔山打牛功夫。我說常在河邊走沒有不濕鞋，他說他信我人品。我說近水樓臺先得月。他說笑話，他不信，他還說，你們倆是同窗，要好早就好上了。他沒說錯，我與孟喆曖昧歸曖昧，可就僅至於此了。要是在如今，孟喆會被冠以女漢子稱號，但她心軟。一個心太軟的女漢子在九十年代常常顯得異常溫柔。嘉森暗戀她這個祕密不能讓我心慌，那時讓我心慌的事真不多，但我總是倒楣的時候多。畢業後進了一家美國公司，這是我第一次學著做市場行銷，混蛋的是在一個世界五百強美國公司裡，在一個富二代的最喜歡泡酒吧的美國佬手下，被他拿來祭刀。我平生頭一回失業了，嘗到了資本主義的苦果。孟喆是我大學同學，她已經在何先生的臺灣公司上班。她說她記得政治經濟學課上我是少數幾個寫論文追捧社會主義市場經濟的同學，當然分數低得可憐，現在壓自食其果。不過，她說聊以自慰，不是在四五十歲才失業，出名要乘早，失業也是要乘早，然而，我知道畢竟這也是精神勝利法。

失業那陣子，我都不敢告訴家裡，只說請病假，更多時候滴酒不沾，潔身自好。躺在床上，讓太陽曬到臉上，宛如許多小螞蟻搬家路過。失業可以賴床，除了家人異樣的眼光，一切均可忍受，在床上似睡非睡，腦子裡天馬行空，悟出一個道理：人生皆由誤解而成，我與孟喆之間充滿了誤解。孟喆給多數男同學畢業紀念冊上都留了言，在我的畢業冊上她工整地寫著：每一個成功的男人背後都有一個女人，你呢？

每當我想起這一句話，背景音裡常常反襯黃嘉森嘿嘿的笑聲。我悵然放下電話。

那時候，我看後渾身燥熱，連續一個月食欲猛進，有一天猛踩單車，一口氣騎到蘇州河橋下。站在寒風中眺望三個小時，什麼也沒發生，就返回了。第二天掛電話到她公司裡。

大概也就是在我失業的當口，黃嘉森那時開始不離孟喆左右。以至孟喆養成了一句新口頭禪，那時她忍不住又說，別噁心。人家喬老爺是提前退休，告老還鄉。

我對孟喆說，你更噁心。

孟喆笑得象朵水仙花，她總把我叫做喬老爺，總是上不了轎的喬老爺。仿佛她眼神裡滿滿的都是愛意。當我因禍得福找到新工作，出任日本人的翻譯官時，她卻不得不離開何先生的公司。

她是第三次失業了。沒有一件工作長過一年。她說她媽怪她爸寵壞了她，女兒嬌生慣養；

她爸怨她媽沒有富養女兒，女兒的品味太低，但孟喆好像渾不在意。她天性快樂，笑口常開，不懈追求各種真知，要是在古代，那可是上知天文下知地理的才女，但她卻總是樂在當下。

孟喆失業，似乎突然釋放了在一個臺灣企業裡委屈了這麼久蓄積的怨氣，但我少年老成，可算是未卜先知，一語中的。孟喆拔出的大刀是雙刃的，落在日本人頭上，同時也傷了自己。事實必然比預想的更糟糕。何先生保持了世家子弟的氣度，沒過多久，他找了一個很好的理由，請孟喆走人了事。孟喆這個女孩也乾脆，鋪蓋沒卷，二話沒說，離開了何先生的公司。

黃嘉森依依不捨，他背地裡約了孟喆吃飯喝酒，算是送別。孟喆這個女孩也奇怪，一定堅持要我也來，三人又在一起，喝了一晚上的離別酒，大家都有意無意放縱地喝。席間當然會聊起靜安寺KTV那回黑洞公案。

孟喆的臉喝得臉紅紅的，才說清原委：我早聽何先生說過，那個臭豬手是一個百人斬，自以為潘安再世，每次來中國出差，都去KTV和酒吧找中國女孩玩，睡了人家，還玩收集毛髮之類勾當，說是手信，貼了好幾個大本子，拿出來給人展覽，別提多噁心了，他以為還是日軍攻佔南京城那會兒嘛！

豬狩課長的確有此不雅之癖，我艱難地看了她一眼。抱拳連稱孟喆不愧是黑洞女俠，又贏得了一場「抗日戰爭」。我輩男兒算是白活了。

黃嘉森突然用閩南話罵了一句什麼。孟喆顯然聽懂了：不許說粗口。

然後，她對我溫柔一笑說，你也不許用日語罵娘。

我說，我天天伺候鬼子，還不能爆粗口，不如被黑洞吸進去爽快！

孟喆什麼時候變成一個黑洞女孩，我真不知道；但她失業那一晚，笑得比星光燦爛，沒有一點兒黑洞的無限死寂。

這一年的聖誕節之前，公司前臺接入一個長途電話，自稱是孟小姐。

在電話線那頭，孟喆的聲音低沉得不像是她本人，她說你一定來，快來救本小姐，因為我被綁架了！

什麼什麼，你慢點說，要不要報警……

不，不，我掉入黑洞了，你不可以報警，只要你快來！

她一談起黑洞，我斷定是她無疑。

電話那頭陷入沉默，半晌，孟喆才悠悠地說，黑洞的中心是一個引力奇點，密度趨近於無限的奇點，在那裡，物理定律會統統失效，懂嗎？

傻妞，我不懂。

她還說，一個物體掉入黑洞，會被壓縮在無限小的空間裡，被無限拉長、壓扁扭曲，由三維物體變二維，變成一條線；等到線跑到那個神奇的奇點上，物體將完全失去維度，完全消失，完完全全。

我說，我真的不懂。

你真笨，在我變成一條線之前，你趕緊來救我！

你在哪裡呢？

福州。

電話是福州打來的。這大半年之中我們幾乎沒有交往。我不得不相信孟喆說這話的時候她真的是在黑洞，這是孟喆的語彙和文法。她是在地理意義上的福州，也是在物理意義上的黑洞。我的意思當然不是說福州是黑洞，福州人民一定不同意，但我是說孟喆是從黑洞來的，我必須相信，至少是救人的當口。

我馬上找了個藉口向公司請假，收拾收拾，就買了機票飛抵福州。在萬米高空，我一直想著我與孟喆算是什麼關係，她為什麼不找黃嘉森先生。

到福州時，天擦黑了，我決定以查驗出口訂單的方式來查明孟喆。我按照約定，趕到熱鬧地段的東江海鮮酒樓，一看手錶，八點還未到，趕上了。

一個淺粉色制服襯衣短裙的女孩臉上掛著個酒窩，自稱是店經理，笑盈盈問我幾位。我說兩位，但要等朋友來。趁在門外吸煙的機會裡，把裡面看了個清楚。

孟喆果然如其所述，坐在最裡面靠窗的位置，穿著深色的全套職業裙裝，霓虹打在她臉上，紅紅綠綠的，看不清什麼表情，背挺得直直的，好像被綁在一根看不見的柱子上，她身邊坐著一個男人，五官端正，圓潤到彷佛一尊黃楊木刻的大慈大悲的菩薩。

孟喆似乎一直在小聲說著什麼，我掐滅煙頭，走過他們，又走回來，也許她還在談論黑洞，菩薩臉男人聽得昏昏欲睡。一縷白煙從面前升起來。那個菩薩一樣的男人的臉籠罩在他指間製造的萬寶路煙霧世界裡，他年紀並不大，但頭髮花白，眼袋下垂，已經生出雙下巴，看上去的確像一個貨真價實、飽讀詩書的大學教授。

那個穿短裙的福州店經理臉帶期盼，從店門口遙遙地看我，淺粉色襯衣背後胸衣背帶隆起，彷彿一道監獄高牆上的電網，隱隱輻射出令人心跳加速的致命誘惑力。我靈機一動，沒有什麼預設情節，我去洗手間寫了一張便條，回來上前，恭恭敬敬遞給她，指了指窗邊那位菩薩臉。她看了，臉就紅了。但很可惜，她沒採取任何行動。行動失敗。

我再次回到洗手間，打開雙肩背囊，翻了半天，終於找到了合適的東西。那是一本幾乎跟新的一樣的日本流行雜誌，這種東西豬狩等人每次從東京來上海出差，隨身必帶若干本，看完了就往翻譯官這裡一塞，美其名曰環境保護。

我再次來到女經理面前，她詫異地眨著一雙好看的蓮仁眼睛；我咳嗽一聲，從腋下抽出那本日本雜誌，雙手奉上，再次鄭重地交給他，然後，又指了指靠窗與孟喆坐在一起的菩薩臉，說那位老師送給你的。

女經理滿臉詫異，打開那本日文雜誌，沒幾頁她就翻到關鍵頁面，臉色先是發白，接著轉紅。書頁上幾位扶桑AV女優像初生嬰兒那樣一絲不掛，虎牙全露，纖毛畢現，這次女經理終於出現應激反應，露出了一位良家女子遇到強暴應有的真面目。她咬碎銀牙，從服務員那裡劈手奪過一碗連江魚丸湯，一口氣端到菩薩臉面前，嗵地杵在桌上，濺了他一臉油花。

菩薩臉先是一愣，委屈地看看孟喆，又不相信似的看看女經理，他一邊甩手，一邊大叫：不、不、不是我們點的。女經理說讓你吃讓你吃。她順勢用大湯勺在湯裡一攪和，嚷嚷著白送你。菩薩臉的外套和褲子立馬濕了。他像一枚品質不合格的炮仗那樣才跳起來就落下，菩薩臉變成了金剛臉，他抓住女經理的手，一定要店經理賠禮道歉，女經理漲紅了臉，騰出另一隻手，賞給金剛臉的左臉一個響亮的耳光。

金剛臉被打得暈頭轉向，轉眼又被打回到菩薩臉原形。女經理迅速退到收銀台後面，彷彿通了電的收錢機器會變成高壓電棒，攔住一切妖魔外道。菩薩臉說我要報警。女經理也說我已報警。菩薩臉說你不講道理。女經理說你是流氓。

我趁機對孟喆使眼色，趁著菩薩臉被一群義憤填膺的服務員扭送到收銀台前理論的那一刻，孟喆理了理頭髮，起身拿起坤包，裝著去洗手間，趁機到樓下與我會合。三分鐘內，我們坐上一輛計程車。在孟喆的暫住地，取出一隻ABS行李箱，回到同一輛計程車，直奔火車站。

在計程車上，孟喆終於忍不住拍手大笑，我也大笑，突然，她不笑了，抱著我的臉用力地親了一口，之前我們連牽手沒有。然後，她把一樣東西拋出車窗。福州的計程車司機回頭看我們一眼，意味深長，什麼也沒說。

什麼掉了？我問。

鑰匙。她說。

孟喆把鑰匙扔在了1993年的福州街頭。

我至今懷念那個沒有地鐵的上海。

1993年聖誕節前最黑的那個子夜，我們回到上海。那時，人無法走得更快，上海地下還未被掏空，一號線只有錦江樂園到徐家匯那可憐的一小段建成通車。出了上海站北廣場，寒風從每一個可能的縫隙裡鑽進來，好像把半夜的一池墨汁都凍成了硬塊，孟喆牙關咔咔響著說，好像離開了一個世紀。

孟喆還穿著適合南方天氣的裙裝，她裹在一件毛茸茸的咖啡色大衣裡，說她不想回家，因為她那個脾氣火爆的老爸一定會把她屁股打爛的。

我們打的去了徐家匯的交通大學附屬賓館。

她說她老爸在交響樂團吹首席黑管，年輕時極有才華，後來去了五七幹校。老爸出身書香門第，對她家教極嚴，一直對她和她弟弟沒有繼承他的音樂事業耿耿於懷。

她說話的時候，窗外市聲消散殆盡，室內只聞她粗重炙熱的呼吸聲，我一直握著她的手，她的手柔弱無骨，冰涼冰涼；我又把手放在她額頭，火燙火燙。此時此刻，我們都已在賓館的一張單人大床上，她裹著厚厚的絨布睡衣鑽入了被窩，而我呢，手裡拿著空調遙控器，像一個君子那樣（至少那時是這樣）坐在床頭。

那一夜，她發燒了，她卷起雪白的長腿，在白色床單下佝僂成一團，縮成在母親子宮內裹著羊水的摸樣，我給她加了被子和毛毯，又出去日夜藥房買了感冒藥，給她服下，她閉上眼睛。

我剛想把床頭燈關掉，她閉著眼睛忽然說，不要關，我怕。

我說，你怕？

她說，燈一關，我就被吸走了。

傻妞，哪有鬼怪？

吸到黑洞裡去了。

不就是回家嗎?別怕。要去,我們一起去。

我是從黑洞裡來的,總歸要回去的,只是不想現在回去,因為有你在,多好。

她睜開大眼睛,眼神深邃得好像能穿透天山上的萬年冰雪。我握緊了她的一隻手,將另一隻手撫摸她的脊背,在她臉頰上吻了一下,她的鼻息像某種家養小動物那樣柔軟濕潤,她的身體在我的唇下彷彿風吹過紙頁一樣顫抖。如果我沒記錯,在福州她吻過我,現在,在上海我吻過她,可是,都是唯一的一次。

她說,別走。

我說,好的。

她說,我想聽喬老爺吹黑管。

我一愣:我不會。

我多想看你吹黑管的樣子,你為什麼不會呢?

孟喆白皙的皮膚下轉為透明,可以看清淺藍色的血管;她的身下也彷彿埋著一座小火爐,幾乎要把我的肉體煮沸。她喘著氣,眼睛半開半閉著,流出來一些清澈的液體,流到我的手背上,給我也高燒的頭腦降溫。這是我第一次也是唯一一次看見孟喆流淚。她斷斷續續的講述像是一場夢囈。後來我才明白,那一夜,我們都去過黑洞一回,她回來了,而我永遠沒回來。

孟喆說她自小就想學黑管,自然與她家傳淵源有關,然而,這不全然如此。這裡面還與黑洞有密切關係。她說她的恐懼從記事起就開始了。她很小時候見過許多陌生人夜裡沖進家,抓走她的媽媽，給她脖子上掛一雙破球鞋，那種解放牌的白色球鞋，鞋頭穿孔，鞋底掉了，鞋幫上刷著白鞋粉。他們還當著她的面打她爸爸的臉，打到臉腫得象個豬頭，把他那支非洲黑木做的單簧管給折斷了。

她很小很小就與弟弟二人相依為命，寄居在親戚家裡，她用力地說，生活他媽的太苦了。她從學校圖書館偷了許多蓋了革委會圖章的書來讀，其中有一本天文學科普讀物，上面講到宇宙裡一個神奇的所在：黑洞。那一夜，小孟喆簡直開心得睡不著覺，她發現了一個祕密：她不是地球人，她是從黑洞來的。浩瀚的宇宙起源於一個最古老最恐怖最神祕的黑洞，從一次神奇的大爆炸誕生於一個古老的黑洞。當黑洞的質量累積到一定程度時，會發生類似大爆炸的大事件，讓宇宙得以重生。我們宇宙中數以億計的黑洞又能神奇地孵化出許多新的宇宙。她那時就想：如果回到黑洞，她也能重新獲得生命。她把祕密告訴弟弟，弟弟不懂；她無法告訴別人，她決定保守這個祕密，一個人上路，尋找返回黑洞的路徑。

她雖然吃得不好，有一頓沒一頓；睡得不多，睜著眼睛看黑夜；卻迅速發育，繼承了父親的高挑身材和英俊面容。她越長越高，漸漸懂得：她無法一個人回去，她要找到一個同路人，另一個願意與她一同去黑洞的人。她說她和弟弟回到父母身邊後，日子好起來，她讀完了大學，但是，她還是一直使勁地找，偷偷地找呀找，沒有一個工作可以做長久，沒有一個男朋友可以正式到超過三個月，父母都不明白這個女兒成天瘋瘋癲癲的是不是生病了，索性就不管她了。後來，她找到廈門鼓浪嶼，然後，她與她找到的同路人一起去了福州，她以為不久可以啟程去黑洞，不料，她發現自己被愛綁架了。

綁架事件緣於她離開何先生公司後去廈門旅遊。她一個人背著包在琴島上漫遊，聽見了那純淨清澈的熟悉聲音。她一連三天，遇見一個獨自吹黑管的中年男人，黑管的豐富音域彷彿天使的翅膀降臨人間，遮天蔽日，無可躲避，無可選擇，三天裡，連苦澀的海腥味混合著煙草味都變得彷彿法國普羅旺斯的熏衣草與葡萄酒那樣浪漫。整整三天裡，她朝聖一般注視著他那放光的臉龐和專注在黑管上的眼神，虔誠地想著：這是天意，這是天意。她從來沒有想到一個頭髮花白、菩薩相貌吹黑管的老男人會有著黑洞一樣的吸引力。

他自稱是福州一所高校的語言學教授。黑管是他一生的摯愛。他自小夢想帶著黑管和心愛的女人去非洲大草原，但如今他願意帶著黑管與她一起去黑洞。

琴島的夜是不安定的，人彷彿在船裡搖來蕩去，怎麼都無法擺脫波浪的糾纏。那個菩薩臉的男人突然敲開她的房門，從天而降，抱住她，呼哧呼哧的喘息聲彷彿非洲塞倫蓋蒂廣袤大草原上肆虐的狂風，大象河馬長頸鹿獅子老虎都不能阻擋。這出自于孟喆的想像，既然她從未去過非洲。她對非洲草原的瞭解只能來自於他的講述和他的欲望。可是，這也是扯淡，他哪裡去過非洲。

我聽到這裡，很想重回福州去扇教授的右臉。

她夢遊一般隨著他去了福州，兩個人一起租了房，共同生活了半年，她說這段日子像開著太空船在群星閃耀中翱翔一樣，只是她知道飛船總要著陸，一直飛下去只會耗盡能量。他已經成家，妻子是高幹子女，兩人有一個十三歲的兒子，他說他的工作是岳父安排的，他的婚姻是妻子安排的，他的日子好像煮一劑煮不完的苦到心底的中藥，爐子熄了，藥還得煮。

孟喆心裡其實不在乎他離不離婚，因為他們總歸是要去黑洞的；但她在乎他在兩個女人、一個孩子和兩位老人之間長袖善舞，左右逢源，而且，菩薩臉與她在一起後，很少再碰黑管了。她有一天打開琴盒，摸著冷冰冰的金屬管身，如同撫摸一顆不再火熱跳動的死去的心臟，她明白了一個簡單的道理：一個可以一夜之間放棄自小時候就有的去非洲夢想的人，同樣可以一夜之間放棄黑洞。她告訴他，她決定離開福州回上海。他起先很平靜，不停地吸煙喝咖啡，用老師的口才與睿智來說服她，但孟喆是來自黑洞的，她的決定無人可以推翻；菩薩臉老師憤怒不已，他不能容忍任何來自女人的離棄，他第一次打了她，象一個傷心的父親不得不管教一個淘氣的孩子，然後，他跪在地上，痛哭流涕，象一個由愛生恨的丈夫對自己的愛妻那樣懺悔不已。可他忘了，她只是他從鼓浪嶼街頭撿回來的一個來自黑洞的陌生女孩。她挨了揍，學乖了，接受了他的道歉，還是施展各種妖術一樣的法子試圖離開他；老師不得不用學問軟硬兼施；用溫存體貼軟禁她；他用纏綿的愛折磨她；他給她下藥，讓她睡上三天三夜；拿兩盞落地大燈照著她，不讓她睡覺；不停地與她講話，直到她想把耳朵割下來。她快要崩潰的時刻，終於找到一個機會，她乘他不備，撥通了我上海公司的電話。

——我感到身體的一部分已經溶解在黑洞裡面，救我出來……

記不清這是祈使句，還是問句，那晚，我握著她冰冷的手，撫摸著她如同雪峰突然陷落的腰肢曲線，同時，卻為我的一條褲腿心神不寧。未曾注意哪裡沾上的，我褲腿上一抹鮮紅色的油漆，鮮血一樣耀眼。

孟喆說我是她當時想得起來、也找得著的最講義氣的那個人。

你不怕我也像他那樣把你拐走？

我不怕，你很正。

她說完，像一個小孩子入睡前，把心愛的玩具交到媽媽手裡那樣疲憊地笑了。我們倆都有意無意地回避了黃嘉森這個名字。笑是一把從容安詳的刀，割斷了我任何其他的念頭。後來，一個學心理學的朋友用心良苦，給我解釋一個專有名詞「黑洞效應」：黑洞具有自我強化效應，當一個男人的情感閱歷和人生痛苦達到一定積累之後，會象黑洞一樣產生非常強的吞噬能力，把他勢力所及的所有東西全部吸進去，被吞噬的東西反過來促使那個男人產生更強的魅力，形成一個正向加速循環的致命情感旋渦。現在看，這些都是風涼話，純屬馬後炮。我沒有機會把這解釋搬給孟喆。

在１９９３年的聖誕節前最黑的那個夜晚，我其實無法走了，我那時住在黃浦江的對岸，隧道夜宵車說一小時有一班，實際上要等好久；我的自行車還孤零零扔在隧道口馬路邊；打的路線太遠，實在不是工薪族能夠承受的。

我握著她的手，望著她，她就這樣睡著了。

我聽到被窩裡傳來輕微的鼾聲。

我從她的包中找了一本書：貝爾曼的《單簧管演奏法》[7]，孟喆說這是黑管大師的經典教程，但我認為這是大師寫過的最好催眠曲。我給自己泡了一杯袋泡綠茶，點了一支煙，與孟喆

[7] Carl Baermann １８１０—１８８５。19世紀初，貝爾曼出版了《單簧管演奏法》（Vollständige Clarinett-Schule），這是全世界公認最優秀的單簧管教程之一。

分享同一盞床頭燈，坐在燈下，看看書，看看她，彷彿看到二十年後的歲月宛如熟睡的床頭燈光一樣迷離不清。

一支煙吸完，茶沒喝到一半，我也打起了呼嚕。

我睡著的時候，可能兩腳都伸得筆直，孟喆說物體落入黑洞時，在消失的前一刻，會變成長條狀。我也就是這樣。

我以為那一夜要發生什麼，但什麼也沒發生。那一夜的確發生了什麼，也許就是我愛上了孟喆；可是，那一夜，我們倆之間其實什麼也沒發生，那不是一個好兆頭。那是她從福州回來的漫長一夜，我讀懂了孟喆的一夜，也是我們倆的分手之夜。用一夜愛上一個人畢竟不可靠，長夜的盡頭無疑就是分手。

歸根結底，什麼都未曾發生。

第四章 時空扭曲

我的眼前常常出現一根單簧管，烏亮烏亮的木喇叭口，烏嘴吹口固定著一個簧片，兩片厚厚的紅色嘴唇抿下去，風像水一樣流過簧片和烏嘴，配合下唇適當的壓力，薄薄的簧片歡快地搖晃著，烏木體內的空氣長柱彷彿擾動的水波那樣振盪起來。

夜半的蘇州河橋下，在樹影深處，一個雙手握著黑管的男人高大沉靜的背影，我的耳邊響起德彪西的《第一狂想曲》，高音嘹亮，中音深情，低音渾厚……我以為是白日做夢，現在我知道這叫做「時空扭曲」，你可以從蟲洞的一個口子進入到另一個時空，改變時間順序。這一點也不神祕，人常常做時間旅行，但霍金後來說自然界禁止時間旅行。你看，他不是一個讓我們省心的人。

孟喆家住在蘇州河橋下的一個老式里弄，每次送她回家，她只讓我送到那座鐵架橋下。所以，我始終不知道她家確切住址。那時，蘇州河水還是那種不反光的黑色，散發著不是汗臭、而是類似於煙草的河流的體味。月亮並不朦朧，如同一個碎了燈罩的大街燈高高吊在半空，十裡洋場上的街燈逐漸恢復了神氣，亮得如同串在鐵籤子上的一排白色乒乓球。

孟喆回滬病癒後，接連去了兩三間公司上班，做的都是秘書之類不三不四的工作（孟喆自己的描述用語），她常常約我下班後送她回家，我只要能夠走得開都從命，但其實這種機會在日本企業通常少得可憐。黃嘉森這段時間裡好像真的去了黑洞，始終不出現。

孟喆那雙黑色平跟鞋的鞋跟猛咬了一口高低不平的街面。我一邊扶住她的腰肢，一邊皺著眉頭，看著我自己牛仔褲腿上的一道紅色油漆。我換上這條褲子，卻忘了注意上面的汙跡。還能不能洗掉汙跡，已經不重要，重要的是已經不乾淨了。我不是說褲腿上，我是說心上。

孟喆說他爸爸離開樂團後，常常在晚飯後來這裡，一個人捧著黑管，吹德彪西的《第一狂想曲》。媽媽從來不來聽。她說都是吹黑管惹禍。

孟喆的神情很憂鬱，她凝視著河邊的一棵法國梧桐樹，蘇州河鐵橋的偉岸身姿把沉重生硬的黑影壓在樹身上。

我問為什麼。她呆了一會兒，才說媽媽聽不懂。

孟喆在橋下面同我談起那晚小音樂廳演奏的《貝多芬第九交響曲》，她一臉嘲諷，用雙關語說，從第四樂章起越演越烈，越挫越勇，越來越忍不住，終於達到了高潮，男人的高潮，交響樂充滿了男人的意淫。

孟喆從來在言辭上無所顧忌。她對交響樂的批評，使我常常如墜五裡霧中。她的音樂修養很深，應該是得益于其父的陶冶。她常常邀我去小音樂廳聽音樂，但很快發現古典音樂對我也是對牛彈琴，白白糟蹋了她的錢包和苦心。

交響樂是男人的。民樂才是女人的。孟喆這麼說，某天晚上，孟喆最後宣佈說她不聽交響樂了。

我站在臥室門背後的暗影裡，完全沒有意識到這個決定並不只是隨口說說而已，這個決定影響了她和我的將來。

她的臥室很逼仄，其實就是一個亭子間，中間用一個布簾與他弟弟的床鋪隔開。

她在臥室裡旁若無人，脫下白色T恤衫和白色超短裙，露出勻稱修長的酮體，窗外月亮羞得只剩下一個背影。

我無法抑制衝動，突然上前把她摟住，她卻驚叫起來：喬賓！你怎麼也是這樣的人！

我沒有停住，無法停住。那一刻，我的頭腦裡面一片空白。

然而，這不過是我的幻想，在孟喆消失在黑洞之前，我從未踏進過她的家門，這是一個事實。為此事實，我懊悔不已。我也一直迷惑不已，時而過分克制，時而過分唐突，時而過分刻薄，時而過分狂傲，自己到底是什麼樣的人。時過境遷多年以後我終於明白，我才是落入黑洞的那個人，雖然我總是自我感覺頭腦很清醒很理智。

孟喆放棄交響樂這一奢侈愛好看來是必然，正是出國熱剛興起那一陣子。人人都夢想著從剛打開的國門擠出去，看一看，賺點錢，或者不再回來。我打電話到她家裡老找不到她。隔了幾天，她給我打回電話，在電話裡，她嚷嚷著說要出國。

美國？

美丹。

我以為聽錯了。

美丹不是美國，它是一個島，一顆無價的珍珠。在遙遠浩瀚的南太平洋。

我們從福州回來在賓館同宿一夜的事，彼此默契到不再提及，彷彿記憶都被洗個乾淨。那一夜好像從沒發生過，也因為孟喆自那時起變得神神祕秘起來。

直到某天，孟喆約我去蘇州見一個人。在東山的一片紫竹林後面，一間幽靜的禪房裡，我見到了孟喆的師傅，師傅叫做老白頭，看上去不像是文化人，但人生閱歷豐富，五十上下，鬚髮皆白，飄然有神仙相。他據說每天洗四次澡，洗去塵世煩惱和玷污。

師傅興致很高，唐裝布鞋，帶著兩個俗人行山看風景。

孟喆指著遠處大片古剎連同紫竹林說這都是師傅的產業。師傅搖頭說不對，山外有山，人外有人，這產業不是他的，而是師傅的師傅的，但也不是師傅的師傅的，因為產業就是一個空，萬事都是空。他的師傅叫什麼，老人始終不肯透露。他神祕地笑笑：將來你們去美丹的時候，自然就知道了。

孟喆悄悄告訴我師傅決定將來要帶她去世外桃源——一個叫做美丹的南太平洋島嶼。秋高氣爽，太湖之水浩淼煙波，湖光山影，盡收眼底。

孟喆說，師傅，蟲洞。我最近在研究蟲洞。

師傅說，你這個丫頭成天神神叨叨，你說的我不懂。

孟喆說蟲洞就是時空扭曲，通過蟲洞，我們可能到達另外一個時空。師傅，你看呢？

老白頭手指點著孟喆的腦袋說，你的想法太多了，你本人的思想才是你最大的障礙。

孟喆說，有人說黑洞很可能就是蟲洞，那樣的話，時間旅行也許做得到。

老白頭說，我沒文化。不過，師傅我跌過的跤比你吃過的飯還多。你最近不是老說不順嗎，不順就是個假像，你做不到呢也是個假像，你周邊遇到的困難阻力都是假像，只有你自己腦袋裡的東西是真的，我只知道你的想法才是你的絆腳石。

孟喆說，好像有點明白了。

我還不明白，老白頭看著我倆微笑不語，他拍著自己的肚子，領著我們朝廚房走，到了開飯時間。

孟喆說她想明白了，但我一直不明白，孟喆還是沒有出國。她停止了整天胡思亂想，她果真行動起來，她下海了。在開發區註冊了一間民營公司，還租了寫字樓，雇了些員工，成天忙裡忙外，火燒眉毛似的，沒見著什麼產品或專案。孟喆依然晚睡早起，精力充沛，她說睡覺是世上最浪費時間之事，乃是人類歷史上的頭等蠢事。我問黃嘉森，他也一臉茫然。誰也說不清她公司是做什麼的。九十年代的上海灘是人人夢想一夜致富的地方。孟喆的蹤跡越來越神祕莫測，卻是一件再正常不過的事。她本來是一個黑洞女孩，從不循規蹈矩。

傳真機噠噠地響著，吐出好幾頁熱敏紙，三共公司上海辦事處某天忽然收到一份大訂單，把秘書和我都嚇了一跳：每月訂購木薯三十噸，每個字頂天立地，刀削斧鑿，好像個個都要力透紙背，我認出那是孟喆的字。

我馬上給她公司去電話，告訴她：其一，日本三共從來不做什麼木薯生意；其二，每月三十噸看上去就是騙子的口氣。孟喆在電話裡咯咯地笑，說她也發覺被人騙了。我對著電話罵傻妞。我說你要是會做生意，明天太陽就不升起來了，全上海白領晚上就不睡覺了。我以為孟喆這樣的人做生意就是一個笑話。可是，我錯了。

有時候，我與黃嘉森一起吃飯，多有商業夥伴在一起，兩人之間像有默契，都不提起孟喆。除了一次，嘉森喝高了，醉醺醺地說孟喆離開上海了，我連忙追問，嘉森口齒含糊，說她被黑洞吸走了，連光都無法逃脫，何況一個瘋瘋癲癲的研究黑洞的小女孩。再問，卻不說了。

第二年春季，我照例代表日本公司參加廣交會，手機的單色螢幕上顯示出一個陌生號碼。那時一部手機價錢很貴，個頭很大。在廣州，公司配給我的墨綠色Nokia手機足有一隻保溫杯大小，也像保溫杯那樣需要二十四小時攜帶，保持狀態。

孟喆的聲音在電話那頭笑得很開心。她說請我看電影，還說她請的是兩位。

我問，兩位？你與我？

她說，別蒙我。你的日本女朋友與你。

我心裡一驚，她怎麼知道我交了桃花運。我猜准是嘉森嚼舌頭。我是談了一位正式的女友，她在商檢局鑒定科上班（也是我經常打交道的政府部門），雖然沒到孟喆的個頭，卻也是長腿細腰，直發披肩，眉清目秀，溫婉可人。日本東京總部認為喬賓先生是嚴格按日本產地標準找了女朋友，值得推廣。我在電話裡沒否認，但我還是說我在廣州，等我回來吧。

她說，知道你在廣州才找你。

孟喆要我幫她帶些客戶樣品，但不可以坐飛機回來，我答應了。

她給了我海珠區電子城的兩個攤位號和一個接頭暗語。

海珠區電子城的第一個攤位主人是一個大頭，像電影裡特務見面那樣，準確地說了暗語上句，還搖頭晃腦地一個勁地觀察四周：你從哪裡來？我按孟喆的指令回答：黑洞。然後，我手裡拿到一個鼓鼓囊囊的信封。我跑到第二個攤位，把信封交給第二個攤位的主人，那廝面部表情僵化到石刻一般，鼻樑上夾著副玳瑁眼鏡，透過眼鏡上方看人，然後，像是終於抓住一個久欠不還的躲債人似的，取出信封裡的人民幣，一一點清，交給我一隻封得好好的棕色紙箱。我提著那只沉甸甸的紙箱，直奔廣州火車站。上了車，放在臥鋪下，也沒敢打開，心裡淨琢磨：既然我就是做了拿錢取貨的活計，兩個攤位都在同一個電子城，為什麼不讓他們之間直接交易？最後結論是孟喆可能並不信任他們中的任何一方。

直到上海家裡，我關上臥室房門，打開封條一看，裡面滿滿全是錄影帶，趁著父母不在，我打開錄影機一看，全是好萊塢最新的影片，在香港配上中文字幕。看來孟喆打通了從香港經廣州到上海的一條販運盜版錄影帶的祕密交通線，我只是偶爾客串了一把地下交通員的角色，我搖搖腦袋，以為她的新生意僅此而已，但是，我還是錯了。她的商業野心遠不止這些。

安福路上梧桐樹葉飄飛的季節，也是上海灘白領們求知和精力雙過剩、無處消遣過冬的季節。小白領們蠢蠢欲動，把每一個寒冷的週末都變成了不眠之夜，星期天的太陽似乎真的不用升起來了；在還沒有盜版ＤＶＤ和網上視頻衝擊眼球的時代，在還沒有手機可以浪費青春的時代，全上海白領在週末晚上似乎真的可以不用睡覺了。一種印刷比正常電影票更精美、但印張比之大了兩三倍的奇怪電影票，通過各個快遞公司和大學生上門推銷之手，開始悄然走紅於滬上各大寫字樓和經濟開發區，通宵連放三場電影，整整五六個小時，全是好萊塢最新原版影片，徹夜連軸轟炸放映。儘管是洋面孔外國語，繁體字幕；儘管不開空調，冬冷夏熱，仍然成為滬上白領們追求時尚和戀愛的最佳去處。那時的電影院缺乏海外片源，大都不景氣，不少還奄奄一息，孟喆的公司一口氣包下了滬上一些著名院線，多屬鬧市地段，利用週末子夜過後院線不營業的空餘，通宵放映小資們青睞的原版電影，一時之間，一票難求，孟喆的公司賺得盆滿缽滿。黃嘉森聞之連連咋舌：黑洞行銷，黑洞行銷。

孟喆發財以後，我們基本上不再見面。到了又一年聖誕節前的週末，我拿著孟喆送的兩張電影票也趕了一回時髦。帶那位剪著披肩直發的女朋友去孟喆包下的安福路影院，泡了一個通宵，三部電影連放，言情，推理加上黑幫片，一部比一部精彩，然而，通宵下來鐵打的人也受不了，我和女朋友滿臉倦意，手把手走出影院，天已大亮，周日清晨，城市還賴在床上，滿地落葉，金黃的世界。

突然間，離場的白領觀眾們停住精疲力竭的腳步，發出一陣驚歎。我認出了那輛彈眼落睛的黑色勞斯萊斯幻影停在影院門口，那時全上海沒幾輛，何先生公司的車怎麼會出現在通宵電影場。我看見小李子穿著制服戴著白手套，下車恭敬地打開車門，孟喆裹著貂皮大衣從影院邊門出來，踩著高跟鞋噠噠跨上車，車門砰然關上，後座上一個男人把一隻手自然地搭在孟喆的貂皮肩上。

英國幻影轎車像一隻敏捷而高傲的黑豹彈射出去，消失在的安福路落葉盡頭冉冉上升的冬日裡。

在沒有暖氣失去睡眠的安福路電影院裡一整夜下來，女朋友的鼻尖都凍紅了，她不斷跺著腳，用紙巾擦著清水鼻涕，連聲聲討：這是你說的愛的代價？

我不能怨李宗盛寫了一首替男人推卸責任的好歌，只得一手攬著她的腰，一手替她拿紙巾，口裡安慰她說傷風感冒，難受三天。你猜，我看見誰了？

她說，看見你的前女友？

我一愣，知道她不可能認識孟喆，我說，那車裡坐著的好像是我們的供應商，臺灣大老闆何先生。

拜託！喬賓，你是一個工作狂！禮拜天你還要滿腦子加班工作嗎？你成仙了？

她是一個正常的女孩，被好萊塢的大片給澈底撐到嘔吐。我把她送回家。那個聖誕夜之後，我沒有再聯絡她，她也沒有打電話給我，就這樣我們因為一場孟喆放映的精彩通宵電影無聲無息地分手了。事實上，那個剪一頭亮閃閃披肩直發的山東女孩身材非常棒，脾氣也很溫柔，南下老幹部高幹家庭背景，她在義大利做生意的兄長每月給她三千美金生活費，根本花不了，她還做得一手好菜，朋友們都說我不可能找到比這個更好的女朋友。那時，我以為我是旁觀者清，如今，我知道旁觀者清的是他們。

週一上班，我立即調查了何先生的行蹤，他果然不在臺灣，他在滬，孟喆應該是與何先生在一起。讓我大吃一驚的事是小田部長居然也在上海，因為何先生正是推掉一切雜務，親自接待小田祕密來滬。東京總部說小田部長已休假，不在日本。我有點恐怖地想到：部長來滬談的該不會是我們給東芝大財團供貨的那個長期大訂單吧，現在，全亞洲的電動工具廠商哪一家哪一戶不在明裡暗裡為這個大訂單較勁呢。東芝財團下屬芝浦工廠預計從中國連續三年採購總值五百萬美元以上的電動工具，具備向日商財團供貨經驗較為成熟的候選者大體上都是台資企業或日商在亞洲投資的工廠。假如小田趁著休假來滬，不與我這個駐滬代表或駐滬辦事處聯絡，卻與某個供應商如何先生之流私下裡廝混在一起談東芝訂單，完全不符合日本公司的商業準則與規範。對於一個日本公司取締役兼最有前途的營業部長來說，簡直是愚蠢至極的叛變行為。

接下來連續幾天，我打電話給孟喆的公司，但始終找不到她。我觀察著東京總部關於訂單供應商篩選的進展，無論我如何慎重地在建議書中指出何先生公司財力上的缺陷與品質控制體系不完善，何先生的臺灣公司正在有條不紊地進入最後一輪角逐。

我徒勞地放下電話，看著我自己牛仔褲腿上的一道油漆。褲子洗得發白了，油漆汙漬反而越來越明顯。

第五章　送我去黑洞

來年一開春，黃嘉森打電話給我說，孟喆倒楣了。他告訴我這一回搞定孟喆的是地球上最強大的美領館。他還說公安可能會來找我。但別擔心，他黃嘉森也不是沒能耐的，他會搞定的！一定！

嘉森的口氣有點喜滋滋，讓我疑心聽錯了。嘉森大包大攬，完全不是他的風格。我不能不擔心，發財從來不是一樁省心事，麻煩一定接踵而至。否則花錢消災的說法就沒有根據。

一個平靜的春天的上午，綠色葉片熙熙攘攘剛爬上梧桐樹的主幹，凱旋路鐵道岔道口欄杆一抬起來，汽車、自行車、助動車、摩托車和行人鬧哄哄爭道而行，奪路而出一馬當先的是一輛掛著警燈的深藍色桑塔納，駛入三共株式會社上海辦事處的大門口，下來兩個陌生人，說是找我。

公安局的經偵專案組果然來了，一老一少，一高一矮，高個子年輕人話多，主要都是他在講，他說得很混亂，但我還是理出個頭緒：孟喆的公司非法經營，被依法查封了，她和她的公司以及公司股東因為在全市範圍內大規模公開放映盜版美國電影，牟取商業暴利，上了美領館的黑名單，被列為嚴重侵犯美智慧財產權的主要嫌犯。我腦子裡閃過我從福州電子城帶回的那一箱貨物，脊背上冷汗涔涔。

我問，她被抓了？還有誰？

高個子年輕人一臉遺憾地搖頭。他們還在找她。他們要挽救她。

矮個子年長的那位一直在觀察我，這時才開口：你曉得她下落嗎？

我搖頭否認。其實我的確收到一條手機短信，來自陌生號碼，我認出了孟喆的口氣。

我也看出矮個子公安根本不相信我所說的。

後來，我跑到街上，特意打了個短的，繞到影城那裡，用公用電話回電過去，一下子居然找到了孟喆。

她在電話裡的聲音有點怪，她語速飛快地說，我焦慮了，睡不著覺，還大把大把掉頭髮。

我把心一橫說，去找嘉森吧。

她的話音一顫：為什麼？

我說，嘉森說他認識美領館的人。罰點錢可以搞定。

我又加上一句寬心話：凡是錢能解決的，都不是問題。

她說，不是美領館的事，也不是錢的問題。現在我睡不著覺，因為可能，不，很可能，黑洞很有可能不存在。如果黑洞真的不存在，我到底該去哪裡呢？

我的心像是一口深井，突然掉入一塊巨石。根據我那點可憐的關於物質能量守恆定律的物理知識，我們即便燒成灰，仍然是物質或是能量，我們不可能消失殆盡，我們一定是前往宇宙中的某一個地方。如果那地方不是黑洞，該是哪裡呢？這的確是一個問題。

我不知道，但我有膽子這麼說：天堂。

孟喆說，自欺欺人。

我說，人活著怎能不自欺欺人呢？

孟喆罵道，一點兒理想都沒有，不知道你怎麼入的團，怎麼當的少先隊員！

我問，那你的理想是什麼？如果黑洞真的不存在？

電話那裡許久沒有回答。

總有一天我要去美丹島。她在電話裡最後這麼宣稱。

不去黑洞了？

也許黑洞真的不存在。

末了，她告訴我一件出人意料又在情理之中的事：黃嘉森向她求婚了。

聲音輕得像蚊子叫，卻尖利得可以刺穿虛飾。

我半天憋出一句：為什麼要問我呢？

她說，因為你是我的好朋友，你特別講義氣，夠哥們。

在九十年代的上海商業狂潮席捲下，義氣早已經是個稀罕貨了。但我沒有由此感動，我反而覺得好笑，而且可氣。

我一直在問，你在哪裡？哪裡？孟喆始終不說。她說你知道得多沒好處。

我掛掉電話之前，電話線那頭剩下的是一個人的喃喃自語，孟喆的發音清晰，條理分明：這裡煩透了，送我去黑洞……回黑洞……

一旦放下電話，我馬上懊悔不已。然後，接連幾周我一直在找，可是，連黃嘉森辭職後也去向不明。我只知道這一回的確是台南來的黃嘉森挺身而出，從黑洞裡救了孟喆。孟喆告訴我黃嘉森離開了何先生的公司，在昆山台商開發區辦公司，她出事後一直沒回家，應邀去了嘉森的新公司做總經理，暫時沒有危險。孟喆做生意這事從廣州起與我有一點瓜葛，一路發展到如今，卻變成與我沒半點關係。黃嘉森與孟喆的人一樣，如同蒸發在空氣裡，我拚命地尋找他們兩人，卻一點兒沒感到：他們彷彿高速公路上隔離欄對面如梭交會的車輛，看得見碰不著，一旦碰著了，就是天旋地轉，車毀人亡。

我甚至去找了何先生的司機小李子。小李子來自山東農村，還未開口，就先獻上樂呵呵的笑臉，挺實誠的一個小夥子，但那一次他很奇怪，全程都板著臉，他始終不願開口。過了好半天，在我再三保證後，他才吞吞吐吐說了一些事，大意是說何先生被人騙了。孟喆跑得人影兒全無，何先生很生氣，說那個長腿上海女孩子很不懂事。孟喆的父親因為演奏單簧管的緣故認識了臺灣名門之後何先生，何先生同情孟家的境況，慷慨出資供孟喆和她弟弟上完大學，孟喆大學畢業後得以進入何先生的公司工作，不料，她非但在公司業務上吃裡爬外，還跟著一個會吹單簧管的大學教書先生私自跑到南方，後來又與不三不四的社會人員一起包場子放盜版電影，如此不可教，愁得何先生頭髮都白了，何先生始終覺得對不起孟喆爸爸的囑託。孟喆出事後，何先生不計前嫌，主動替孟喆付清了罰款，把她贖了出來，還把她託付給在昆山創業的黃嘉森。

小李子是一個好人。他給了我黃嘉森的昆山公司地址，以及孟喆家的地址，寫在一張公司便箋上。我還沒有機會使用這個地址，孟喆忽然打來電話，她讓我去一個地方，卻不說為什麼。

我花了一百多塊錢，包了一輛計程車，趕到一個位於周浦的娛樂總匯。天上飄著斷腳雨，路上行人行色匆匆，心事重重，好似都在趕著去一個個葬禮，那個半明半暗的KTV包房壓在我頭頂上方，微微顫抖著，彷彿是從黑暗的河裡撈出來似的。我像一顆自以為可以突破炮膛射程的炮彈，終於動能耗盡，終於不得不一頭栽落，可是，卻找不到栽落的地方。房裡的空氣卻非常異樣，彷彿被什麼東西急遽壓縮到似乎要瞬間爆炸。

孟喆端坐在沙發裡，臉埋在暗影裡，白色T恤和超短裙好像也是濕漉漉的；正對面坐著黃嘉森，他穿著異常正式，三件頭的正式西裝，翹著二郎腿，鏡片上一片模糊的白光。我們三人許久沒見，卻誰也沒開口，好像誰也不知道怎麼開口，好像都變成了陌生人，三人藏身在震耳欲聾的搖滾音樂中，藏身在無法逃避的回憶中。

我突然飛起一腳，踢翻了茶几，玻璃稀裡嘩啦的碎了一地，但這點噪音太可憐，根本無法對抗鋪天蓋地的搖滾。

嘉森好像被驚醒了似的，張開雙臂，跳起來企圖阻止我。

我一把推開嘉森，他的身體像米袋那樣徒然地撞在隔音牆壁上。

我返身大步走出包房，急於離開是非之地，心裡卻盼望孟喆追出來，但追出來的人是黃嘉森，他神色驚惶，差點被自己絆倒。他眉頭緊皺瞪著我，反復解釋說事情搞定了。花錢消災。是他黃嘉森通過關係疏通了美領館，對方接受以重罰結案，公安局也不追究刑事責任，但罰款額高達四十八萬元，孟喆一時拿不出，黃嘉森就替孟喆付清罰款，他也剛剛辭職，開了自己的貿易公司，手頭也不寬裕云云。

我把拳頭捏得咔吧咔吧響，不耐煩聽他的絮叨，質問他：你哪裡來的那麼多錢？搶銀行？還是綁票？

嘉森說何先生若是拿下三共株式會社的訂單，發展前景大好，肯定可以支持他的昆山小公司。所以，他可以用公司流動資金先給孟小姐墊錢，至於請孟小姐來做總經理，算是她還錢吧。

我冷笑：幫人，還是幫你自己？我聽說向美領館告發孟喆的就是你黃嘉森！

嘉森驚得愣在當場，說不出話來。

我繼續拿話語做的板磚砸他：你為了得到她，不惜落井下石，告密後還假惺惺出來做好人，幫著還錢，趁人之危，你算什麼玩意兒？

黃嘉森片刻後扶了扶眼鏡，沒有動怒，反而笑了：你們說是我報的案，怎麼可能？我怎麼下得去手？我幫她還來不及！何先生說那是美領館收到舉報。何先生從來不做違法勾當。他完全一片好意，他說他好意去規勸孟喆，什麼錢不能賺，幹嘛要做盜版之類違法生意。她就是不聽。

我說，日本三共總部裡有人說是你幫著何先生算計她，為著東芝的大訂單……

嘉森憤憤地還在說，你們冤枉我！她貪財枉法做婊子，我救她都來不及……

我突然左手虛晃一招，拍在他肩上；他連忙格擋，我正中下懷，我的右直拳重重落在他下巴頦，三個拳關節發出骨與骨的撞擊爆裂聲，這是我從小在街頭學會的打架絕招。屢試屢中。

但是沒料到我的指關節立馬紅腫了起來，我弄不懂怎麼受了傷。黃嘉森壯實，非常耐打，沒有倒地，他的眼鏡找不見了，他反而豁出去了，他大吼一聲，撲上來抱住我的腰，使勁往地上拽，我不得不抓住他的頭髮，退到牆邊保持平衡。

我用上海話罵他：以為儂赤那是救命王菩薩？

我眼前什麼也看不見，只有剛才走進包廂那一刹那的景象定格在那裡：黃嘉森象何老闆那樣坐在孟喆的對面，篤定地翹著二郎腿，看著面前一向倨傲的長腿美女短裙露出的那一截白色底褲，白得可以刺瞎人的眼。

不知何時，孟喆已經站在我們身後，滿臉驚疑，望著兩個好朋友，彷彿根本不相信，幾分鐘裡面，好朋友就已經象兩條瘋狗那般糾纏在一起，咬得體無完膚。她乾巴巴地說了些什麼，我什麼也沒聽清。我也不想聽清。

她面上的驚慌迅速褪盡，眼神裡空洞洞，什麼也沒有，一張天使的面孔彷彿一塊擠幹了水的白紗布那樣煞白。

嘉森突然泄了氣，他身子一軟，趴在地上放聲大哭。

店經理和服務生抱住我的時候，我還不解氣，又重重地用皮鞋尖踢了嘉森一腳。他完全沒有反應。

孟喆沒有阻攔，也不說話，只是站在一邊看著，雙手不停地揉搓著恤衫下擺，我想，她要麼是全然不認識我，要麼是一個人整個兒消失在了空氣裡。

當我離開的時候，雨下得越來越大，天空像一個黑鍋蓋覆蓋了天地，周浦鎮的民房和店鋪都彷彿浸泡在灰濛濛的發餿湯汁裡面。路邊陰溝裡的水倒溢出來，上面飄著一隻死老鼠，街邊二樓打開一扇油漆剝落的木窗戶，一個老太婆特別吃驚地望著我，眼光是那麼虛弱，那麼洞察世事。我沒有回頭，有人以為回頭能改變什麼，那其實也是自欺欺人罷了。人生處處佈滿了自欺欺人的地方。

我與孟喆最後一次擦肩而過。從此，我再也沒有見過她。至今，我的右手中指還不能完全伸直，那是指關節受傷的後遺症。每看到那個傷處，我忍不住想起雨越下越大的那一天。

最冷的水，只在冰層下面寂靜流淌，當冰層碎裂溶解後，你一定會驚訝於水流的喧囂湍急。事件的發展出乎冰面上所有人的預料，三共通商株式會社東京總部經過漫長的研究磋商，終於傳來最終篩選結論：大熱門何先生的臺灣公司居然落選了，東芝財團的電動工具訂單居然被一家名不見經傳的印尼廠商奪得。望著傳真紙上小田部長在結論上的簽字蓋章，我被這端妖異驚得半天合不上嘴。同時，總部通告：小田部長由於管理業績突出，即將出任集團最為顯赫的北美分公司總裁一職云云。

三共株式會社北美分公司傳來新總裁和夫人的合照，那一天，我向東京總部發去傳真，遞交正式辭呈。隨後回家，準備申請去國外留學。記得電腦裡傳來的照片裡，孟喆剪了一頭齊耳短髮，戴著一副大墨鏡，看不見她的眼睛，她的口紅很濃，濃得像血。她足足比小田高了一個頭。一高一矮，一老一少，反差強烈。我不理解美國人犯了什麼神經，上了美領館監視黑名單的孟喆如何最終獲得美國簽證，大約與小田部長的能量和三共那樣的國際大公司背景有關吧。

我給孟喆的手機寫下一條短訊：傻妞，如果黑洞不存在……

那時，我已經明白黑洞充其量只是一種科學假說。然而，那個國內手機號碼已經停機。我並沒有她美國的聯絡號碼。我想她一定不願失去聯繫，但黑洞那個鬼地方，連光也無法逃逸，她是逃不脫的。傻妞！

她就像一道流星被吸入黑洞，從此音訊杳無。

我趁著辭職後的那一段悠閒時間，去蘇州東山看望孟喆的師傅老白頭。老白頭的助手是一個洋名叫做弗蘭克的青年，口音是浙江人，與我聊得來，他看到我很高興，也許山居生活連個講話的人都找不到，他說老白頭在後山修行。趁他在廚房忙活午飯，我一個人去了後山。

後山在午後，是一座閃閃發光的迷宮。我頂著大太陽找了半天，終於在一塊看得見白色太湖的巨石底下，找到了孟喆的師傅。

老白頭不修邊幅，還是隨隨便便老樣子，不過，他沒有像一個仙風道骨的道長那樣盤腿打坐或煉丹，而是四肢著地，像狗一樣在地上爬來爬去，爬得異常認真，不時修正自己的手腳爬行軌跡，我一時好奇，也趴在地上，同他一樣爬行。

當一個人學會爬行的時候，會看見一個完全不同的世界。我們看見了一大群忙忙碌碌的螞蟻，從草地爬入樹叢，再返回，專心致志，別無旁顧。我剛想開口，老百頭掉頭盯了我的臉一會兒，把一根手指豎在唇上。

這樣我們看螞蟻，看了足足有一刻鐘，我實在忍不住：師傅，您曉得孟喆去了美國？

老白頭瞪我一眼說，我哪裡知道那個鬼丫頭跑哪裡去了？

難道她是去美丹了嗎？

老白頭搖搖頭。

她是去黑洞了嗎？

老白頭點點頭，停了一會兒才說走得對。這個世界太髒了。

老白頭沒念過書，但他是一個神奇人物，他天生懂得人需要什麼，他能給什麼。還缺什麼。後來，我們倆都看累了，肚子卻不餓，不去吃午飯，兩個人坐在巨石下的蔭涼裡，他跟我說，我師傅常說人就是不知足，人就是一隻不願意做螞蟻的螞蟻，怎麼不好好過日子，忘了自己本來是一隻螞蟻？

請教您的師傅是誰？

將來你去美丹，就會知道了。

美丹是一個世外桃源，也許將來我無福去美丹。

那你就去黑洞嘛，小丫頭成天說每個人最後都是要去黑洞的。我不信她的鬼話，但也別擔心，那個小丫頭靈得很，肉眼凡胎看不見她。

老白頭說話的當口，眼睛眯成了一條縫，長久地盯著太湖上的雲影白帆，好像那樣眼光就能如一支箭，穿透藍到透明的天空。

第六章 看不見的人

多麼熟悉的爛漫笑容，孟喆就是那麼笑的。

迎面一堵泛黃潮解的牆壁上，那個吹黑管的英俊男子沖我微笑，只不過他被永遠地框在黑框遺像裡，一絲急躁，幾分天真，執拗中還藏著玩世不恭。

之前，我的諸多想像都可以證明是想像力過剩。又一幢建於三十年代的老式青磚里弄房子，被七十二家房客分割居住，變成鴿子籠式的典型上海小市民住房。我手裡拿著司機小李子給的地址便箋，第一次走進蘇州河橋下孟喆的家，走進孟家的臥室，也是孟家唯一的一間屋子。

孟喆媽媽說她被抓走的時候，孟喆爸爸就得病去世了。去世前，只有孟喆和弟弟在他的身邊。孟喆六歲還未到，卻已經懂事了。那之後，她和她弟弟被送到親戚家寄住，一住就是十來年。她就變了一個人。從一個愛哭愛笑愛惡作劇的小霸王變成一個沉默寡言成天發呆的傻孩子。她上學後不怎麼愛學習，卻不知從何時起，迷上了一個叫什麼黑洞的東西。

孟喆的媽媽氣質優雅，看得出來年輕時風采過人。她用一種過來人什麼都見識過的眼光上上下下打量著我說，你不用找她了，她那個脾氣，到處闖禍，不撞南牆心不死，我們都當她死了。

孟喆是在美國嗎？

孟喆媽媽長歎一聲，回過身拿出手帕擦眼睛，她什麼也不說，始終不說。直到我離開，她都沒說孟喆的下落。

我沒有見到孟喆口裡常常出現的那個弟弟，孟喆媽媽說幾個月前，孟喆的弟弟已經動身前往日本留學深造了。

日本？我沒有聽錯。

孟喆媽媽還說黃先生是個好心人，一直給她家寄錢。

我那時開始相信，孟喆六歲的時候她爸爸去了黑洞。但在她的心裡，她一直沒有與他分開過。

孟家左鄰右舍狐疑的目光好像漫天撒下的漁網，我不得不從網眼裡奪路而逃，他們都說那個神經病小姑娘與男人私奔了。多嘴的鄰居沒有人知道孟喆嫁給一個日本老頭去美國的事情。在他們的嘴裡，孟喆是一個任性逞強的阿飛女。這好像不奇怪。

可是，他們所知道的是真的嗎？我所知道的就更可靠嗎？我很懷疑。我並不想尋找孟喆，但我想知道她的下落。這麼說其實是糾結不清。直到現在，我也無法說清楚我到底想做什麼。天知道我在找什麼，我思慮過度，愁腸百結，終於得出一個不能接受的結論，我只是想找回我自己，失落在黑洞裡的自己。說到底，我並不怨恨嘉森，但我那時候就是看到他討厭，就是拳頭髮癢。

豬狩課長除了自戀以外，基本上是一個有情有義的男人。大約是半年以後，豬狩課長從日本來滬公幹，特意給我家裡打電話：喬老爺薪水不滿意嗎，怎麼說辭就辭了？

當晚，我請他去滬上一知名酒吧，喝了不少，還破鈔給他點了一名酒量超大身材超棒的小姐，他很快頭重腳輕，摟著那位小姐，知無不言、言無不盡。他一定要告訴我所不知道的那一部分，這也是一種三共式的流言蜚語國際共用機制。他說小田部長喪偶多年，兩年前來滬與何先生談採購訂單，在何先生公司眾多鶯鶯燕燕中，一眼看上象北海道美女一樣出眾、比北海道美女還高挑的孟喆。但幾次三番獻殷勤，都遭到拒絕。何先生也愛莫能助。直到孟喆犯事，美領館點名通報中國公安部，上海公安局簽發逮捕令，孟喆走投無路，才由何先生出面疏通美領館，提出一個以罰款代坐牢的折衷方案。孟喆拿不出罰款，由何先生出資，讓黃嘉森另組新公司，用新公司名義代孟喆償付罰金，條件是孟喆嫁給小田部長做續弦。孟喆起初並不答應，但是，孟喆的媽媽恰巧生病住院，而弟弟又需要學費和生活費完成大學學業。何先生說他仗義出手供養了她全家十來年，不單是因為與孟喆父親的交情，更是希望孟喆收心跟定他，幫他好好打理上海分公司生意，但孟喆一而再再而三地惹是生非，讓他心裡十分難過。孟喆在黃嘉森償付她的罰款之後，就去了小田在上海開的酒店房間。小田部長在滬休假一結束，攜帶新夫人同赴美國分公司出任總裁。可是，孟喆到底是一個不守本分、恩將仇報的女孩子，到了美國後，又一次跑得無影無蹤。害得何先生裡外不是人，無心打理生意，失去了東芝財團的大訂單，上海公司接近倒閉；豬狩還說孟喆害了黃嘉森，黃經理因為幫助孟喆好幾次都開罪了何老闆和小田部長，不得不離開公司，他還在勉強維持他在昆山的小公司，但估計堅持不了多久。

我聽完起身，把半杯啤酒淋到他的豬頭上，身邊那個小姐興奮得跺腳尖叫，也把她手裡的啤酒淋到豬頭衣襟上，豬頭豬手上全是白色的啤酒花，瞬間凋謝。

然後，我徑直回家睡覺。睡前，我吸了兩支煙。第一支煙告訴我，我該把豬狩和小田揍一頓，但我沒有；第二支煙讓我想明白，我不該揍嘉森，但我揍了。總之，我並不相信豬狩的話，何況是醉話。明天一覺醒來，又是一個豔陽高照的好日子。我寧願相信孟喆還在上海的某個角落裡，哪怕是與何先生在一起，我不相信她會與小田部長結婚去美國，我還清晰記得她高唱《大刀進行曲》的神采，整張臉龐光彩奪目，那只我曾經握緊的手，無論如何都不可能與小田那雙比女人更白嫩的手握在一起。

活著，總要相信點什麼，總要不相信點什麼。

睡前，我把孟喆的短信統統刪除乾淨。

我離開臺北那天，天陰沉沉，飄著雨花，風也大，但不足以影響航班。

我意外地看到一個人站在桃園國際機場出發大廳，在地上找什麼東西。

黃嘉森？

他遞給我一支香煙，日本七星。

我謝絕了，說我早戒煙了。太太的結婚條件之一。

我立刻明白嘉森為什麼突然來送別。這一分手不知何日再見。何先生都走了。現在不說，也許永遠沒有機會了。但嘉森也許不是來修復友情的。二十年以後，兩個曾經的朋友相對默然，不得不再次面對共同的上海往事，我們的疑惑、失望、遺憾、憤怒、悲傷、痛苦都算不了什麼，時間與其說治癒了什麼，不如說是痛快淋漓地將往事一筆勾銷。往昔依稀宛如昨日，但我們都不再是昨日的我們。吸煙也常常發生類似的功用，但現在連一支煙也不能一起抽了。

嘉森笑了，嘴角習慣性地朝右歪。我過去一向稱之為奸笑。他將那支七星給自己點上，深深地吸了一口說，我現在沒人管，每天吸，不多，每天半包，生命的歡樂。

我終於坦然地問嘉森：還記得你我當年的生命的歡樂嗎？

他反問我：我們還是朋友嗎？

我沒有猶豫，向他伸出手去，拉住他的手，說霍金先生死前還認錯，何況你我兄弟間？

霍金死了，何先生死了，時間的簡略性使人如釋重負。我們不再糾纏於是誰陷害了孟喆的那件多年前的無頭公案。其實，說到底，我們不需認錯，因為我們犯的錯實在多到無法認下的地步。他用力地握了握我的手，他的手心很濕很冷，但指頭併攏非常有力，讓我想起他的拳頭，他說，二十年了。

我也說，二十多年了。霍金錯了不止一次啊。

霍金認錯也不止一次，理性如我，該知道科學家就是在不斷犯錯不斷糾正之間成長起來。只是有人認錯，公開地大膽地認錯；有人悄悄地改正，永不認錯；有人終生知錯不改，稱為「艱韌不拔」。

他說，霍金死了，找麻煩的人走了，我們都是幸運的人。

我堅持問，黑洞女孩還是沒有消息？

嘉森用力地搖頭：何先生後來說他屢次三番去孟喆公司，勸她不要搞盜版電影。卻沒曾想還有一個陌生男人一直圍在在她身邊，最後一次，那傢夥差點把何先生打出來。看來就是那傢夥出的主意，引誘她做非法生意。

什麼樣的人？

何先生說那人臉圓圓的，長得慈眉善目，白頭髮，眼袋下垂，文質彬彬的，好像是福州口音。何先生請了私人偵探查了，說以前是什麼大學的語言學老師。

我的眼前浮現出一碗打翻的連江魚丸湯，甚至可以聞到蔥花的香味，福州東江海鮮酒樓霓虹閃爍的夜晚……我的頭腦裡頓時缺氧，眼前嘉森的面孔變化成了三個。耳邊還是嘉森那撕扯牛肉幹一樣的聲音……她去福州追求愛情，跟那個大學教授有婦之夫搞在一起，分手後，那個教授離婚，他們兩人再複合，一起做非法生意，發達又破產，我保證我沒有告發孟喆，但我不能保證何先生沒有。何老闆那人吶，那時候他的上海公司負債累累，困難重重，三共株式會社作為貿易商拿來的東芝的訂單就是他最後一根救命稻草！

我問，為什麼何先生還是失去了東芝的訂單？起碼小田部長可是努力想給他的。

他說，天意如此。

嘉森還在說，在周浦那一天，孟喆是想告訴我們倆，她不想連累她的兩個好朋友，她不能嫁給我，她也不能跟你喬老爺好，她決定把自己嫁給有權有勢的小田，自己的事自己解決……

我示意他別往下說了。

他宛如傾倒了的一罐子紹興陳年老酒，怎麼都止不住地流：你以為孟喆真的放電影發達了？她發達了還付不出罰款？她做生意要是能發財，人人都能發財。那都是編出來哄人的故事……

過了好久，我平靜下來，告訴嘉森後來發生的事情：小田部長雖然帶著新夫人孟喆赴美上任，等到從美國卸任回日本，他還是回復到一個人，孟喆據說在他身邊不過呆了幾個月，就離開了他，至今下落不明。

他深吸一口煙說，她是從黑洞來的，如今回去了黑洞，這個我信。

機場裡的背景音樂非常陌生，我無端地又想起他從《聖經》中引用的所謂黑洞經文：地是空虛混沌，淵面黑暗，神的靈運行在水面上。像嘉森那樣信得越來越堅定的人，大地就算立即塌陷為一個黑暗的深淵，又怎能奈何他，孟喆的信念有了新的繼承人。腰包裡的銀子只不過是空虛混沌的泡影而已。

我說，你說服了我。霍金錯了。他根本上錯了。

在這一點上，我們二十來年頭一回達成一致。霍金說黑洞不存在，但孟喆去了黑洞，證明霍金錯得沒邊。聰明人總是自以為是，中了自己的詭計。這不是什麼信則有、不信則無的錯，這是事實上的錯。可惜，二十年的過程不能唱一首優客李林的《認錯》就可以一筆帶過。

嘉森看到一個身姿曼妙的地勤小姐走過來，他馬上轉回頭掐滅了煙，說對不起。地勤小姐習慣了這種厚臉皮，仍然沉著臉說，請先生去吸煙區。

嘉森扶起鼻樑上的眼鏡對她說，你相信霍金？笑話。黑洞一定存在的。

地勤小姐扔下一句「神經病」，扭著屁股踩著高跟鞋，咔咔地走了。

嘉森對著她遠去的倩影還連連說，只是看不見而已。

我笑得很慢，但還是笑了，我問他怎麼了。

他說，黑洞裡人人抽煙，只是看不見而已。她怎麼不管？

這一刻，我在黃嘉森的身上看到了當年的我的影子。人生真乃奇妙。你想不到你所失去的東西會在另一個人身上出現。

事情並不是不可設想。科學家常常犯錯，但我們還是選擇願意相信他們。這是我們普羅大眾的錯。黑洞是一個謎。孟喆是一個解謎的人。我相信她還是一手舉著大砍刀，即便另一隻手被小田部長白嫩的小手握著。

我們都再也沒見過孟喆。我們都同意她一定是去了黑洞，霍金犯了一個物理學家能犯的最大的錯誤。即便黑洞不存在的話，不管是黑洞還是灰洞，或者時空扭曲的蟲洞，孟喆都沒有消失，只是看不見罷了。

這個道理簡單，我們都能懂，霍金不懂。

無論聖徒還是凡俗，我們都得了安慰。

寫於2018年11月墨爾本杯賽馬會期間

禮拜三

開香堂

小板凳擱在椅肩上
合成一把梯子
幫我爬上吱嘎作響的窗

迎面沖散雲朵的形狀
我伏在黑瓦片油毛氈上
日光暖暖　伏在眼皮和嘴角

雲絮順屋面一級級滑落下去
做一個關於下雪的夢呢
在雪國的空中建一個不冷的家

1

來來再次發現這種眼熟陌生的無線電，當時，他在中央商場裡逛來逛去，他突然體會到了一種心底的刺，失去一個真正朋友的痛。

店堂裡的穿堂風爬進白色確良襯衫和汗津津的背心，風宛如蜈蚣，長了千百隻腳，癢酥酥的；來來的唇上已經毛茸茸硬紮紮；皮膚上張開的毛孔涼颼颼的。他摸摸錢包，突然緊張起來，不知道錢夠不夠，也不知道這麼老舊的機器還能不能工作。

過去管這厚厚的殼子叫電木，真是形象生動。來來現在有一點懂，過去並沒有消失在空氣中，而是隱藏在皺紋開裂的暗棕色電木外殼下面。這台老式無線電銘牌上標著RCA，雖然蠢笨衰老，動彈不得，爬滿灰塵，卻宛如一個二戰結束後不肯爬出戰壕的老兵，趴在中央商場的舊貨堆裡，後面背著一個鼓囊囊的變壓器，頑強而固執。

無線電是一個過去時代裡傳遞消息的老精靈，就算不通電，就算沒有打開，照樣把爹地與來來相處的短短十來年光陰——那團殘夜裡佝僂的黑影，化為藍標（Blueseal）雪茄的刺激傷感的煙霧，化為電子管爆裂一樣細碎炙熱的聲音。來來閉上眼，彷佛重回到小時候的餐桌上，爹地說來來長大要去美國讀書，蠟黃的手指頭夾著先施公司進口的雪茄煙，宛如說下禮拜六到大光明看一場好萊塢東亞首映那樣輕鬆愜意，目光卻顯得深邃而恍惚。

來來始終沒能去美國讀書，甚至連香港也沒去成。不管來來喜不喜歡，不管是不是聽得耳朵起了老繭，這些氣韻昏黃的老辰光，就像收集的許多萬國郵票，無論票相好壞，連同有關集郵冊的回憶都一起丟了，丟就丟了。他輕手輕腳拭去電子管上的灰塵，彷彿摩挲往事的大腦溝回，彷佛稍一不慎觸到什麼，就會觸發那種軟糯國語的女聲，就會看見喻雷那小子在講臺前，含胸收腹，鉗羊馬站樁，神情嚴肅，挨護士紮針那樣，承受戴老師的手心板子。

來來的嘴角彎上去。真好玩，喻雷完全沒有長大，這些年他飛到哪裡去了呢，手心打完，他拚命甩甩手，手完全沒有腫，他好像還有點失望，嘟囔著：從今往後，大家都是自家人。

台下哄堂大笑。

喻雷莫名其妙，看著台下，好像還是沒有看見來來，揮手朝台下喊著：開香堂咧，開香堂……

來來又去了中央商場好幾次，但每次都空手而歸，他還是沒有錢買下那台二手三手的老無線電，姆媽已經帶著來來的大姐二姐和小弟去了香港，來來給她們寫了一封很長很長的信，不是向她們要爹地的遺產，也不是訴說別後的艱難與思念，而是闡述黨對民族資產階級的政策，批判了爹地過去反人民的漢奸罪行，勸說她們與爹地的不光彩歷史劃清界限，回到上海來為人民服務。此信甫出，他最後的家人們澈底失去了音訊。

多年以前，也是一個夏天。爹地送給來來一件生日禮物——一台美國RCA無線電，放在來來自己的小房間裡，開關旋動，電子管點亮，好似血管裡血液止不住地燃燒，整個機身很快滾熱燙手。

無線電是一條活地道，鑽進去，另一頭是一個完全不知道的大世界。到了秋天，好消息愈來愈少，宛如祖父沒牙的嘴巴哼哼徐雲志的評彈迷魂調，哼著哼著就變味，變成姚周檔[8]獨腳戲「棺材店大拍賣」，哭哭笑笑，爹地說這就是小民百姓過日子。

爹地自認是一個喝過洋墨水的小民百姓，他傑出的才能在於他只相信他樂意相信的事，只做於他自己利益最大化的事，比如，中日戰事江河日下，他托人拜青幫老大龍慶雲作老頭子，入了幫派；又送了幾萬元股權給一位英商洋行的經理，將自己的麵粉廠改注為英國企業，成了日本人管不著的一樁外國資產，自從找了兩座新靠山，過日子麼，哭哭笑笑，有驚無險。

那年的11月12日，來來記得很牢。

那天一大早，來來醒過來，就去開無線電，早間新聞說昨晚日本憲兵派駐法租界的憲兵分遣隊駐所發生火災，幸無人員傷亡。大火發生在金神父路[9]，就在喻家旁邊。

來來早餐也不吃，走在水淹的霞飛路，人被黃浦江上來的大風大雨刮得東倒西歪，劈裡啪啦，套鞋踩在積水裡。雨傘被風吹反了，掉進黑乎乎的水裡，一猶豫間，就被一個人撿去了。他沒有罵那個人，甚至還有些感激那人，他不用再假模假樣打著一把不起什麼作用的傘。那一刻，來來好羡慕兩旁的法國梧桐，儘管也東倒西歪，卻永遠不需移動。

來來深一腳淺一腳，雙手不得不提著一隻沉重的皮箱，這可不是那種外國學生用作書包的

8 指姚慕雙、周柏春兄弟倆當時在電臺演播的上海滑稽戲。
9 今為瑞金二路。

漂亮小皮箱。那種真正的書包皮箱，全班只有飛機頭有一隻。天主教學校轉來的飛機頭，平日裡總是油頭粉面，吊帶西裝褲，從皮鞋到襯衫時髦俏皮。約一尺半長的小皮箱，不能像大箱子那樣笨拙地提著，而是要把一隻手掌輕巧地插進把手裡，四根手指搭住箱蓋邊沿，提著不晃不搖，無論男女，均姿態風雅。來來兩隻手提著自己的箱子，沒法換手，更別提插進去搭四根手指，一點兒瀟灑不起來。

來來照例還是開11路電車[10]，霞飛路[11]顯得不再那麼沒有盡頭，那所教會中學不再顯得那麼裝腔作勢，他甚至不再在心裡咒罵小氣的爹地和偏心的姆媽，他不再眼紅姐姐弟弟坐著汽車在風雨裡駛過街頭有多麼瀟灑，他不再顧惜自己的新襪子新皮鞋，他一心要趕到學校，看一看喻雷來了沒有，「劈劈啪啪」濺起的水花聲像是在喊：開香堂咧，開香堂……

來來又遲到了。級任戴老師還是戴著那頂寬簷禮帽，守在教室門口，這次卻沒有生氣。自從日本人打進中國以來，壞消息一個接一個，像陰雨連綿的壞天氣，也像戴老師在晨會前為好天氣做的禱告，結果壞得無以復加。

有沒有好天氣，來來根本不在乎。全班即使在禱告中，也吵吵鬧鬧像開集市，但來來覺得今天好像只有他一個人在場，全世界走得光光的，只剩下他一個人。他彷彿掉入無邊無際的茫茫汪洋，孤獨像海水那樣至柔至強，無法抵禦，也無法著力，把他嚴絲密縫地包裹其中。他盼望來一陣龍捲風，可以把他像一個小雨點那樣卷走，離開這個冷冰冰的世界。插班生魚雷就是

10 上海巷談俚語指兩條腿走路，形象上像數字11。

11 今為上海著名商業街淮海中路。

那陣龍捲風，事實上，魚雷卷起的真是一場龍捲風。

當天，魚雷果然缺課，他姓名是喻雷，喻雷是來來唯一的好朋友，他是飛機頭的剋星，可是，剋星今天偏偏沒來。下課後，飛機頭果然走到來來面前，瞅著他手裡的箱子冷笑。飛機頭的左膀右臂蛋炒飯勒令來來打開箱子。

來來手裡是他爸爸放衣服的旅行箱，比飛機頭那個書包小皮箱大了許多，重了許多。來來磨磨蹭蹭，蛋炒飯推了他一把，箱子掉在地上，嘩的一聲，滿地都是文具書籍，還掉出一本翻毛了邊的《西洋麵粉製作新工藝》。箱子襯布爛了，依稀還可念出印刷的宋體字：東華麵粉廠。

飛機頭義正詞嚴地說，箱子，我沒收了，就算你家老子拜了老頭子，面疙瘩廠變成英國廠，在這裡，日本人、英國人管不著，你歸老子管！

圍觀的爆發出轟然一聲，他們非但認可來來模仿飛機頭純屬幼稚可笑，還隱含某種幸災樂禍的深層動機：哪怕是孤島上海的學生，也明白漢奸比日寇更可恨的道理。飛機頭這麼橫，不僅因為魚雷沒來上學，還因為來來爹地拜的老頭子是日本人眼裡的紅人，來來家的麵粉廠改認大不列顛女王為祖宗，竟然開始給日軍磨制軍粉打中國軍隊。

來來死死攥住皮箱把手。

蛋炒飯踹了他一腳，他吃痛還是不放手。

飛機頭做出寬宏大量的態度說，還給你可以，不過，你要幫我送一封信。

來來說送過了。

來來替飛機頭送信給斜對門女子中學的那個綠裙子好多次了。圍觀的忍不住又哄堂大笑。但飛機頭馬上改主意了，他朝來來招手，來來沒反應，飛機頭嘴裡不乾不淨起來，來來才湊上來，飛機頭把嘴放到來來耳朵邊小聲說：要麼把綠裙子請過來；要麼去魚雷家，把拳譜偷出來！

偷拳譜！

飛機頭笑嘻嘻。

圍觀的同學們都鴉雀無聲，大都沒聽清，但也不敢問。

來來懂了，飛機頭為什麼喜歡搞他，全因為魚雷。但飛機頭怕魚雷的寸拳釘腿——魚雷會詠春拳！飛機頭那幫人認定魚雷並無師傅，也沒去拳館，他一定得了一份非常厲害的詠春拳譜秘笈，在家裡偷學。

來來想了一會兒，咬牙點點頭，算是答應了。

他並不想順著他們，他只想早一點滑腳溜走。找到魚雷，就有辦法對付飛機頭了。轉學來的喻雷沒有什麼特別，事實上，來來起初對他印象不佳。瘦小，安靜，兩隻小眼睛轉來轉去，雖然非常靈動，但長相不濟，細手細腳，看上去還算靦腆老實，當天他就被人冠以魚雷的綽號，還有人噁心地把他叫成美人魚小姐，也許是因為在歐洲戰場上大發神威的魚雷怎麼看都不像他大腦殼加細脖子那樣子，偏偏這枚魚雷很快露出真相。

他既不靦腆，也不老實，還自戀自大，成績平平，貌不出眾，口氣很大。剛來那陣子，喻雷對來來講：將來我也要大開香堂，像杜月笙、龍慶雲一樣，收許多許多人做徒弟。

來來聽了，好氣又好笑。不說遠在香港避難的杜月笙，就說龍慶雲，龍老闆是啥人，他收的門生可都是上海灘的風雲人物，早年出身雖說是給洋人拾高爾夫球的球童，但他卻抓牢一切機會苦學英語，拚命拍洋大人馬屁。終於練成唯一一個能說一口流利英語的上海灘白相人。這年頭，上海灘無老虎，杜月笙躲在香港，黃金榮稱病不出，龍老闆稱大王。近來青紅幫最出風頭的一件事，就是龍慶雲在老巢麗都花園大開香堂，為收來來的爹地作門生，三山五嶽各路神仙齊至，盛況一時空前。龍老大沒有拜過老頭子，在青幫中稱為空子。按規矩空子沒有進過香堂，就不能開香堂收徒，但龍老大邪氣得很，說黃金榮也是空子嘛。這話傳到黃金榮耳朵裡，黃金榮恨得牙癢癢，卻連屁都沒敢放半個，只好在黃家花園裡打牌。話雖如此，龍慶雲收的門生也只能是沒有字輩，來來的爹地也不例外，他打了福祿壽三尊金像作拜師大禮，投上一份標明祖宗三代的拜帖，規規矩矩鞠了三個躬，龍慶雲手一擺，神氣地說免了免了，從今往後是自家人了。你的委屈我明白，日本人那邊我會關照的。不久，來來的爹地平步青雲，從此在日本人那裡也吃香起來，手臂上多了一條小青龍。

魚雷擼起袖子，看著手臂說，將來我也要刺個什麼，不是小青龍。不做漢奸。

來來望著學校圍牆上的中英文標語：上帝恩賜，同胞血汗，誠心領受，為人服役。他感到有點委屈，有點氣憤。爹地拜了漢奸作老頭子，同日軍做生意來往都是真的，但在這所教會學校裡並非個例，如同學王偉國的老子給南京汪精衛政府做次長，那是標標準准的大漢奸。

來來不服氣地反問：你爹不是替日本人做事？

魚雷的父親沒喝過洋墨水，拜的是同樣沒喝過洋墨水的杜月笙，杜月笙雖然腰杆硬，從來不與日本人合作，可魚雷父親畢竟也是一個替南京政府做事的小漢奸。

魚雷沒有因此有哪怕一點點不好意思。他說他要把飛機頭、蛋炒飯統統收下做徒弟。還列了一長串名字，都是同學。

魚雷舉起左腳做了一個漂亮的側蹬腿：天天用釘腿踢他們屁股。

魚雷的小眼睛睜大了也像是眯著，但似乎裝著一個大世界；而來來的大眼睛睜大了，卻像是在夢遊，難怪爹地說來來是一天一天混日腳。從那天起，來來覺得很灰心喪氣，他與魚雷終歸不是一路的，就算他們的爹都有漢奸嫌疑。

飛機頭要他做小偷，偷拳譜，這事像一塊巨石壓在來來心頭，那天放學後，烏雲散去，雨停了，風還在吹，斷斷續續，像天地間有一個巨人得了哮喘，還在不顧死活大笑。

飛機頭他們往斜對門女中走，來來反向走，劈裡啪啦，濺了一腿泥水，聽上去就像喻雷在喊：開香堂咧，開香堂……

魚雷幾乎不去來來家，而來來常常來魚雷家。飛機頭他們當然搞錯了，魚雷家哪有詠春拳譜？魚雷媽媽——那個在牆上黑框裡靦腆微笑的小腳女人早就去世；魚雷的父親，一個嚴肅到從來沒見他笑過的穿黑色警服的人，常常不在家。來來很快發現魚雷父親左臂上刺著一個鐵錨，喻雷說同杜月笙臂上的一模一樣，這麼說，魚雷父親肯定是拜杜月笙作老頭子的。飛機頭他們活得太厭氣，竟敢惹杜月笙徒弟的兒子。

不過，拳譜的事來來很快弄明白了。他們至少有一點猜對了，魚雷的拳技的確不是拳館學的，但也不是拳譜上學的，魚雷有一個神祕的師傅，別人都沒有見過，除了來來。

2

爹地就像一個衣著得體卻放浪形骸的陌生客人，長期借住在他家裡，吃他家，用他家，不斷帶陌生女人回來鬼混，讓姆媽生氣落淚，但家裡人每一個都得服從他。爹地對家人的照顧大概就是給錢花，可他也把家人的感情當作錢花。他對家裡人也像對生意一樣精明，他還很自豪一直是一個嚴父。比如，他的汽車可以隨意借給朋友或者陌生女人使用，但送孩子上學，卻要算一算汽油費和折舊，還有汽車夫人工，他說走路對身體發育有好處。

來來和兩個阿姐都不是這個年輕漂亮的姆媽親生的，這個不允許被叫做後媽的後媽嫁過來後，給來來生了一個弟弟，弟弟就成了這個家裡最小的皇帝。來來從上個學期就宣佈他走路去學校。來來說他喜歡走路，走路對身體有好處。姆媽譏諷地說來來長大了。父親板著臉吸煙，不看任何人。來來的大姐說她還是願意坐汽車，下雨天方便。二姐忙不迭地也屈服了（其實，步行去女子中學上學至多也就十分鐘）。

爹地吸完餐後的雪茄煙，吩咐姆媽給來來一個人預備一份車錢。姆媽拿著爹地的打火機還想說什麼，來來賭氣說不要。爹地的巴掌泰山壓頂，啪地落在了他頭上。來來手裡最後還是拿了車錢，好像餓了一個月的乞丐，得了一頓施捨的稀粥一般。

爹地的齒縫裡吐出一口大大的煙圈圈，噴在他臉上，來來嗆得臉都綠了。

爹地滿意地說，你將來是要去美國念書，做大事的。

那時候，來來走神了。

他好像又站在亞爾培路與愛麥虞限路[12]的交叉口，有一剎那，覺得走錯了地方，可是，喻雷家拉毛水泥牆、鑄鐵黑門乃至門牌號都明白無誤，觸手可及。

有多久沒來過這裡呢？

幽靜而高貴的法租界馬路弄堂變成了一口鬼氣森森的黑漆大棺材，三井株式會社宿舍樓經過一夜大火煆燒，滿目焦黑，殘垣斷瓦，好似一頭被天火燒的怪物無路可逃，只能躲在棺材裡面。金神父路上壘起沙包，架起機關槍，民宅的窗戶玻璃映出比樹杈還多的刺刀，連愛麥虞限路上也晃動著成片帶黑色領章的黃呢子昭和軍服。

一個日本憲兵頭目扭頭朝來來大聲吆喝，另一個憲兵快步上前，刺刀指著來來，黃銅紐扣圓亮亮，賽過一粒粒子彈頭。

來來想跑，也想站住，怕他們真的開槍，幸好那個憲兵被吆喝的頭目制止。來來鼓足勇氣，厚著臉皮，向兩個日本憲兵「哈依」半天，鞠了好幾個躬，還是不能進入戒嚴區，那個習慣吆喝下級的憲兵頭目改了一副笑臉，甚至還親切地撫摸了來來的腦袋，他們沒有為難小孩子。

來來叫了一輛黃包車打道回府，心裡操著日本兵的祖宗十八代。回到家裡，天都黑了，全身濕透，嘴唇青紫，被姆媽大呼小叫，臭罵一頓。他洗澡換衣，心裡掙紮著：絕不可以同喻家

12 現為上海紹興路。

聯繫。

最後，他磨磨蹭蹭老半天，還是去客廳撥電話，但魚雷家的電話始終沒有人接。來來的身體裡面好像頓時被抽空了。

夜深了，爹地從牌桌下來吃宵夜，將一張麻將牌面孔冷冷對著他說，不要霸佔電話線，朋友都打不進來了。

事情得從精明幹練的級任戴老師講起。戴老師常常給學生體罰（打手心，立壁角等等），還別出心裁，在班內每一豎列指定一人做排長，負責維持風紀。來來生性散漫疏懶，也許是班內最像甩手大掌櫃的人，可這學期偏偏指定他這學期升為排長。排長必須把一周內所有作弊、打架、罵人、偷竊等不齒行為記錄在案，送交老師，俾下一周秋後算帳。

戴老師太陽穴高聳，頭頂心平坦，黑髮抹了髮蠟全朝後梳，正面看好像頭上長了兩隻角，他常常戴著一頂禮帽，得了個綽號叫戴帽子。戴帽子貌不出眾，但人品端正，膽量過人，課餘常給學生講國民政府為何失敗、日本明治維新因何成功云云，從來不怕有人告密。

這一年新開學，沒什麼好事，唯一開心的事是交了一個想開香堂的喻雷，住在愛麥虞限路，他父親是南京政府警察局做事的，家境不錯，雖然比不上來來家，但這些都無關緊要，來來就算是麵粉廠的小開又能怎麼樣，還不是照樣開11路電車上學。有時候，來來看著大姐二姐，滿懷怨恨，她們可是都說好一起步行上學的。弟弟太小不懂事，大姐二姐繼續耐心聽著爹地的嘮叨，坐家裡的汽車上學。

來來看不起家裡面許多人。可看不起有什麼用，來來想來想去，學詠春拳有用，不會受人欺負，不過，胳膊拗不過大腿，拳頭擋不住子彈。像爹地那麼聰明肚子裡有洋墨水的人還要進香堂拜老頭子，歸根結底，還是魚雷說得對，開香堂收一大幫子徒弟，吃香喝辣，刀頭舔血，不做漢奸，不怕日本人，還可以罩著徒子徒孫。

來來在這所口碑不錯的男子中學裡沒有朋友，只有魚雷一人可以講講心裡話，魚雷新來乍到，就露了一手鐵馬尋橋，頃刻名震全校。

那是在來來上交黑名單的第一天，也是一個雨天，教室外雨霧濛濛，教室內光線晦暗。戴帽子看了來來寫的亂七八糟狗爬一樣的名單，微微一笑。

來來馬上緊張得手心冒汗，他被戴老師叫上去的時候，一隻腳還一抖一抖的。戴帽子咳嗽一聲說，想當年曹操馬踏麥田斷發自責，來來同學第一次做排長，頭一個檢舉自己上課講廢話傳紙條，雖然還是要照罰不誤，但將來成大事者必屬這等誠實之人。誠實雖然常遭人欺，卻往往贏得口頭上的讚美與敬意。來來的腳不抖了，臉反而紅了。他回到座位上還沒坐穩，後腦立馬挨了一記毛栗子，肯定是坐在後排的飛機頭。來來可不敢告發飛機頭。

輪到前排新來的魚雷同學被叫起來打手心，他回頭看了好朋友來來一眼，來來低著頭，臉一陣紅一陣白。他第二個就記了喻雷同自己講廢話傳紙條。來來想大義滅親，首先滅了自己，其次滅魚雷，不能算太對不起他。魚雷雖是來來剛交的朋友，但他長得太醜，大家都說醜人多作怪，記醜人小過一次算不上什麼。

等到來來成年後，再也想不起飛機頭的本名，飛機頭就是飛機頭，身高腿長，資質出眾，是校內少有懂拳擊的江湖高手，出手無情，但為人講義氣，很照顧自己人，幾個發育過早、高頭大馬的學生如蛋炒飯等早都成了他的跟班。那次下課後，他站在教室門外，雨水打得水落管當當響，他打開雨傘，隨手一甩，傘面平平飛出，三根手指頭瀟灑而準確接住傘沿，輕輕揮揚，擋住了來來的視線，雨珠像五六枚暗器菩提子連續打中他面門。

來來用袖子擦臉，急著說，我可沒記你風紀！

老實說，來來私心原先一直想加入飛機頭的小幫派，但飛機頭不是架子很大，就是看不上來來，有事沒事對他尋釁。飛機頭吹了一聲很長的口哨。他的幾個跟班三三兩兩聚攏來，封住了來來的退路。

來來不想這麼快服軟，但他管不住自己的嘴：我、我幫你給、綠裙子送信。

四周爆發出一片起鬨的笑聲，還有口哨。

飛機頭這才問：來來，為什麼要記王偉國抽香煙？

更多的同學圍上來，王偉國也在笑。來來很委屈，王偉國可是鐵杆漢奸子女，但他的人緣不錯，女人緣更不錯。

飛機頭來勁了：為什麼不記戴帽子抽香煙？

世界末日到了。蛋炒飯他們幾個已經沖上架住他，好像拽煩得很那小子一樣，把他拽向男廁所。煩得很（本名是樊德恒）是班裡個子最小的，長相猥瑣，一貫對飛機頭他們逆來順受，飛機頭他們時常把煩得很拖進男廁所裡，不揍，一擁而上，剝去他的褲子，當眾展覽那可憐巴巴的小雞雞，煩得很通常也不生氣，還有勁頭陪大家訕笑。每當這種彌漫荷爾蒙和下流調笑的場合，來來也像眾人一樣，一個個嘴都合不攏，無比驚奇：煩得很的個頭髮育得像一粒花生米，怎麼小雞雞倒比進口的德國白香腸還長。

可煩得很今天卻在起鬨的人堆裡笑得開心，輪到來來而不是煩得很被強行往廁所里拉。來來愣了片刻，突然扭身就跑，然而晚了，一隻手插進他肋下，挽住了他，魚雷閃身擋在前面，面朝飛機頭，眼睛卻看著天，腳下站著二字鉗羊馬，像一個真正的江湖好漢那樣抱拳拱手，說放馬過來。

飛機頭摩拳擦掌，哈哈大笑：一雙小漢奸！

他自小拜師正式學過西洋拳擊，根本不把瘦小的轉校生當回事，但他頗講江湖規矩，不肯群毆，只願單挑。

兩個人甫一交手，高下立判。飛機頭搶先打出左右組合拳，魚雷擺了一個問路手，直趨中線，攤手發力，卸去飛機頭的左直拳；肘起轉為膀手，如同白鶴亮翅，化解飛機頭的右勾拳；接著，掌變為拳，左右連環，接連兩拳，疾如星火，擊中飛機頭下巴。事後，來來才知這些招數的名堂，其中最厲害的就是日字沖拳。

飛機頭退了幾步，被打暈了，一隻手被魚雷像握著飛機操縱杆那樣轉來轉去，那個翹起的劉海像真的飛機頭那樣轉來轉去，鼻子打破了，血流滿面，牙齒有沒有鬆脫不曉得，吃相十分難看。但飛機頭是一塊硬骨頭，另一隻手捂著鼻子，不喊痛不討饒不下跪。

魚雷一字一字地念：詠春拳譜雲，短橋窄馬，念而成力，是為小念頭。

魚雷用的原來是詠春拳，來來松了一口氣，忙問什麼斷橋跑馬，揑耳有力。蛋炒飯躍上前，立刻給來來一個耳光。

來來的嘴角也出血了。他心裡罵一聲狗奴才。

趁著魚雷轉頭看來來的當口，飛機頭突然間身子扭曲，鯉魚打挺，翻身躍起，擺脫了魚雷的控制手，一個側踹正中魚雷的膝蓋，將魚雷踢倒，他一得勢便不饒人，腳步跳躍，打出一套組合攻擊，但魚雷半跪在地上，還是兔子似的逃逸開了。

飛機頭正要使出他的勾拳絕招，魚雷怪叫一聲，雙掌虛晃，肩頭不動，一個橫掃腳，踢中飛機頭左小腿脛骨，迅速再變釘腿，像鐵錘敲釘子那樣把飛機頭的右膝蓋側牢牢地釘在了地上，飛機頭哎吆一聲倒地，魚雷的肩頭還是紋絲不動。

魚雷一字一字地念：無、影、腳。

飛機頭在地上翻白眼吐白沫，好像羊癲瘋發作。蛋炒飯他們喊他起來再擺功架，魚雷拍手收勢，慢悠悠地說，念頭不正，拳法不正。

幾個跟班怕魚雷窮追猛打，慌忙七手八腳把飛機頭抬走。圍觀的不少人忍不住叫好。魚雷宛如深山裡出來的一個大俠，剛剛練成絕世武功。

來來此時覺得既光彩又慚愧。

喻雷一戰成名，自此三天兩頭在校內打架，雖然個頭小，但爆發力出眾，會動腦筋，套路嫻熟，居然打遍校內無敵手。像飛機頭之流自此躲著魚雷靠邊走。戴帽子也不得不警告來來：少與不良少年廝混。戴帽子就差暗示喻家是漢奸了。來來低頭不響。校方並不處理魚雷，事後，魚雷不無得意地說，我爹是警察局的。

魚雷又對來來說你也學拳吧。來來說我不喜歡打來打去，刀光劍影。魚雷說你無線電聽得多，膽子變小了。將來我也要大開香堂，像杜月笙一樣，收你做徒弟。來來說我不要。是不要做器量開闊的魚雷的徒弟呢，還是不要看見魚雷變成幫會堂口的老大？魚雷歪著頭打量著好朋友，來來只好說賣拳頭沒啥用，西部片裡約翰．韋恩一槍可以把兩隻拳頭打成四個洞眼。

魚雷大笑，他不生氣。

那是個多事的夏天，他們一起玩，但沒有一起下河游泳。黃浦江蘇州河裡小舢板來來往往，天天都能打撈起無名屍首，每一具屍首都是一個不會說話的祕密。有一次，無線電新聞含糊其辭說一輛日本軍用卡車掉入黃浦江，傷亡不明，原因不詳。魚雷告訴來來，那是一個抗日的司機把一車日本軍火、日本兵連同自己全部送進濤濤江水中。

起初，來來覺得沒什麼，魚雷是從他做高級警官的父親那裡聽來的，漸漸，他發現魚雷知道的不僅僅是小道消息，許多還是他那個年紀不可能知道的。譬如，虹口日軍倉庫起火，燒掉多少多少軍用物資；吳淞日本軍艦被炸，炸傷炸死多少多少日本海軍陸戰隊等等。魚雷的大腦殼裡面裝了許多危險的祕密。至於魚雷參與了什麼事，來來不清楚，但來來隱隱約約覺得自己配不上當喻雷的朋友。

那天放學，來來心情低落，把手重重地拍在雙杠上，杠子嗡嗡響。

城市的晚霞翩翩落在操場上，猶如被大剪刀調皮地剪過一樣，一片片的金光閃閃，似乎可以就地撿拾起來；操場對過是校長住的小洋房；洋校長正在澆花，花領帶被水打濕，花圃裡，英國玫瑰像校慶典禮上的管樂聲開得正喧鬧。

這一切都很美好，很和諧。

但只過了幾分鐘時間，牆外街那頭日本兵營，高音喇叭開始嘰裡呱啦，講聽不懂的日語，提醒大東亞共榮圈的良民該知道什麼，不該知道什麼。

他說，你是武林高手，你是江湖豪傑。我算什麼，只配給對門女中那個綠裙子醜八怪送飛機頭寫的情書！

魚雷沒有笑，他也低下頭去，良久無語，鞋後跟蹭著地上一顆石子，發出嘰嘰咔咔的怪聲。來來發現喻雷的白色球鞋鞋後跟快磨破了。

魚雷說，他們說我長得難看。

來來知道他們是誰，頭一次、也是唯一一次看見魚雷這麼難過。他們裡面也包括來來自己，來來霎時覺得自己不記飛機頭專記魚雷的錯就是犯了罪。他把另一隻手圈住魚雷的肩頭，不曉得說什麼好，半天蹦出一句：你是將來要開香堂的。三樓阿哥說的。

魚雷立刻眉開眼笑，小眼睛眯成兩條線：你將來一定要學會詠春拳，我要大開香堂，收你作徒弟。隨後，豎起食指放在口唇：千萬千萬，不要對任何人講三樓阿哥的事。

這就是魚雷，傷心難受像夏天的雷暴雨不超過五六分鐘。就像是一個真正的江湖豪傑，不記前仇，守口如瓶。

來來想開了，放心了，魚雷肯定原諒他了，肯定不再為喻家三樓阿哥那件事記仇。

3

來來得罪魚雷的那天，沒吃晚飯就離開了喻家。

他生魚雷的氣，因為魚雷生他的氣完全沒有道理，魚雷從來沒有那樣上躥下跳罵罵咧咧過，他說來來偷偷摸摸上他家三樓是小人之舉，甚至要動手打他。來來把頭伸到魚雷眼前，說你打你打。你不打就是日本婊子養的。魚雷的寸拳都打到離來來鼻子不到一寸了，他硬生生刹住拳頭，冷笑說你等著。

來來等著，來來真的希望等來什麼。魚雷完全是小題大做。也許還是借題發揮。來來給魚雷記風紀過錯，魚雷到底還是心裡彆扭想報復吧。可他回到家，又開始擔心魚雷真的會因此與他絕交。支撐沒多久，他想方設法接近魚雷，但魚雷看他像蛇蟲猛獸一般退避三舍，抱定宗旨不理他了。

很長一段日子，為了三樓阿哥的事，喻雷對來來不理不睬，視而不見。就在來來快絕望的一刻，大約是兩個禮拜後，魚雷在廁所裡忽然截住他說，想不想學詠春拳？

來來愣在那裡，褲襠扣忘了系。魚雷的小眼睛放著光：放學後去我家？

來來半晌嗯了一聲。

魚雷把來來帶到自己家，主動帶上三樓，他忽然嘻嘻一笑說，你走運，三樓阿哥要見你。

教我詠春拳？

你學拳可以，但要做我的徒弟。我可是將來要開香堂的。

一句話盡釋前嫌，等於承認三樓阿哥是來來和喻雷共同擁有的一個祕密。

天地良心，來來沒那麼多心眼，他其實是在無意之中發現喻家三樓祕密。那天也是放學後，他照例到喻家玩，喻家爸爸照例不在家，魚雷說他得出去一趟。來來問多久，外面很亂。魚雷說他的口頭禪：我爹是警察局的。魚雷就這麼急著出門去取什麼東西，讓來來待在他臥室裡做作業等，走前關照他別瞎走，三樓千萬不要去。他爹的朋友（他稱為三樓阿哥）借住在樓上養病，傳染病！等他爹下班回來，用汽車送來來回家。說的時候，魚雷神色詭秘。

午後四五點鐘，天光還很亮，小樓裡卻出奇得暗。

來來把玩了一會兒模型飛機，聽見天花板上響動，像是小獸的幾隻爪子在使勁刮擦樓板。來來推門而出，傭人在樓底下廚房內。他見過一次廚房裡放著一個吃過的空盤子，以為是魚雷貪吃，但傭人頭也不抬，說是三樓的，再問就沒下文了。他從不曾看見喻家爸爸吩咐人給三樓送餐，也從不曾看見傭人上過三樓。大白天喻家無人上三樓，好像變成了一個不成文的家規。三樓的也從不下來跟他們一起吃飯。

三樓樓梯平臺射下一束灼眼的白光，落在自己的腳前。

他遲疑了片刻，抬腿爬上三樓樓梯，腳下踩出吱吱嘎嘎不堪承重的聲音，白光慢慢消失了。黑色漸漸在他頭上流淌蔓延開來。在眼睛失去作用的空間裡，來來的周身皮膚代替眼睛，可以感覺出黑暗空間的狹小逼仄，可以感覺到很多說不清道不明的五顏六色奇形怪狀。他甚至可以看見有一雙並不是黑色的眼睛始終跟著他，一步一步走進閣樓小間。

屋裡沒有燈，窗戶全用被單加窗簾嚴嚴實實地擋住了，從一個半明半暗的世界踏入一個黑漆漆的異域，那雙眼睛指頭那樣靈巧而有力，剝洋蔥那樣一層層剝去來訪者的偽裝。

來來？

三樓病人的聲音很高，說一口聽不出口音的國語，他啪地擰亮了電燈，從臉至肩和左手完全被繃帶包裹，高大身形被昏黃燈光包裹，只露出眼睛和嘴巴，亮晶晶的眼珠是淺褐色的，口鼻間的喘息像輪船螺旋槳攪動船尾水流一樣呼哧有聲，來來突然覺得這人剛才一定是在練功，像所有武術大師那樣，偷偷摸摸在黑屋子裡修練絕世武功。這准是魚雷的武功來源。

來來定了定神，反問：你怎麼曉得？

病人嘴的部位動了動，算是笑：你常來玩，樓上聽得更清楚。

你是三樓阿哥？

病人點頭。

你的臉怎麼了？

病人說，燒傷。

來來說，怎麼從來沒見過你下樓？

病人說我下樓的。

你騙人。三樓沒衛生間，沒餐廳，沒廚房，吃飯上廁所從未見過你。

病人說，我會隱形術。

你會詠春拳嗎？

我不會。

你又騙人。我要學拳。喻雷說你能教。

病人的嘴巴部位又動了動，算是個笑。

就是這次誤打誤撞上三樓惹惱了魚雷，好在現在事情過去了，三樓阿哥自己要見來來，魚雷也不能再那麼小心眼生悶氣了。

來來第二次在喻家見到三樓病人，對方臉上的紗布拿掉了一些，露出了小半張臉，看上去年紀不大，是一個小阿哥的壯實模樣。他下巴刮得發青，呼吸均勻有力，身體康復了不少。起碼他可以輕鬆做出笑容。他用一隻手掏出錢包，吩咐來來去樓下對門弄堂口買煙，口氣不容置疑，告訴來來買煙全過程裡必須記住每一個細節，重複一遍，每一個細節。

魚雷朝他擠眉弄眼：這是考試。

來來狐疑著拿上錢下樓。

等到來來回來，三樓阿哥接下新煙卻不抽，問來來：告訴我，三樓樓梯上下一共有多少階梯？

來來打了一個響指說，算上樓梯平臺，一共十九階。你考不倒我。

煙紙店裡有幾個牌子的煙？

三炮臺，飛師，駱駝，三個五，美麗牌……一共十一種。

煙紙店樓上有幾扇窗開著？幾扇窗關著？

來來想了想說，好像都開著，一共八扇窗。

弄堂口坐著幾個人？站著的又是幾個人？

來來扳著指頭，花了更長時間說，四個小孩在打牌，其中有三個在吵架，三個老人在聊天，還有一個在掏耳朵，一個在看天發呆。一共有九個人。

那你能記得買煙來回一共走了多少步？

來來搖搖頭，兩手一攤，沮喪地問，不及格？

三樓阿哥微笑，拆開煙盒，點上煙，吸了一口說，最後一題你沒答上來，喻雷當初也沒……

來來嘟囔著說這算啥，三樓阿哥伸出右手，緩緩地摸著他頭上的雙旋頭路，來來把他的手推開，三樓阿哥笑了一會兒，依然用命令的口氣說，好，你記性不錯，現在可以幫我做一件事，去一趟麗都花園，隨你爹一道去。

來來望著魚雷說，爹地去麗都花園那種地方，從來不帶我去。

三樓阿哥不容置疑地說，下星期是龍慶雲五十大壽，你爹地一定會去賀壽，他會帶全家都去，到時你也去。你只要豎起耳朵來，聽仔細，記清楚。龍慶雲要去南京拜見周佛海和汪精衛，我們要知道他從寧回滬的那班藍鋼快車的具體班次日期時間。你只要打聽這件事，別的什麼都不用管。

那我可以學拳嗎？

魚雷搶著答：當然。

三樓阿哥扭頭對喻雷說，小鬼頭懂啥。

來來懂了，他們都是祕密幹大事情的人，他們需要來來幫忙。這事並不難，教不教拳，他都一樣幫他們。

過了一個星期，來來圓滿地完成了任務。那天，在喻家吃晚飯，喻家爸爸破天荒頭一次同來來說話超過了三句，他還把來來引到三樓。

三樓阿哥早就等著他，他看起來好像有些神經質，他要求來來把有關寧滬列車的日期時間等等統統忘記，他對來來說，從今天起，你不可以再來這裡，把有關喻家的一切記憶統統抹掉。今晚你不能坐喻家的汽車回家。今後不管發生什麼，記住，不可以再來了！

來來急得要哭：不可以給魚雷打電話？

三樓阿哥說，打電話寫信統統不可以，記著，不可以聯繫喻家。如果你不想喻雷有危險。

來來再看魚雷，魚雷無所謂地說，在學校裡照樣可以天天見面。

來來稍稍放心：什麼時候可以學詠春拳？

喻家爸爸臉色稍霽，看著三樓阿哥不言語。

三樓阿哥臉上頭一次露出一點兒笑意說，等新中國建立，每一個小朋友都能學拳。

他淺褐色瞳仁裡的黑影比黑夜還黑，光點比鑽石還亮。

來來見著飛機頭就躲，可奇怪的是，飛機頭他們也變得神神祕祕奇奇怪怪，他們照常吹著口哨，玩著雨傘，照常在校內欺負弱小，在校外糾纏女生，但就是不再糾纏來來，也不再提詠春拳譜的事，好像那事從來沒發生過。

太古怪了，來來覺得不是飛機頭得了健忘症，這恐怕與魚雷缺課有關。

11月11日半夜，金神父路上原三井株式會社的宿舍發生了特大火災。

第二天，魚雷沒有來上課。到了12月，魚雷還是沒來學校。學校裡充滿了流言蜚語，來來一夜之間好像長大成人，他好幾次拿起電話聽筒又放下，像爹地那樣長長地歎氣。

戴帽子把來來一個人叫到辦公室，關上門，遞給他一隻萊陽梨，讓他坐下，還給他削好皮。老師的削皮功夫很厲害，刀動梨不動，整條梨皮上不帶一絲梨肉。

戴帽子等他吃完一顆梨的時候，凸起的太陽穴像兩隻羊角在摩擦，來來鼻子一酸，眼淚流出了眼眶，老師問他怎麼了，來來哽咽半天，才說一句：好久好久，喻雷，沒來上學了。

戴帽子說喻家請過假的。

來來說他家裡電話也沒人接，一定出事了。

老師停了一停說，是有點奇怪。又問來來有沒有發現喻家有什麼反常的事？來來不響。

老師觀察著他的臉，站起身，在屋內繞了一圈才說，老師知道你心裡有事，但你不說，老師也沒法幫你。更沒法幫喻雷。

來來管不住自己的嘴。他是不想說，他還是說了：法租界裡布滿探子，我擔心……喻家會不會出事，三樓住著一個病人……可能是日本人要抓的人，好像他是在前幾個月東和劇院爆炸案中燒傷的。

老師戴上自己的帽子，帽檐的陰影遮住了他銳利的眼神，他壓低了聲音：千萬不要對人說。

來來說完，就恨死了自己，他這人在洪水似的善意面前，就是無法抗拒。

來來爹地的背佝僂了許多。

在客人離去後，有時候，他會來一句蒼涼遒勁的西皮散板：烏騅馬它竟知大勢去矣，故而它在帳前長嘶歎息！

祖父在臥室門口，彷彿從水面下冒出頭來換氣似的說，晦氣晦氣，好端端唱什麼《霸王別姬》！

爹地給的無線電好像變成了一隻在屋頂上嘎嘎召喚厄運的暗棕色羽毛的烏鴉，來來還沒等來勝利，先聽到一個可怕的消息——太平洋戰爭爆發[13]。

12月8日當天，他親眼目睹了日本軍人全副武裝一卡車一卡車地開進了法租界。接著，傳來最壞的消息：國際航路中斷，洋行關門，洋小麥不能進口。

姆媽皺著眉同人閒聊什麼什麼美國朋友沒回國，什麼什麼英國人被關入集中營；祖父不再哼哼迷魂調，抱著個茶壺也不曬太陽，整天悶坐在臥室裡不出來。

時局動盪，來來不知道大人們究竟怎麼想，但他聽懂了電木殼子裡說國產小麥由日本人配額管制的含義，爹地麵粉廠得到的配額一定少得可憐；祖父與爹地越來越多時間泡在書房裡

13　太平洋戰爭（Pacific War）是第二次世界大戰中以日本為首的軸心國和以英美國為首的同盟國於1941年12月7日至1945年8月15日期間進行的戰爭，波及太平洋、印度洋和東亞地區。以日本偷襲珍珠港為開端，以日本投降結束，參戰國家多達三十七個，交戰雙方動員兵力在六千萬以上，歷時三年零八個月。

竊竊私語，來來趁著空隙溜進去聽壁角，聽見個大致端倪：人算不如天算，日本人同美國人開戰，日軍武力控制了租界，英美白人如今泥菩薩過河自身難保，來來家麵粉廠非但全廠轉為軍工生產，供應日軍麵粉，且因為是英國註冊企業，突然變成了日本人必需要接管的一樁敵產。

一個滴水成冰的禮拜天早晨，來來賴在被窩裡，無線電裡傳出軟綿綿的《蘇州夜曲》[14]，沒有人來催他去教堂詩班，也沒有人來催他起床練琴，他睜著雙眼，卻看不見什麼，他關掉無線電，奇怪的是，馬路上嘈雜的市聲消失了，四周轉瞬靜得出奇，絕對的安靜，毛骨悚然。

他無法再享受柔暖的懶散，四肢百骸急遽轉動也悄無聲息。

來來突然跳下床，赤著腳，拉開門，聞到一股藍標雪茄煙的氣味，塵粒穿過煙氣，在日光中漫無目的地飄浮，突然，受驚了似的跳動飛揚。

樓下傳來一記沉重無比的悶雷，猶如日本人投下的炸彈，在一個無比幽深螺旋下降的古井底下爆炸，可以聞到一種古怪的嗆人味道，他想像著過年時候的夜空，宛如某次他突然從單杠上失手墜落，眼前布滿五彩花朵，大大小小，層出不窮，逆向向下生長，硫磺煙氣摻入雪茄煙，絕望和恐懼摻入信心和希望。

他跟在傭人身後，躡手躡腳走進書房，爹地的無線電裡也正飄蕩著李香蘭的《蘇州夜曲》。在傭人們驚恐的描述中，那個早晨是這樣完結的，一夜未睡的爹地穿戴整齊，喝完咖

14 《蘇州夜曲》為李香蘭的《支那之夜》電影的著名插曲，作詞：西條八十。作曲：服部良一（そしゅうやきょく）在1940年6月上映，風靡一時，至今仍不斷為人翻唱。

啡，上樓到子女們的臥室門口，靜靜地駐足聽了一會兒，沒有人曉得他在想什麼，最後，他經過姆媽和祖父的房間，回到樓下書房，他像從前天天下班回家一樣，整理好書房桌面上的文件，吸完最後一支雪茄，打開無線電，兩節頭皮鞋踩著四步，他摸出保險箱裡面珍藏的那支銀色勃朗寧手槍，對著自己的太陽穴，狠狠扣下了扳機。

爹地跌倒的時候，左手指向牆上的電鈴，臉上保持一種詭異平和的微笑，這讓第一次如此近看見死人的來來懂得了人生不止是哭哭笑笑過日子，他朦朦朧朧開始理解對於一生瘋狂追求金錢與權力的爹地，死亡如同去跳舞場永遠不回來一般平常。

這樣想當然可以迅速止痛，可是，小民百姓過日子，並沒有因為有智慧有見識而變得容易些。死才是最為容易之事，生對來來家人來說，卻是有一天痛一次。姆媽在暈厥後甦醒，指著來來的姐弟像對著仇人，歇斯底里地大叫大嚷：你們再也不會有汽車坐上學了！

有些事註定要發生，彷彿汽車高速行駛，一旦急剎車，輪胎必定冒煙燒傷。起頭總有些兆頭，不是警告，不是提醒，而是生命對危險意外的某種本能感悟。來來家的變故如此嚴酷，很長一段時間，他沒有去學校，沒有去任何地方。

等到他重返校園時，喻雷仍然沒有來校。聖誕節快到了，喻雷沒來上學快有兩個月。來來長大以後才明白，正是在那個時候，他聽見了整個少年時代裡那輛汽車高速行駛過懸崖時急剎車所發出的最後尖叫。

4

要不是飛機頭帶著蛋炒飯和煩得很等四五個人在半路上截著他，他不會翹課；要不是他鼻子尖，兩百米外就聞到了飛機頭上的凡士林味道，他肯定逃不脫；要不是飛機頭那麼變態地愛惜髮型，他一定會被追上。飛機頭肯定是來要詠春拳譜的。但飛機頭真是無可救藥，他們四個眼看要趕上來來，煩得很卻跑不動了，而且蛋炒飯的腳步也慢了下來，飛機頭乾脆也站住腳，開始打理髮型。

煩得很尖利的嗓子對著來來的背影喊叫：回來！不要去喻家！否則你就慘了！

這還是你飛機頭、煩得很走運。要不是魚雷不在，否則慘了的該是你們一夥。所以，來來的腳步一旦撒開就刹不住，把他帶回了愛麥虞限路。他想他一定要找到喻雷。

出事是在聖誕節前那周。來來一輩子都覺得自己最了不起的事情，不是因為他翹課了，而是因為他打破了三樓阿哥定下的規矩，他又回到了喻家，他非但沒闖禍，還因此救了人。

在喻家斜對門金穀村弄堂口，一個穿皮夾克的男人把臉轉向來來。一股死亡的寒風從弄堂底竄上來，吹開他的咖啡色皮夾克，後擺下面露出一支二十一響快慢機的鑲木槍柄。

來來一口氣跑過馬路，電鈴響起，喻宅大鐵門上露出一個小視窗，鐵門馬上開了，他繞過傭人，直往裡鑽，迎面撞著走出來的一個人。

來來立刻認出了三樓阿哥——已經不是病人模樣，他戴著黑色禮帽，穿著黑色派克短大衣。完全是洋場闊少打扮。來來一把拉住他派克大衣，上氣不接下氣。三樓阿哥手按住他肩膀，眉頭皺起來。

來來說，對面、弄堂口……有人……槍！

三樓阿哥把來來推進家裡，關照他不要出來，他豎起大衣衣領，把帽檐壓低往外走，來來叫：槍！槍！槍！

傭人嚇得趕緊往屋裡跑，三樓阿哥頭也不回地說來不及了，但沒過一會兒，他又返回來，臉色陰沉，對來來說，五分鐘後，你馬上走，絕對不要再回來！

來來說魚雷呢。三樓阿哥愣了一下，把來來用力推進門，傭人趕緊把客廳門關了。來來關在客廳裡，聽見外面鐵門哐啷一響，傳來一陣陣嘈雜的腳步聲，越來越急促錯亂，好像菜場裡四面八方越來越多的人加入了奔跑。壞了，這不是自投羅網嗎，他不顧傭人阻攔，拉開客廳門，跑到鐵門口。傭人臉色煞白，趕忙把客廳門又關上了，鑽到桌子底下。

來來在鐵門前多了一個心眼，拉開那個小視窗先查看，三樓阿哥已經貓著腰越過馬路，跑過網球場，皮夾克明目張膽手裡舉著槍，緊隨其後。

來來打開鐵門，剛跑了幾步，他剎住腳。對面弄堂口幾個曬太陽的老頭背後，又出現一個穿灰色中式棉襖的，他邊跑邊掏出一把手槍，嚇得馬路上幾個行人抱頭鼠竄。灰棉襖對其他人沒興趣，他也去追三樓阿哥。

皮夾克砰地一聲開槍了，灰棉襖緊接著也開槍了，三樓阿哥敏捷地蛇形拐彎，跳入中華學藝社[15]大門，一個鷂子翻身，掏出手槍，回了兩個點射。動作瀟灑敏捷，可惜沒有打中。一顆子彈夾著勁風撲來，越過來來的頭頂，噌地鑽入樹身。來來頭腦裡一片空白，只覺得嗖嗖的子彈呼嘯聲，好像全部打在他身上。自己會不會死在今天呢，這一想他就邁不開步子了。

兩個槍手藉著圍牆作掩體，拿駁殼槍對著中華學藝社大門內一陣連珠掃射，劈劈啪啪爆豆一般的亂槍響過，不知有沒有命中目標，他們嘰裡呱啦一陣子，忽然，一起跑過學藝社門前，帶著一股硝煙，消失在亞爾培路[16]。

來來雙腳發軟，一棵樹一樣長在原地，忽然間，一隻細手腕挽住來來，力量大到他無法抗拒，帶著他朝金神父路飛跑，他跑呀跑，呼吸越來越綿長，跑得離地而起，行人越來越稀，片片屋頂越來越遠，他們四隻手長出了羽毛，變成了翅膀，兩雙腳變成了尾翼。一開始風托著他們，然後他們駕著風，地平線越來越低，世界越來越小。

太陽，變成了他們的頭頂，明晃晃的，淌著蛋黃樣金橙橙的汁液，已經開始融化，燙得他睜不開眼。但他分明感覺出是魚雷拽著他在飛，或者，是他追著魚雷在飛，兩個人一前一後，像兩隻逃出陷阱的麻雀，脫出羅網，顧不上嘰嘰喳喳，拍打著翅膀，爭先往前飛！

魚雷的手又冷又濕，好像冰塊在融化。身體卻像一枚魚雷呼嘯上升，越飛越高。來來不知魚雷哪裡來的力道，自己身體失去了重量，意識都浮在雲彩裡，他開心極了，速度和高度原來

15　今紹興路7號。
16　今陝西南路。

是如此快樂的東西。

他頂著風大聲問魚雷為什麼不來學校。

風聲像雷聲滾滾，把他的說話聲吸收乾淨。但魚雷似乎不用聽都能懂他的意思，來來聽不見，卻可以明白，魚雷說他病了。來來看不清魚雷的眼睛，他用另一隻手去摸魚雷的額頭，額頭冰涼滑膩，像一片刮去鱗片的魚皮。

來來想笑想說：相思病？

來來記得魚雷轉學前在原來學校裡有一個他十分喜歡的女生，他一直不敢表白，因為他長得不好看。

來來聽不見，但他懂的，魚雷說我討厭上課！

來來問11月11日夜裡金神父路上火災是怎麼一回事，魚雷飛行時，在風裡在陽光裡冷靜得出奇，好像他做的事就是上街買大餅油條一樣。

來來全身上下毛孔舒張，全身顫抖。因為魚雷說11日夜裡，他們出動人手不夠，但地點就在他家附近，他就自告奮勇去了。去原三井株式會社宿舍（已為日本憲兵隊徵用），魚雷一人在外警戒接應，另兩人翻牆進去，順利地把一枚定時炸彈裝在窗下，結果爆炸引起大火，一名憲兵死亡，十數名憲兵燒傷，數間房屋倒塌，日本人對外公佈，不得不打腫臉充胖子，說沒有任何傷亡。

他們是三樓阿哥嗎，來來不知道。

魚雷的聲音粗糙得怪異，來來覺得是像自己一樣進入變聲期。魚雷變成一個陌生的大人，身體輕忽得像一片羽毛，純淨得像透明的雨滴。

魚雷還說不要告訴別人，尤其不要告訴戴帽子戴老師……

聲音越來越飄渺，越來越遠，他們離地球越來越遠，穿越雲層之後，空氣越來越稀薄，呼吸變得困難，太陽宛如一個紅亮得起火的巨大眼睛，在巨眼的眼皮底下，可以看清白天裡隱藏起來的一顆顆星星，星星跳來跳去，躲閃著呼嘯飛來的兩個小夥伴，什麼東西都無法阻擋他們飛向無限。

升到高空後，來來失去了翅膀對抗風力的感覺，變得像氣球一樣隨心所欲，他興奮得大聲呼喊，他快要看見銀河深處的無盡祕密了，他看見一個穿著培羅蒙西服吸雪茄煙的人倒立著行走在天上，裹著縷縷藍標雪茄煙的白色煙氣。他還看見一個不吸雪茄煙的戴著寬簷禮帽的人，手裡拿著一把雪亮的水果刀和一隻大大的梨，同樣倒立著，在天上的河流裡面……

但是，來來看不見死去的媽媽，他不想再飛，可他無法停止，他渾身燥熱，甩掉白色駝毛大衣，還是太熱，大汗淋漓。

一顆星星來不及閃躲，砸在他頭上，堅硬的核桃殼被一錘砸破，不覺得痛，沒有流血，只覺得重，眼皮重得睜不開，他說他困了……

一位法國巡捕神色嚴肅，坐在來來家的單人沙發裡，與日本憲兵隊長談話。

陪坐一旁的是來來祖父。他一夜白頭，坐在對面的單人沙發裡，手裡揉搓著一把宜興紫砂老茶壺，亂眉蓬飛，指著呆呆坐在他身邊的來來對客人說，是他？

法國巡捕點頭，看著身邊日本憲兵隊長，好像是需要再確認一下。

祖父把摟茶壺的手捂住自己的臉。

來來看到深黃色茶水一樣的液體，慢慢流出祖父的指縫。

來來被送回霞飛路家裡，大家屈指一算，已經是他失蹤第三天，來來說不清他怎麼去了哪裡，他臉頰火紅，渾身打顫，冷汗出了一身又一身，出得虛弱無力。他不停地囁嚅說他飛得太久了，飛得精疲力竭。來來的大姐說他發神經了。二姐嚇得什麼也說不出。

矮個子日本憲兵隊長起身，腰杆挺得筆直，手按在腰間的皮槍套上說，三天前案發時間，一個路人在金神父路口，看到一個穿白色駝毛大衣的年輕人東張西望，神色慌張，槍響後飛快逃走了……

姆媽從裡間走出來，非常冷靜地反問，是這樣的半大小孩？

法國巡捕再次打量來來，點頭同意，符合目擊者對槍手的描述。

姆媽不動聲色地說，你們找的槍手，是我的兒子阿方索。[17]

姆媽在那天第一次對著外人——日本人和法國人——稱呼來來是她的兒子。一剎那間，來來無比震驚，對她的恨意全消。這是一個可憐的寡婦。她現在只剩下一個衰老的公公和幾個不懂事的孩子了。來來的頭痛立時減輕了不少，眼淚止不住地往外流。

憲兵隊長就算微笑，也是橫眉立目，用中文說，兒子麼，也要懷疑。

17　來來的教名。

電話鈴及時響了，姆媽拿起話筒講了幾句，把話筒迅速交給憲兵隊長：龍先生，龍慶雲，希望跟您談兩句。

電話講了不知多久，日本憲兵隊長緩慢而沉重地擱下話筒。

法國巡捕對日本人聳了聳肩，好像說我早知道是這樣子的，他優雅地吻了姆媽的手，起身告辭，臨走還說代問龍先生安。

憲兵隊長盯了來來一眼，與隨行的翻譯官嘀咕了幾句日文，也帶著手下一陣風似的走了，片刻之後，房子裡空落落的，好像什麼人都不曾來過。

來來上床合眼之前問看見喻雷了伐，姆媽瞪大眼睛。來來說，喻雷救了我，我不知道學會詠春拳其實是會飛的。我們倆變成了鳥，一直在飛……

姆媽罵：神經病！

祖父晃著滿頭銀髮歎氣說，作孽！來來跟他爹地小辰光一個樣，一根筋！

家裡人私下裡都在說來來在墳地裡撞鬼了。

來來退燒後，過了西曆新年，是民國31年[18]。

有一次，姆媽與大姐二姐在屋外竊竊私語，來來聽見她們說誰誰死得太可惜了，他疑心自己又聽錯了，然而，沒幾天同學們來家裡看他，他們的口徑與來來姆媽她們出奇一致，連飛機

18 即1942年。

頭也這樣說。飛機頭當然不再提拳譜的事，反而對喻雷嘖嘖稱讚，因為喻雷死了。

來來說不可能，聖誕節前他還救了我。他還給了我一隻小皮箱。

飛機頭也說不可能，他死了快兩個月了！

到底還是飛機頭他們四處搜尋，找到了來來，蛋炒飯他們說來來夜裡在這座城市西郊的一處公墓裡睡著了，頭下面枕著一隻做書包用的小皮箱。飛機頭是第一個看見來來那只小皮箱的人，那種外國學生用的真正的書包箱子，與他自己的一模一樣。他想來來這傢夥眼熱他的書包箱子好久了，不知道他從哪裡搞來的，要賴在喻雷頭上。也許他真的鬼附身，神經出毛病了。他們是在西區公墓內喻雷的墳前找到的來來，這多歸功於飛機頭聰明的頭腦、蛋炒飯的腿腳和煩得很的包打聽功夫。

飛機頭對生病的來來態度變得不止和氣，而且親密，簡直有幾分喻雷嬉皮笑臉自以為是的模樣，這讓蛋炒飯和煩得很他們很嫉妒很後悔，他們真該把來來留在公墓裡。飛機頭當眾宣佈說從今往後學校內誰也不准欺負來來。

來來簡直不能相信，他竟然在飛機頭白皙清秀的臉上看見像喻雷那樣隱藏不住得意的笑容。

飛機頭還一再帶著尋求原諒的微笑說，雖然喻雷死了，但他們佩服喻雷。因為喻雷是好樣的。可是，這一點來來不能同意。來來不能接受喻雷死了。他也不能與煩得很那種猥瑣的花生米為伍。他也無法成為飛機頭的人，但他始終暗暗記著，喻雷將來要開香堂。所以，喻雷會回來的。

來來身體復原後，反應不像以前，講話顛三倒四，更證明一個鬼附身後的人，就算痊癒也會存在不小的後遺症。他從爹地的書房翻出來去年11月12日的舊報紙，上面的確報導11日半夜金神父路的火災中，一名喻姓中學生喪生。

記憶像久凍的土地開始復甦，他記得去年11月12日那天，一大早醒過來，去開無線電，新聞說昨晚大火發生在金神父路，日本憲兵派駐在法租界的分遣隊駐所發生火災，那報導真不要臉，說無人員傷亡。飛機頭他們說喻雷死在那一夜，沒有逃脫爆炸引發的大火。可是，來來不能相信，他親眼見過，親耳聽過，與之往還的喻雷怎能是一個鬼魂，他怎麼能與一個鬼魂手把手，一起飛過藍天，飛向太陽，穿透厚實的雲層，撞上白天的星星。但是，每一個人連戴老師在內，都說來來的記憶出了問題，無人相信來來的說法。

不久，祖父過世了，來來家連著辦喪事，龍慶雲卻活得更有滋味。

無線電裡一個特別婉轉柔糯的女聲播送一個特大新聞：龍慶雲坐藍鋼特快列車由寧回滬遇刺，幸而，他事先預備一個臨時替身，殺手認錯了人，現場很混亂，雙方發生槍戰，傷了幾名路人。所幸龍慶雲毫髮無傷。新聞還說龍慶雲最近又要廣開香堂，大收門徒。顯然，由於重慶方面連番暗殺，日本人愈發信任龍慶雲。

來來的姆媽連連說好人大難不死，催著來來快點跟她去麗都花園拜謝龍老闆，沒有龍老闆與日本人周旋說好話，來來不是被日本憲兵隊抓了，就是關進76號特工總部了。

來來說，我們家麵粉廠落到龍老闆手裡去了，這是他竄通日本人搞的鬼，喻雷爸爸透露給我的。

姆媽瞪了他一眼，沒再說什麼。

喻宅大鐵門緊閉，貼了警察局的交叉封條。街坊鄰居說喻家男主人作為抗日分子被日本憲兵隊逮捕了，生死不明。

來來又一個人站在愛麥虞限路與金神父路的路口，戒嚴早取消了，行人三三兩兩，行色匆匆，連無事可做的白相人也重新出現街頭，金神父路大火留下的那片黑糊糊的廢墟已經清理乾淨，橫七豎八冒出來嫩嫩的青草，春天已經不遠了。

三樓阿哥消失得一點兒蹤影都沒有。天空遼闊而陰鬱，街景變得陌生而奇怪，雖然馬路還是同樣幽靜，行人還是同樣冷漠，來來講不出奇怪在哪裡，但正是在這時候，他知道他永遠失去了喻雷——那個小眼睛會武功滿腦子祕密的小朋友，可是，來來沒有那麼傷悲，甚至他還有一些沒心沒肺的開心，他可以確認喻雷還活得好好的，雖然他找不到證據，但來來對此確信無疑。因此，周圍人都對來來的神智不再確信無疑。

那只喻雷給他的小皮箱終於還是找不見了。

為此，他翻箱倒櫃，就差沒有掘地三尺，甚至懷疑上了去了香港的大姐二姐和弟弟。

1949年的春節前，姆媽帶著來來的姐姐弟弟去了香港。來來一個人留了下來，他搬到蘇州河北岸的外公家，靠近原虹口捕房。他已經長成一個大小夥子了，在滬江大學讀書。

來來的日子越來越庸常無聊，外面的世界卻越來越跌宕起伏。

解放軍進入上海的那一夜，炮聲隆隆，響了一夜。

外公家和來來都躲到了隔壁的武昌木行，那裡有小山一樣的原木可以當掩體用，木行小夥計膽子大，上到閣樓上看西洋鏡，不時下來，告訴樓下共產黨的軍隊打到哪裡哪裡了，湯恩伯的守軍潰不成軍，把大上海變成斯大林格勒就像金圓券換黃金一樣，不折不扣是吹牛皮。

隆隆炮聲把窗戶玻璃震得哐哐響，一個國軍士兵敲開木行大門，神色倉皇，扒下軍裝，換上木行老闆好心給的便裝，連槍也不要了，匆匆逃走。

後半夜，炮聲漸漸平息，小夥計乾脆待在閣樓上不下來了，忽然間，「哎呀勿得了」一聲就沒了下文，良久，大家壯著膽子爬上去一看，全都嚇死了，小夥計頭上中了一顆流彈，沒流什麼血，死了。

來來這時候反而不怕了，他趁著外公他們躲在桌子底下原木後面不注意，一個人爬上閣樓，小夥計的屍體被拖到後頭倉庫裡去了，來來的手指緊緊扳著老虎窗框，像一隻早起的鳥兒，從籠子裡朝外眺望。

黎明的天空彷彿流淌著一條蔚藍色的大河，河面上飄著若干彩色的瑪瑙碎片，地平線上，一些深黑色的棉絮淡化成灰色的斑點，這座城市身體深處生命的聲音如鳥雀啾啾，微小卻鮮活，遠處樓宇的輪廓漸漸清晰，如同一座巨大而綿延的橋樑，一輪火燙的紅日差不多是順著橋樑滾了出來，半夜積聚起的鐵灰色寒煙頓時消散，來來凍僵的身體有了彈性，有了舒展，頭一次覺得自己的身體變成了這巨大橋樑的一部分。

樓下，不斷有人來敲木行的門板，隔壁鄰居欣喜地說馬路邊上睡著共產黨的軍隊，他們不像國軍，他們不敲門，不進屋，不要衣服，不拿食物。真是共產黨的軍隊。

木行老闆不再愁眉苦臉，趕忙打開無線電，那個異常甜糯的女聲不見了，來來從來沒有聽見過的一個歡快歌喉在唱：解放區的天是明朗的天……

密集的槍聲再度響了起來，來來嚇了一跳，他趴在樓板上，側耳聽了一會兒，分辨出是槍聲一樣的鞭炮聲，還夾著炮聲一樣的鑼鼓聲，隨後是海潮般的口號聲。

窗外，無數的手臂從馬路兩邊豎向天空，試圖抓住什麼，顯然是徒勞，因為他們試圖抓住的是天空裡的一個小黑點——小黑點不再是小黑點，化為一團模糊的黑影。

來來目不轉睛，看了老半天，差點跳起來，這才看清楚這個黑影：喻雷像一隻小麻雀，拍著翅膀自由自在地飛，飛過一望無際的東海海面一樣的天空，羽毛是大地一樣深重豐饒的顏色，飛行是星星披著白色隱身衣滑翔的瀟灑姿態。

喻雷沒有看見來來，或者是裝著沒有看見來來。他是去做大事的，來來確信無疑。來來屏住呼吸，全身繃緊，張開雙手，豎起耳朵，似乎隨時可以脫離重力的控制。除了旭陽一般明朗的山歌以外，還可以分辨出一個變聲期的粗嘎聲音：開香堂咧，開香堂……

寫於2019年墨爾本復活節前夕

改於2019年5月

禮拜四

黃金海岸的巫女

閉起眼
漸漸沒入
海底的虛無
世界很黑很小
思想睜開複眼
懷念

看不見的
那個女孩
珍珠貝的腰線
像一首歌在蕩漾
在水中交換氧氣
下一刻有什麼升上來

甲

教室內陽光明亮如水，流過他的全身，既不熱也不冷；窗邊的盆栽植物，綠色葉片動了好幾下，佔據了上佳風水位置；從那裡隨便放眼，穿過紅紅黑黑無數城區屋頂，抵達藍汪汪一脈丹頂農山；他在教室裡來回走了好幾遍，第一排美女學生的座位上空空如也；一切都很美好。

問題出現，在他的右胳膊。

他在教室電子黑板上寫啊寫，忽然，肩膀像被厄運的電流擊中，下一瞬間，抬不起來手臂。趁下課跑到洗手間，反覆測試，肌肉筋脈像是被擰亂了，他忍著酸痛試了半天，終於可以稍稍抬起。他去了全科診所，醫生檢查後，確認馬老師的右手是有病，怎麼也無法碰到右肩，打針吃藥針灸推拿都不管用，五十歲出頭，馬藝的右手廢了。

世界的真相是一切實際上並不美好。馬藝身軀魁梧，其實一身是病，他常常偏頭痛，還腰疼，拉大便還特臭特爛，抽水馬桶要猛衝三四遍才能沖走。有時候痛起來連課都上不了。

教寫作的老師們說，小說具有神奇的療愈作用。作為一個業餘小說人，我知道那說法靠不住，我在努力寫一篇關於馬藝的小說，聽說馬藝已經休假，我趕緊打電話關心他的健康：馬老師，今天喝神水了嗎？

這陣子，在澳洲大城市裡華人圈子裡興起一股喝神水治病的小熱潮，好像彼此打招呼都要問候一下喝水而不是吃飯。

但馬老師休假不是病那麼簡單，他在手機裡嗤笑：神水包治百病？能忽悠熊健那種鬼，不能忽悠知識份子！

湖北人熊健是我們倆的共同朋友，本地華裔神水銷售網路裡的高人，一直在鼓動我們跟著他一起喝水賣水。但馬老師最反感的就是傳銷。馬老師不想談神水，也不想談學校，他談他已故的父親，現在想想他自己的不美好，跟他父親倒楣的一生也許有基因上的必然關聯。以前，他還覺得父親至少有一點是對的——認定兒子不是一個普通人，可偏偏父親給兒子起名就像事先下了一個詛咒，跟著兒子一生的綽號就是螞蟻，馬藝聽上去就像一隻名正言順的螞蟻，如今連摩納許大學的學生也膽敢這麼叫他。

這一切不光是名字問題，還因為離婚。馬藝與美潔離婚四年以來，馬老師離開了妻女，過著中規中矩的蟻族生活，租一間一室戶小公寓，換一輛日本產三門Yaris，穿深色西裝深色襯衫，上課下課點頭微笑，學校和家兩點一線，不與陌生女人授受不親，摟著自己的影子睡覺。生活只剩下秋毫無犯四個字，他一直胸悶上火，見不得漂亮女生，高個子漂亮女生愛穿超短裙的那種。

馬老師與那個中國女留學生完全沒發生什麼，這個我信。她說是來自哈爾濱，類似俄羅斯混血美女的長相，坐在課堂第一排，雙目猶如排槍瞄準講臺；連乳罩都罩不住的白背心，積雪的山丘上凸出兩顆小葡萄，露出一段白瓷小蠻腰，紋著一朵帶刺紅玫瑰，渾身散發著Kenzo清泉香水味，脖頸上汗毛金燦燦，一根根數得過來。最要命那時，馬藝下身有了反應。課間茶點，馬藝端著茶杯找到第一排美女學生單獨交流，他把話儘量說得婉轉，暗示加上比喻，英語摻入中文，從王陽明的心學談到基督教保守教育，然後引申到校園著裝體面上，一個窈窕淑女怎麼可以穿得像個沒進化過來的母猩猩呢。轉天，第一排美女消失了，又一天，依然沒有出現，馬藝不禁有些悵然。

他被叫到校長室。副校長是一個和藹的白人老頭，笑眯眯給他端來一杯咖啡，非常體諒地建議他暫時休假，釋放壓力，可以回避一下思想開放的東方女生。墨爾本摩納許大學是一所非常重視師德和校譽的世界名校，校方剛剛收到關於馬老師在商法課堂上性別歧視的一份投訴，非常重視。

副校長，您理解馬老師有多久沒有性生活了，憑什麼那個超短裙女生不去看心理科呢，憑什麼她可以衣不蔽體坐在第一排，而讓親愛的馬老師去看心理醫生？馬老師為何不能反過來投訴她性騷擾呢？

馬藝休假在家，我去博士山的小公寓看他，看來他臥床不起有些日子了，高大的身形捲曲成蝦身，裹著汗津津的被子躺在床上，床頭放著水杯和藥瓶。

熊健也在，半躺在沙發扶手上，也像一個病人，兩隻間距過大的單眼皮大眼與他鼻子底下一個形狀怪異的礦泉水瓶形成一個等邊三角形。

熊健對馬藝說，據說見過外星人的後來都獲得了異能。想當年您在福建教書，有一天半夜，颱風海嘯，地球沉沒，外星人從天而降，把您綁架了。從此往後，您月月發作好比女人痛經，只是不在下身，在頭上。

馬藝往頭上裹上一條濕毛巾，他罵：你這張鳥嘴才天天來例假！

馬藝的頭痛病根講起來像一部科幻電影，他說年輕時曾遭遇過外星人，外星人會嘯叫，在夜裡看起來像一隻會飛的超級灰白色大章魚，從此他頭痛頻發，查了好多年，吃了好多藥，什麼也查不出，看來要伴隨終身。

熊健舉起手裡的瓶裝水，金字塔形透明塑膠瓶有個圓圓的蓋子，透明的瓶貼標注ALICEE字樣，他問我：今天喝神水了嗎？

我冷冷的沒反應。

熊健訕訕地又說，早一天喝上美國人發明的神水，不用那麼麻煩去查什麼毛病。喝神水，修復細胞，頭痛腰痛一掃除！

離婚四年以來，馬老師對傳銷總是一句話：愛死你神水——愛你死！

我說，解毒療法，中醫裡老早就有。

熊健說，什麼愛死你愛你死，是愛麗絲神水。他說了一連串湖北口音英語，像馬藝那樣天天在大學用英語給人上課的估計也沒聽懂，熊健要的就是這效果：簡單說，就是中和重金屬化學物，去除電磁輻射、氧化壓力和細菌病毒的危害，重新校準修復活化，不是什麼解毒療法，是身體內鬧革命，懂嗎？

我不懂。

喝電解水還不如直接喝水。電解水有這麼貴嗎？我說。

熊健很有耐心：我喝神水。不是喝著玩，而是延長壽命。

我們再看熊健，人如其名，他一直活得像在樹上的澳洲著名土著袋貂，皮糙肉厚，毛色新鮮，五十來歲的人，看不到他感冒咳嗽，好像天生不會生病，此君生來好命，好吃好喝好睡好保養，三天一小補，五天一大補，補的五花八門，烏雞茯苓野山參，魚油蜂膠維他命。

我們該為遇上續命神藥高興才對，何況，他還說得十分科學：愛麗斯神水已經站在基因組營養學的金字塔尖上，與DNA直接對話，促進肌體中關鍵性的抗氧化劑來影響基因表達——這種供劑叫做谷胱甘肽，配得諾貝爾獎！

馬藝口氣有些緩和：慢著，神水是藥嗎？

熊健毫不含糊地說，有美國FDA頒發的證書。

我蓋棺定論：看證書，充其量就是一種保健食品。

熊健也不否認。他當然不能否認，我說的是實話。

馬藝沉默半晌，拿起床頭櫃上自己的水杯喝了一大口，往嘴巴裡灌入一把花花綠綠止痛片：別說了。寧可腦袋痛到裂開。讓我上傳銷的賊船，踩著我的屍體過去吧您！

神水，絕對沒有任何副作用，熊健一臉惋惜地說，耽擱下去，黃金海岸的全球盛會就錯過了。

愛麗絲神水全球代理商峰會一年一度在世界重要城市召開，紐約，倫敦，巴黎，羅馬，法蘭克福，布拉格等等，今年在澳洲，不是悉尼，墨爾本也輪不著，在昆士蘭州的黃金海岸。

黃金海岸有黃金，熊健說，重要的話說三遍。液體黃金救人命，傻瓜才有病不喝神水！

馬藝用右手按床想跳下來，手臂扯動疼痛，差點滾到床底下：我一個堂堂名牌大學的老師去賣水？誰去黃金海岸開會，誰龜孫！

馬藝發脾氣了。他完全是熊健的反面。他什麼也不信，只信他自己。馬藝常說熊健你是連自己也不信，只信錢。熊健賣水，馬老師賣知識。賣知識的要趕走賣水的。

熊健很失望，他一急就使勁眨眼，好像眼睛裡進了什麼髒東西，說你不信，不信好不了的。他把手裡的水留在桌子上，走到門口站住，轉回來，抓起桌上馬老師的錢包，抽出一張五十元塑膠鈔票，也不看我們，自說自話：不收你錢，還以為我擺闊……你要是喝了沒效果，退錢！

在我們離開後，馬藝打開電腦，點擊了熊健傳給他的神水年度大會的邀請函，放大了黃金海岸的城市圖片，暈眩。金沙一般流淌的漫長海灘，山湖海之間百公里沙灘纏繞的夢幻城市，他有點心動過速，天博林山，衝浪者天堂，美人魚海灘，棕櫚灘，雪佛龍島，太平洋購物中心，搖曳多姿的熱帶雨林……也許黃金海岸真有黃金呢，他想到這，偏頭痛又準時啟動。

晚飯沒吃。夜裡失眠，起來上廁所，看見陽臺那裡微光，閃爍如同螢火，不是路燈，他可是見過外星人的人。他不怕。走過去，黑風似水，月亮把影子偷偷投在半開的玻璃門上，比天上的真身還亮。是八千里路以外家鄉的月亮嗎？怎麼越看越像那張鏡子裡的臉，雙下巴，脖子鬆弛，眼睛變小了，眼袋下垂，，髮際線退得老高，中不中，洋不洋，這還是他嗎？以前在華僑大學校園吸引一大群女生圍觀的網球王子，早就消失在澳洲原始的月光裡。

一晃，他竟然去國離鄉二十來年，回復到沒有愛情沒有女人，與朋友說話常常話不投機，與自己說話也好像找不到話題。此刻，他若是死去，不會在靠近南極的這片最古老土地上留下一絲痕跡，除了帳戶裡剩下的十萬塊錢。他想起前妻帶著三個孩子，想起項城老家的娘，眼眶被夜風吹得生疼，濕漉漉的，顯出了月亮裡的樹影。

乙

我為寫這篇小說受了罪，其中包括受馬藝的浪漫感染，譬如，馬藝的愛情。所以，我相信愛也是一種罪，愛的雙方都受罪。他說離婚這些年來，天天想，想不通，後來，算是想明白了，他的婚姻與愛情無關，他真正的愛情是他在國內南方沿海華僑大學教書的日子。發生在二十多年前，他在華僑大學教書期間，有一學期去師範學院代課。那個長髮女生宛如咬開的冬瓜糖肉般雪白甜蜜，總是第一個到教室，坐在第一排，兩人的目光就像地球南北兩極那樣不可能相遇，一旦相遇，就會天旋地轉，全球崩潰。那時，他真是傻，每天只要有空，騎車走一個小時山路，去那所師範大學的女生宿舍樓下站著，風雨無阻，一身白衣的網球王子天天去看女生宿舍樓日落，晚霞燒紅他半邊臉，只為看一看她的背影。哪怕是在14號颱風登陸之夜，他也照樣在漫無邊際的深海一般的黑夜裡，騎著破車越飄越遠……

聽說馬藝能起床後，出門旅行去了。

兩個月後再次見面，臉曬黑了，精神很旺，真的驚到我了。

他擺好胳膊造型，上下兩臂呈兩三角形，一個八極拳造型，說你來你來。我賤到真的上前，他的左臂砸了下來。我隨手一擋，他的右拳不知怎麼就從肋下穿了進來。我哇哇大叫。他哈哈大笑。

這麼說，熊健沒騙我，你喝了神水？我說。

馬藝這人脾氣，沒什麼大事也要把自己作一番，把朋友作到死。可是，他這回非但頭痛病好了，右胳膊恢復到可以打八極拳。這不是吹的，馬老師性情大變，不再神神叨叨關心蟻族生活，不上課，只入群，逢人便加微信，遇上像我這樣的死黨，更是糾纏不休：阿文，你也喝點神水，有病治病，無病健身……

人說馬老師是因為喝了神水，頭痛病好了。看來是真的。馬藝一米八的厚實胸背忽然有些駝了：你把它寫成小說吧。非虛構也成，怎麼都成，把這事記下來，這事有點兒神奇。

藝哥，您外星人問題不研究了？

瞎扯！看看我。你沒發現我不是原來的我？

看來他也得了熊健的毛病。我將他一軍：有人說你去了黃金海岸散心，有沒有這回事？

他一愣，支支吾吾：瞎扯，憑熊健那鬼一句話，能把我支使到黃金海岸？

他表情神祕，不說他去，也不否認。馬藝賣關子停了一停，看我理解有困難，啟發說，我重生了！

我仔細看他：藝哥交桃花運了！臉上紅彤彤的。

他有點沮喪：少拿離婚的事窮開心！重生，變成一個全新的人！

馬藝高深起來，他坐在他公寓樓下的公園長椅上，脫下他的皮鞋，我立即捏起鼻子，連喊Stop，馬藝憨憨地笑著，沒有脫襪子，但腳也不收回鞋裡，就這麼晾著，他認真起來說，不開玩笑，藝哥我又聽見外星人的聲音了。

到底發生了什麼？

你曉得我去了哪裡？螞蟻酒店！

馬藝酒店？你不會開了酒店？

瞎扯！

事情得從熊健去黃金海岸開會後說起。不用去學校上課，馬老師還是照常每天醒得很早，這天，早餐半口燕麥粥還沒咽下去，就發愣了半天，全身連同胃都定格不動，熊健已經好久沒聯繫了。這一整天，他還是沒能聯繫上熊。手機打不通，電郵無人回復。後來，索性失去一切聯繫。馬藝給熊健老婆打電話，那個女人在電話裡也是一片茫然。她說熊手機的確好多天打不通了，但他經常玩失蹤，特別是那麼好玩的黃金海岸，吃喝嫖賭五毒俱全的熊健肯定玩瘋了，說不定在木星賭場裡賭通宵，收線時馬藝歎氣，熊健雖然有女人有健康，但實質上是一個沒婚姻沒家庭沒孩子的可憐蟲。

他想起還在世的老母在河南老家，該給她去個電話，耐心聽她用家鄉話和沒牙齒的口嘮叨嘮叨，不提自己離婚的事，就提提三個孫女的學習。該去找前妻美潔談談女兒們沉迷遊戲的事了。怪只怪他心太軟，到底還是把錢借給了熊健。在網上給熊健劃賬時，他心臟陡然收縮了一下，手指一顫。然後，他撥通熊健的手機：給你劃了八萬元，這是我全部家當，不算是投資神水項目，而是幫你救急用，你小子千萬看著點，否則……

熊健在那頭顫聲答應，八成下巴笑脫臼了。

現在，賬上只剩下兩萬塊錢。熊也聯繫不上。馬藝坐不住了。

去黃金海岸那一天，沒有日頭，中午冷颼颼的。馬藝穿上哥倫比亞衝鋒衣，嚼著塗了乳酪的麵包片，提著行李箱，徑直去圖拉莫林機場。網上他訂了機票，忘了看黃金海岸的天氣，反正那邊是不是下雨無所謂。他還是沒聯絡上熊健，不過，他找到了神水大會組委，對方答應派人接他，不過不是在機場，這讓他略略有些緊張。

沒想到一到黃金海岸，熱帶的日頭高掛在中天，他立馬迷路。從庫蘭蓋塔機場打的直接到目的地太貴，他選擇坐出租到南大灘換輕軌。黃金海岸新修的唯一一條輕軌從南大灘起至海倫縠止，經衝浪者天堂，過南港，該在格裡菲斯大學的下一站下車。

愛死你神水年度全球峰會不在黃金海岸中心地帶美人魚海灘或衝浪者天堂，而是設在北面一個偏僻地方。那一站名字很奇怪，叫做尼尼微（Nineveh）。

尼尼微站是一個造型簡潔的新車站，散發著油漆混合海腥的怪味，空蕩蕩沒有一個人。馬藝背脊上又汗濕一大片，他脫下哥倫比亞衝鋒衣，身後傳來吵嚷聲，是中文。

一個大肚腩亞洲人光著膀子，只穿了個沙灘褲頭從車站外跑進來，沖到閘口，好像沒有票，不知道怎麼進去，抓耳撓腮，忽然掉轉身，手裡多了一把明晃晃的折迭刀，刀刃抵住脖子，手腕一抖，脖子上冒出一串血珠子。

後面追進來四個男人剎住腳，呈半圓形散開，為首一個圓眼鏡戴著白色窄沿草帽，鼓起兩隻青蛙眼用中文說，阿林，冷靜點！回去吃晚飯！今晚有叉燒飯！……

叫阿林的胖子說，別哄我！天天吃西餐！吃得我要吐！不跟你們賣水了！……我回家去！我老婆催我！

五人正在大呼小叫，忽然像關了電門般不作聲了。

一種詭異的尖銳吟唱，起初不怎麼響，從天花板和牆壁的接縫和氣孔裡冒出來，又從每個人的耳朵眼睛鼻子嘴巴毛孔這些孔洞鑽進去。吐音接近鳥語，音調越來越高，起伏轉折越來越頻繁。馬藝熱血上湧。頭隱隱作痛。他興奮，他害怕。因為聲音透著熟悉感。幸虧聽不懂，彷彿一旦聽懂，身體就會隨之爆炸。

五個男人啞了，剛剛趕來的那車站管理員也呆住了。

一條黑影曳過售票機，其實這個女子已經不是女生，估計三十五歲以上，短短的板刷頭染黃，T恤短褲一身黑，個頭卻仍像個小孩子，平胸更像從未發育過，右臂細細白白，紋了一個大腦袋細脖子長翅膀的妖怪，足蹬白色跑鞋，脖子上掛著一根銀鏈十字架。眼睛既像看著你，又像什麼都沒看，但眼神裡面一定藏著什麼，譬如，把人炸成碎片的某種高能炸藥。

女子向阿林攤開一隻手掌：給，我，一支——煙。

聲線低沉，介於男女聲之間。吐字牽絲扳藤，卻有無可推諉的爆發力。

阿林乖乖地從褲兜裡摸出煙盒。板刷女接過煙點上，吸上一大口，又從阿林手裡拿過刀，看了看，一根食指試了試刀鋒，突然罵道：沒開刃！

她把刀扔給青蛙他們，趿著拖鞋，抽著煙，施施然走了。

青蛙等人一擁而上，三個人把阿林給拖住拽走了。

青蛙則打量著馬藝，撥了手機，馬藝口袋裡的手機馬上叫起來，青蛙咧出一個大大的笑：墨爾本摩納許大學的馬老師？歡迎歡迎！

馬藝這才發現地上扔著一塊大紙牌，印著黑體中文字：接馬藝老師。上面踩了一隻黑鞋印，正好蓋在馬藝的姓名上。

青蛙摘下白色窄沿草帽，自我介紹說他是一個沒有發表過作品的詩人，從詩人口裡得知那個阿林也是來開會的，但得了躁狂症，必須看管起來。而那個唱歌制服瘋漢的女人是誰呢，詩人帶上草帽，哼哼哈哈：那個巫女呀。說著，露出一口黃牙，表情有點古怪。

詩人開車載著他，走了蠻長一段路，路上他們說熊健已經收到馬藝發來的短訊。車子七拐八繞，過了一座小橋，來到了一個人工湖環繞的小島，這是巴比倫島。一座兩層小樓三面圍起來一個停車場，就是個汽車旅館，門口立著一隻三米長的不銹鋼管、螺絲帽和電視天線製造的大螞蟻。馬藝讀著英語旅館招牌，全身一震，像是丟失了的什麼東西突然又出現在眼前：螞蟻酒店。停車場中間是有一個小花園，但絕不是空中花園，花園裡固然螞蟻多多，但談不上詩情畫意。

青蛙詩人說委屈馬老師，暫時將就一下，南港酒店一有空房間就搬過去。熊老師還在南港會場佈置，明早請您一起去開會。馬藝連連點稱是，這裡也不錯。但也曉得其實這裡便宜多了。

晚餐是義大利麵條，澳洲烤土豆，酸乳酪肉醬，配美式田園沙拉和南瓜湯。不對胃口，但馬藝餓了，吃得很香。從幾十個打扮五花八門的就餐者，他看出與會者大致有三類人：一類是像熊健那樣狂熱的賣水者，純屬生意人；一類是不懂做生意，偏相信自己是生意奇才不走運，對什麼都好奇；還有一類是抱著碰運氣的心態來看看，占絕大數。馬藝是一個例外，他不是參與者，卻參與得很深，他可是因著朋友熊健而投了神水項目，真金白銀深陷其中。
那個巫女坐在一個角落裡，孤零零。她不理人，默默地吃著一盤生菜。青蛙詩人介紹說她也是來開會的，從北領地一個人來，是一位神水行銷高手，
馬藝端著盤子走過去，坐在她對面，感到對面蘊藏的電流，他渾身打顫，沒話找話：尼尼微，真奇怪，我還以為下錯了站。
她抬頭看馬藝一眼，重新低頭吃她的素食。她也有指路星辰一般的眼神，馬藝頓時心裡踏實了一些，縱然大家對她敬而遠之。馬藝又說，怎麼住得這麼偏？
她這才開腔，大會是在南港舉行，但到會的大大超過預期，住不下的只能住這。
聲音很低沉，但柔和，口音似乎帶一點閩南味。
馬藝點頭：我也是臨時加到尼尼微來的。
她說，尼尼微名字的意思是神面前最偉大的城市。那是一座西亞古城，是從前偉大的亞述帝國的都城，現在如果你有機會去伊拉克北部，在底格裡斯河東岸，還可以找到遺址。
她並不寡言，而且博學。白晝退卻，燈火微黃，空氣涼爽起來，但皮膚上還是黏黏的。她停住手裡的叉說，馬老師，你雖癡念多，但有慧根，與神水有緣。
居然曉得馬藝的來歷，說話間，她還是低著頭，好像在給桌子講話。
她說叫愛梅（Amy）。愛情的愛。梅花的梅。
初次見面，她對他似乎沒有生疏的意思，而馬藝也有一種把陌生當熟悉的故意，或許他太久沒有可以傾訴的異性。可是，他為什麼能立即信任一個打扮如此中性如此古怪的陌生女人？

這不理性，也不科學。他心裡打鼓。

晚餐快結束，愛梅收拾了碗碟，盤腿坐在椅子上，垂下眼睛，突然，喉嚨裡咕嚕一聲，冒出來一段低沉委婉如同念經的歌聲。馬藝渾身哆嗦了一下，屋子裡還在吃飯的五六個人放下刀叉，環顧四周，他們嘻嘻笑著，縮手縮腳地走了。

丙

再也找不到尼尼微站了。後來，馬藝這麼對我說，因為從來沒有一個尼尼微站。所有奇怪的事都有一個頭，那個頭就是從馬藝在黃金海岸的頭一夜。

那夜，馬藝敲開青蛙詩人的房門，詩人苦著臉，正在為神水大會寫一首詩，他壓低聲音，告訴他說愛梅是一個內觀禪修多年的女居士，會巫術，尤其她擅長一種禪修功夫，外人聽上去有點恐怖，像用內家功力來唱歌，不，詩人說聽上去就像塞壬海妖的那種有魔力的歌聲，聽者會失魂落魄。但無論誰發脾氣使性子，聽了那奇特歌聲就像打了鎮靜劑，至少能安靜下來。偶爾她也給人看病，巫醫那種。

是不是這裡有病？馬藝指著自己的腦袋。

青蛙詩人笑嘻嘻，搖頭說那是金剛獅吼。一種很厲害的佛門禪修功夫。

馬藝說佛門獅子吼我沒聽過，但我倒是聽見過另一種聲音，一種外星人的嘯叫聲。

詩人忍不住呵呵大笑，揉著自己肚子說那個他也聽見過，還為此作了一首詩，叫做《我聽見外星人唱歌》。

馬藝卻不是說笑，他無比嚴肅地說他還親眼看見過外星人，他們長得像會飛的八爪魚，觸手形狀不規則，皮膚是灰白色的，很細膩很妖豔……

我插嘴說，眼睛還閃閃發光，像校園湖邊濃霧籠罩的路燈。

馬藝不喜歡人打斷他，他說，瞎扯！哪有什麼閃光！外星人他們打開了我的腦殼，估計在裡面放了什麼玩意，後來我頭痛好不了，查了好多年都查不出原因。

在此得交代馬老師過去的一段軼事，這事他講過不止一遍。他第一次交聽見外星人聲音是在在1994年之夏，馬藝當時去師範學院代課。

就在14號颱風登陸閩南那一夜，馬藝放心不下師範學院的那個她，一個人披上雨衣騎車趕去，積水深到看不清路面，路上他連車帶人摔入水中，不知道多少次。等他到達師範學院，滿身傷痛，天地好像完全沉到海底。女生宿舍樓漆黑一片，他想又是白跑一次，學生她們應該早轉移了。然而，他嚇出一身冷汗，樓下的配電間有異響。他趕忙推開配電間沉重的鐵門，屋裡積水到膝蓋，鼻子裡滿是汽油味。他沒能找到抽水泵，用一隻鉛桶往外舀水，根本管不了用，退到配電間門口，頭頂上傳來　隆一聲巨響，他像一袋米頹然倒下，人事不知……不知過了多久，他醒過來，還在黑水裡漂浮，已經躺在女生宿舍樓前，不遠處水裡斜擱一塊大鐵板，三米多高，看上去有半噸重，帶個把手，好半天才醒悟，他是被配電間一扇脫落的大鐵門砸倒。他抹一把冰冷的臉，分不清是雨水還是血水。他掙紮著起身，在隆隆雷聲中往前摸索，突然，第一次聽見了那種尖銳刺入每一條發根每一寸頭皮每一片耳膜的嘯叫，連綿起伏的音波產生了鋸齒狀閃電，照亮半空中一個急速下降的白色怪物，細長的灰暗軀體，口器上飄散著一米左右的無數黑色觸鬚，七八條不規則的白色腕足張牙舞爪，向他撲來……昏迷中，有生物拖動自己的身體……在一張柔軟冰涼的黑色水床上……閃電一般的鐳射刀打開胸腔……滾燙的鐳射鋸對準顱腔……最後，馬藝被一片無邊的白色寂靜喚醒。想到那閃閃放光的鐳射刀鋸，他頭痛欲裂，發現自己睡在病房裡。他一旦能說話，就嚷嚷著要報案，告訴護士醫生外星人綁架了他，14號颱風可能就是一艘外星飛船著陸造成的，結果當然是無人相信他。大家以為他的腦袋砸壞了。醫生威脅說要把他轉到精神病醫院去。馬藝沒等痊癒，就偷偷逃離了醫院。

馬藝講到這，像一個天底下最幸福的男人那樣發出了一聲歎息：沒想到二十年後在黃金海岸，重新聽到了……

話說他到黃金海岸的頭天半夜，下了一場熱帶暴雨，第二天是一個陰天，馬藝一大早敲開愛梅的房門，他約愛梅去跑步。

清晨，愛梅打扮特別精神俐落。戴了一頂白色網球帽，白色長袖T恤和運動長褲，恰到好處遮住她的寸頭和刺青。汗水如羽毛般飄落，尤加利樹葉的清香好像是來自她的牙齒。有一刻鐘時間，馬藝跑得很慢，他重新發現了一個女人逝去的青春。那臉，眼睛和肌膚都在涼爽的露水裡新鮮水淋，似乎等著他去掐，去欺負。

他內心底小小的夢想有許多，唯一不曾想到的是那次晨跑變成了一次舒緩隱秘的禪修。還未跑到島上那座橋，馬藝氣喘吁吁，拉下一大截，愛梅只好等他，眉頭皺起，瞅著他的小肚腩，馬藝說昨晚吃太多了。愛梅數落他，但口氣不再是冷冰冰的，語句也含有一種海濱日出的禪意：貪欲生則身有病。馬藝只有虛心接受。

愛梅像老師對學生般說，你不能堅決不改。要減肥。

停了一下，又說，馬老師，學禪修吧，否則你的病會加重。

跑步回來，吃罷早餐，馬藝倒下了，沒去會場就吐了，吐出酸水來，嚇得其他人差點叫急救車。馬藝把隔夜飯都吐乾淨，用毛巾擦著嘴，說只是頭痛發作。在昆士蘭潮熱的天氣裡，就是一點水土不服之類的小問題。他裹著一條毯子，躺在沙發裡，渾身發抖，他可能病重了，病到怕見一切生人，他怕去醫院，怕人發現他的腦袋有問題。

戴草帽的青蛙詩人他們都去會場了。

愛梅像被風帶起的一片樹葉，輕輕進入他臥室，送來一隻熱水袋。

馬藝像被催眠了，把陳年往事統統倒出來，講到項城的老家，他一降生在那個小山村，好像他家就欠了老天一屁股債，他那個做什麼敗什麼一事無成的父親……後來，他講起了那一年的暑假，代課結束，他回到華僑大學，破天荒沒有回項城老家，而是一個人點上煙坐在網球場邊，在眾多女生暖暖的眼神撫摸下睡去。他的心裡只有一小時騎車山路外的師範學院，那一個咬開的冬瓜糖那樣的長髮女生，他知道她也沒有離校返家，她是在等著他；到了半夜，他一定會出發，行走在水汊縱橫的村莊間，踩著露水裡野兔的蹄印，越過閩南一座座石橋和山梁，尋找一雙在黑夜裡如星辰般指路的眼睛；又趁著晨霧，在涼薄的鳥鳴裡返回，帶著滿口鼻項城白芝麻的清香，回到自己的軀殼裡……如今，馬藝五十歲出頭，記憶老到連她長什麼樣都模糊了，只剩下師範學院那雙黑白分明的眼睛，彷彿一張受潮卷邊的黑白老照片。

你是一個很有福的傻瓜。愛梅溫柔地看著他，只說了這麼一句話。

馬藝絮絮叨叨，說起馬來西亞前妻：……我不在意美潔這個人，也不在意她愛不愛我。只要她不再恨我。她說我水瓶座男人古怪，像個外星人，我能從她的眼睛裡面讀出那種你不存在的感覺。你說一個女人與你睡在一起十來年，愛沒了，恨也沒了，只剩下無所謂。在她的眼睛裡，只有三個女兒和她父母兄弟，我這個人澈底消失了，像一個看不見的外星人，好可怕……

愛梅去廚房端來了水杯，給馬藝灌下，慢慢，馬藝就清醒過來，咳嗽連連，手心腳心全是汗，問什麼藥這麼靈，愛梅說是愛麗絲神水。

光是神水？馬藝不相信。

愛梅口唇間蠕動，念念有詞，手指彷彿一條小白蛇遊入馬老師稀薄的發間，摸他後腦勺右側的疤痕，略微凹陷的頭顱老傷灼熱無比，皮下突突直跳。

熊健在哪裡？

愛梅說別惦記，他在開會，今晚就睡南港了。明天你要是好了，在會場可以見到他。然後，她碰到了馬藝的右胳膊：馬老師，你的胳膊怎麼？斷了？

夜色包圍小島的時候，螞蟻酒店像一艘孤獨的小船在湖水裡飄蕩。

青蛙等人都未回來，今晚大會安排晚宴在衝浪者天堂，天堂盛宴足以留住追逐美食的胃和發財的心。

病人馬藝醒轉，屋裡早熄了燈，愛梅坐在一隻枕頭上，雙盤打坐，島上的盛夏聲息彷彿被隔離在一隻大玻璃罩外，她纖小身影彷彿變成了一面鏡子，無論窗外任何朦朧景象投射進來，身軀都會如紙頁樣微微顫動。當夜色濃到抹去一切景象，鏡子裡面亦不留痕跡，禪修者的內心永遠空空。

良久，她的手掌像從內心長出來的一隻飛蛾，偎依在馬藝的右胳膊上，由肩至肘，來回揉搓撫數次。他的耳膜、腦袋、四肢百骸裡充滿了那種熟悉的超聲波，摧金裂石的外星人歌唱。這一次，馬藝不再害怕，他的臉是濕的，右胳膊如同沉重的熨斗通了電，他聽話地舉起右胳膊，一寸一寸，慢慢碰到了自己的右肩，好似抓到了空氣裡看不見的一根幸福的橫杆。

他正在驚疑，她劇烈咳嗽起來，猶如要把五臟六腑咳出來，馬藝爬起來，開燈，如同站在空曠的甲板上，聞到濃烈的血腥味，他愛這召之即來的幽暗光明，他愛這淺色地毯上黑雲般流動的血跡，出自愛梅殷紅的口。他把瘦小的愛梅擁入懷裡，肩胛骨鎖骨頂著他的胸膛，好似抱著一段直棱棱的火炭。

他抓起桌上的水杯給她的口灌下，那一定是神水。

丁

一個修行者內心可以如火炭般為他人燃燒，為什麼要加入賣神水的隊伍呢，愛梅說為了多年以前的一次生死感悟，她要用神水治病救人。

馬藝渾身一顫，被火燙著，又墮入冷水中。

所有奇怪的事都有一個頭，那個頭要延伸到颱風登陸的那一夜。馬藝感到有什麼模模糊糊的東西，突然間開始清晰起來。

愛梅把頭擱在他的肩上，眼神已經飄散到遙遠的時間。

她說那事發生在求學時的一個暑假，同學已經離開學校回家，她永遠記得颱風登陸那一夜，她特別困，入睡很早。獨自一人驚醒的時候，狂風暴雨把校園拋入黑漆漆的大海。走廊裡燈滅了，寢室裡燈也不亮了，整幢樓斷電。連日強降水引發河水倒灌，配電間開始進水，可按當時情況判斷，准是配電間再次進水。

她摔倒了，樓裡似乎除了她以外空無一人。她沿著牆壁爬到樓梯口，女生宿舍每一層樓不知何年都加裝安全鐵門，但從來不鎖，可她在鐵門上摸到了一把大銅掛鎖。

樓道裡的窗戶破了，天地間除了雨和風還是風和雨。等到她渾身濕透，找到消防樓道，那裡同樣掛著一把銅鎖！全樓所剩無幾的幾個女生在慌亂撤走前竟然忘了睡在頂樓的她，並且鎖上了每層樓的鐵門，連管理阿姨也走了。

她們是忘了，還是故意拋棄？她一個人守在一座荒島上。這是她一生中最恐怖的一夜。

電光剎那照亮室內，她看見窗中那個陌生女孩子的臉，像一個灰白色亡魂，徘徊在死神面前。她把毛毯裹緊濕漉漉的身體，捲縮在牆角，等著世界完全為大水淹沒。那時候，她想一個人原來就是一座孤島。人生很多時候是一座孤島，在大洪水中漂流。

樓板一直在吱嘎呻吟，直到一聲斷裂巨響，走廊牆面上出現V字形巨大裂縫，一道裂開的黑色傷口。這不合格施工的豆腐渣建築即將坍塌。雷聲轟隆隆打在走廊另一端，她驚得跳了起來，沖到走廊窗口，一道閃電讓她看見樓下漫湧的黑水裡掙紮著一個人影，似乎還聽見擊打水花的聲音。她產生了求救的希望。

她朝那人影喊起來，但下一刻，那人影消失了。她把白色床單收集起來剪開，擰成一股繩，系在鐵窗框上。把另一床白床單剪開三個洞，大洞套在頭上，兩個小洞套在胳膊上，把床單當作預防萬一的降落傘。從五樓抓住繩索一路墜下去，起初，一切都很順利，可當她還未到三層樓時，窗框發出一連串吱嘎聲，很輕微，但在風雨中好似連續的炸雷，鐵窗脫落！

她拼盡全身氣力，發出撕心裂肺的最後一聲慘叫，如同秤砣直線落了下去，撕成條狀的床單在空中宛如一個灰白色的幽靈張牙舞爪，她的身體重重砸在水中。

等她清醒過來，爬起來，發現奇跡般沒有骨折，只是崴了腳，輕微皮肉傷，她的確砸到了一個人的身上，那人仰面浮在水上，臉上全是血，看不清五官，嘴唇和顏面腫脹青紫，額角和後腦也在淌血，如果不是她而是鐵窗框砸中，他很可能沒命了。他身上和手腳還有多處擦傷碰傷，昏迷不知多少時間。

她好不容易把他拖到一處積水稍淺的地方，手指探到破碎的腦殼骨渣，他還在呼吸，但很微弱，她想給他做人工呼吸，還想用床單替他包紮，但她笨手笨腳，不會紮繃帶，也不懂急救。她在水裡四肢快失去知覺，內心掙紮良久，終於，她還是放棄了那個救了她命的人，一個人連滾帶爬，在黑夜裡跑了不知道幾裡地，與疏散到安全區的其他學生匯合。

風雨減弱，天大亮，營救人員按她指點回到女生宿舍樓，卻沒有找到任何傷者。那個人像是被颱風卷上天了。

是不是他被救入醫院了？她問他們，他們說沒有。可是，他真的不見了。他要是死了，只能是因為她放棄了他。就是在那一夜，她看穿生死，大徹大悟。颱風期間，她住在醫院裡，徹夜難眠，為那個陌生人祈福。颱風過境後，她出院，退了學，她不再怨恨臨危遺忘她的同學和老師，入山剃度，拜師修行。師傅發現她竟然對金剛獅子吼無師自通，她告訴師傅從颱風那夜她跌落五樓，大難不死，也許是佛祖賜給她一種直指禪心的聲音，師傅點頭，說你一定是有勇猛心之人。愛梅當時臉紅了，然後又白了。她起誓終身不嫁，虔誠修行，有時候，她念經念到心散意亂，想那必是與那個救她的人前世有冤孽，餘生她只能修行來報答。

往事說到關節處就斷了。關於愛梅在馬藝臥室那一夜發生了什麼，馬藝笑笑，死活不說。他說那一晚他沒喝酒也醉了，大醉到天亮，醒了，他提著行李，飛也似地去了機場，搭最早航班飛回墨爾本。這一趟黃金海岸之行，他連神水峰會的門都沒入。

關於愛梅到底是誰，馬藝也始終笑而不答。

聽完，我開始相信藝哥變化無常的情緒不是心血來潮；相信1994年那場危險的颱風沒有終結他的愛情；相信伴隨他二十年的偏頭痛真的與外星人有關；相信黑夜裡有那麼一個危險而神祕的魔法時刻，讓一個長髮美女開智慧了生死，改變了自己的生命，從而也改變了馬藝的生命。

可是，當我與熊健通電話時，那廝卻在電話裡呵呵亂笑：阿文，你怎麼也弱智？我才從黃金海岸回來，新建輕軌線不假，可從來沒有一個叫做尼尼微的車站。神水全球銷售峰會不假，可從來沒有一個叫愛梅的什麼巫女參會。馬老師是來黃金海岸找過我，可我沒見到他呀，他是不是在什麼破酒店住了兩夜發夢吧。哎，這個馬藝，真會編故事！

我花費了些時間搜尋，也搜不到尼尼微站，黃金海岸的輕軌線設計過於簡單草率，只有一條直線，由南至北，別無分叉。根本沒有隱藏一個站臺的可能性。

我立馬撥通馬藝的手機埋怨：藝哥，如果沒有一個叫做什麼尼尼微的車站，那自然也就沒有可能遇見一個叫做愛梅的禪修女。我不買你的神水，你也不作興編個故事來哄我。

馬藝說，你這人就這點沒意思。既然找不到尼尼微車站，幫我查查螞蟻酒店吧。也許我記錯了站名？

藝哥，愛梅她真的會巫醫嗎？

你曉得個屁。人的意識會變形，這也是巫術的起源。

我說，我最煩你用科學概念來解釋巫術，完全聽不懂。

馬藝不生氣，反而冷靜地問：你有沒有學過禪修？

我說，人生叛逆期早過了，我看破了，但凡生氣就提醒自己，生氣只是一種選擇罷了。試過那種不動聲色、喜怒不形於表的閉關靜修嗎？

我不生氣，因為我一生氣，我老闆就悄沒聲扣我工資。

你情緒那麼不穩定，試試吧，也許能像我這樣，達到重生？

像馬藝這樣，整個人的氣質都高級了，自己覺得自己有種朦朧美，我真沒試過。可是，我想，心裡太憋屈，活得不舒坦，身體裡面不舒服，能堅持多久呢？我搖頭：等以後吧。目前還沒到那種境界，心靜不下來。

馬藝還是老師那樣循循善誘：情緒是無常無我，不要當成是你的。

我乾脆打破沙鍋：那情緒是誰的？

色，受，想，行，識都是無常無我。情緒因緣而生，因緣而滅。

你這是精神分析，還是心理諮詢？我問，根本沒有尼尼微車站！

我還要找下去，找尼尼微站，馬藝說，我就是尼尼微站的一部分，不，尼尼微站是我生命的一部分，比如，那個量子糾纏，我們就是那樣永遠糾纏下去。即使我們彼此相隔十幾重維度，幾十個宇宙，我們仍然能互相感應，彼此糾纏。

也許是平行宇宙？

我的口氣緩和下來：好萊塢很多這樣的電影。

馬藝無所謂：隨你怎麼想。

我說，既然是真的，既然你喜歡她，當時為什麼要從螞蟻酒店落荒逃走呢？

電話裡傳來長歎一聲，半晌，馬藝才沉重地說，可能是害怕……可能是她無法接受我……也可能是我習慣了一個人的生活，無法接受一個紋身、剃板刷頭的女人……但我想來想去，還是想把她找回來。每當我喝神水、賣神水的時候，好像她就在我身邊……阿文，今天喝神水了嗎？

我默默放下手機，這小說不知道該如何寫下去。

一個簡單的答案，也許可以解釋一切。比如，神水。神水治癒了馬老師的痼疾，但也可能造成了他的一些離奇幻覺，好像那個像神仙也像巫女的神祕女人。我想小說寫下去，還是需要刪除二十年前颱風之夜那個離奇事件，讓一切神跡歸於神水吧。

這樣便容易些，簡單些。也許，我們常常把事情複雜化了。更可能，黃金海岸有沒有尼尼微這個站，有沒有愛梅那個巫女，也許並不重要，也無需過多解釋。我們如果接受一個簡單事實的話，馬老師的病真的好了。馬藝不再頑固，他喝了神水，他苦盡甘來，停職結束，重返校園授課，學生們尊師重教，不再糾纏馬老師的隱私，也沒有性感女生騷擾馬老師的課堂，老師的私人生活逐漸恢復正常。

唯一不太正常的地方，其實是馬老師除了鑽研教學研究外，開始業餘賣水。他像熊健那樣瘋狂地加微信好友，瘋狂地入微信群，一個群，又一個群，不停結交新朋友，不但在周圍朋友圈裡賣愛麗絲神水，還向國內傳銷。馬老師差不多變成一個專業經銷商了。當然，你可能還是不信神水，但這有什麼關係呢？只要有人，比如馬老師，相信就成，馬老師現在信神水是科學，就如他信尼尼微站存在，金剛獅子吼存在，黃金海岸之旅使他不再懷疑愛情。是不是很棒？

總之，馬老師痊癒了，你信不信？

還是不信。算了，我不是賣神水的，我不廢話了。不過，我承認個人也是好奇心不死。如果你下次有機會去黃金海岸，別忘了搭那條新開的輕軌線，過了格裡菲斯大學站後，要是真的見到一個尼尼微站，遇見那麼一個會金剛獅子吼的女居士，或者，打聽到那麼樣一個巫女，別忘了立即通知阿文。在下就是阿文。我需要你的幫助來寫完這個故事。

2019年7月颱風來臨季寫於臺北和平東路二段

10月改於墨爾本鷹山

禮拜五

水蜘蛛的最後一個夏天

一根頭髮墜落的寂靜
午夜的太陽照耀著
最後的一個夏天

飢餓的聲音過於響亮
鳥精靈跳著時針的快步
酒店裡，大床是一條船

外面街道，細碎的水聲
微弱的一團銀光追逐河流
穿過遙遠的南方小鎮

權且當作兩人偶遇的渡口
一隻小蜘蛛在水面行走
上天，入地，撒網，遊獵

如今，你常常夜半醒來
聽蜘蛛的腳刻畫水面
蟬鳴乾淨，唯有樹梢上

一隻白色膠袋嘩嘩作響
似乎跟定了二十年的路程
不離不棄的廢物

作為開篇的尾聲

到花都看地的時候，一個貌不起眼的人也像喬賓一樣，對飯後的肢體運動興味寥寥，這人在晚餐桌上喝湯吃飯飲茶抽煙，除了不喝酒以外，一切都很正常。除了臉上兩隻眼睛彼此挨得較近以外，一切都很普通。假如是在車間、食堂或者流水線上遇見，喬賓肯定無法認出，然而，因著晚宴結束的一句話，他注意起周總的這個手下。

那一天是一個普通的日子，在南方八月的最後一點蔭涼裡，喬賓應廠商周總之邀，特地獨自來花都看地，雖然謀劃在南方在建一個醫用耗材製造基地由來已久，這些年來，他還是保持了一個人獨來獨往的習慣。

一天忙碌的重頭戲是美食豪飲，之後才是商人們真正繁重工作的開始。那塊適合建新廠的地離新白雲機場很近，再開發潛力巨大。外貿出口合作夥伴周總很滿足很愉快，跟他來晚餐的手下人吃飽喝足後卻不像他們老闆那樣知足，大都翹首等著老闆安排餐後娛樂。不過，今晚有點不同，周總儘管殷勤待客，受宴請的客戶喬賓卻讓人掃興，一再推辭。

周總手下看今晚賓主無戲，失望至極，紛紛主動告退，免不了有所閒話，喬賓聽清其中有一個人這麼說：這個上海人不太一樣。

這個說話的人好像一直在不遠處，靜靜地望著他，似乎一直在等著他，網球帽下隱約露出謝頂，工作服散發著機油與桐油混雜的氣味，手上挾著煙，他與喬賓有意無意間交換了一個眼神，片刻之後，他消失在門外霓虹燈影裡。

過去喬賓曾突發奇想，何不把記憶壓縮後，封在一個的餅乾盒子裡隨身攜帶，探索記憶使他迷戀，獨自帶著餅乾盒，登上一條遠洋輪，沒有數碼媒體、電話、電視、網路，見不到什麼人，除了日出日落、潮汐洋流、魚群和星辰，世界離得很遠，過去逼得很近，海上的顆顆塵埃含著水珠的形狀，像夜空的星辰一樣透明……

宛如在耳邊，卡塔一聲，鐵盒蓋打開，現在的喬賓與二十來年前的無數個自我重逢。原來，記憶一直在盒子裡暗暗生長，長滿苔蘚的豐饒。

開盒的聲響微小，卻一直跟隨在他身後，追了他那麼多年。

或許，是他有意逃避了那麼多年吧。

一個叫做向陽的南方小鎮，栩栩出現在那只裝滿記憶的小盒子裡。

車輪顛簸，碾過一條泥濘田間小路，走上瀝青大路，車窗外，潮濕的風沙迷了他的眼，他擦著眼睛和眼睛裡的淚水，終於，想起為什麼這個人臉上兩隻眼睛要進化到彼此挨得那麼近，不是那個殘疾的卡森．麥卡勒斯在用筆描述美國南方小鎮時說過麼：兩隻眼睛彼此接近，長時間交換祕密和悲傷。二十來年歲月把這個人的臉磨圓，背駝了，小肚子也腆出了，兩鬢露出霜雪。但喬賓還是憑著微弱的印象認出了當年那個內蒙土工程師小張。小張已經變成老張，他現在是周總部下質檢部的一個幹部。

坐在身邊的周總察覺到了喬賓的異樣，以好奇的眼光看著他。

喬賓還以一個好奇的問題：老周，本地河裡有沒有水蜘蛛•？水之珠？周總詫異，喬賓說是一種在水裡生活的小蜘蛛。

周總幹笑了幾聲，馬上收住，因為發現喬總完全不覺得有什麼可笑。周總也不是廣東本地人。他用彆扭的粵語問司機。司機搖頭否認。

怎麼會沒有水蜘蛛呢？

喬賓產生一股衝動，想立刻停車下河去看看。水蜘蛛不是一個名詞，它是一個動詞。一個憂鬱到動心動身動容的動詞，一個讓喬賓衝動到向伊斯特．克林特伍德借左輪槍的動詞。當他遇到水面行走的小蜘蛛時，他還沒有任何性經驗。他去找一個陌生的馬老闆的決定，是在汕頭前往向陽的中巴車上匆忙決定的。促使他下決定的居然是一個飛機上陌生人的善意。那一連串奇怪的事，發生在他人生第一次南行的途中。當他再一次審視記憶餅乾盒裡長出來的東西，自己還不到五十歲，發根和胡鬚根不少卻白了。他想是因為老了，人老了，是不是就不太在意將來，是不是就偏愛回憶往事。

可是，他對周總什麼也沒有說。

至今，他還沒有親眼看見過一隻在水面行走的蜘蛛。

有些事不是從開頭髮生，偏偏是從尾聲開始的，比如遇見一個多年未見的人，其實那人頂多也就是一個很久以前說過幾句話的陌生人，所說的話也很普通。可兩人卻像多年故交那樣，一個眼神交流足矣，多年前就已經了結的某件事情在那一刻，復活了。

第一天

這個飛機上的鄰座觀察了他一會兒，不知是不是喬賓手上拿著美國翻譯小說《傷心咖啡館之歌》引起了他的注意，鄰座主動搭訕，他自嘲說他是從不看書的人，姓黃，一個跑祖國各地的推銷員。黃生說出門四海皆兄弟，這種句式，隱隱然透著舊時抱拳的動作，喬賓被對方用腳掌閱讀萬裡河山的熱情嚇了一跳。

喬賓坐立不安是真的。第一次出遠門出差，頭一次坐飛機，去南方一個陌生的地方，雖然公司特意為他準備了三樣法寶：一是一封蓋著上海豐盛實業總公司大印的介紹信；二是一個叫做良溪的人的傳呼機號；三就是兩千元預提差旅費。最不靠譜的就是錢，在開放的南方，誰也不知道這點錢能支撐多久。除去住宿費，他還得省下購買回程機票的錢。但興奮壓倒了害怕，他從小就是一個孤獨的孩子，他喜歡一個人到處亂走。

黃生比他年長不少，卻不喜歡一個人獨行。他四肢粗短，膚色黧黑，塌鼻樑像是被人錘扁過，一定看出了喬賓的忐忑。攀談中，兩人甚是投緣。下了飛機，兩人還是同路，主要是喬賓除了一個叫做向陽的地名以外對南方一無所知，由著黃生引領，兩人坐上同一輛中巴。

黃生不由分說，買了兩張車票，把一張遞給他。雖然只是七元錢，但喬賓心裡暖暖的，不一定是天涯淪落人，才會相逢何必曾相識。他後來再也想不起黃生的姓名，才明白偶遇後的告別其實多數是永別，一次永別，自己身體內的一部分就死去了。

喬賓向黃生和盤托出南行目的，他所在的上海外貿公司豐盛實業接到美國娛樂公司的V-0盒訂單，也打聽到最便宜的生產工廠都在廣東潮汕地區，其中一個主要生產集散中心就是巴掌大的向陽鎮。但豐盛強大的全國貨源情報網只搞到了一個叫良溪的人的傳呼機號碼。打來打去，總是沒有回電。羅總拍板說不等了，派小喬到當地跑一次，去實地把良溪給挖出來。為此，羅總特地給喬賓印了一張進出口部經理的名片。喬賓不好意思承認堂堂豐盛公司進出口部就只有正副經理兩個人。黃生像喬賓的大哥那樣取出一個破爛的小簿子翻了一會兒，說不好意思呀，實在找不到電話號碼，但他記得向陽鎮有個馬二馬老闆。廠子大極了，一打聽便知。

車到向陽鎮是午後，喬賓依依不捨地下車，肩上挎著一隻嶄新的黑色真皮大公事包，裝著所有旅行家當，一本《傷心咖啡館之歌》裡面夾著一張簿子撕下來的紙，上面寫著黃大哥的傳呼機號碼。他手裡提著一個白色膠袋，裡面是黃大哥一定要塞給他的兩隻白麵包。

中巴早已看不出顏色的車尾噴著黑煙，一上一下顛簸著，消失在髒兮兮的地平線。

他的眼睛濕潤了，心裡湧起一種想要為陌生人做些什麼的衝動。

他走出長途汽車站。南方的陽光鬧哄哄的，不光是熱浪淫風，他感到這個南方夏天有點冷清，身上的響鈴牌薄絨西服悶得太不相稱。，他脫下西服外套。他有點頭暈。塵土在旋轉，彷彿無數灰色的螞蟻在飛。他飛快地咽下兩隻麵包。一陣風從河邊來，把裝麵包的膠袋掛到樹枝上，獵獵作響。濕熱空氣把皮膚烤出水分，他不像飛了一千公里降落，而是遊了一千公里，剛浮出水面來透口氣。

踏在宛如一條發臭的小河浜的向陽鎮中心大街上，他看了一眼車站邊公用電話的紅漆大字，信步走向對面規模看上去最大的一間工廠，旗杆上掛著好幾面他認不出的國旗。在門房一打聽，果然是生產V-0盒，果然老闆姓馬。找到了。

黃大哥說得不錯。良溪的BP機打了無數遍，沒有回音，既然良溪還是沒有下落，暫時找個替代品馬二吧，馬二的工廠是這個鎮上最大的V-0盒生產工廠。

他被一個工人帶著，爬上一架生銹的鐵扶梯，走進一幢老舊的辦公小樓二樓，一圈人圍著一張矮矮的茶桌在喝顏色很深的功夫茶，中間一個四十來歲的小個子男人，穿長袖白襯衫，瞪著眼袋下垂的眼睛，打量他好半天，開口問的是口音濃重的普通話。

十分鐘後，自稱馬老闆的小個子男人搞清了長途車下來的上海人的來意，黑瘦的臉上擠出輪胎底似的道道笑紋。向陽鎮就是靠一張張美國訂單撐起來的。

馬老闆親自陪著喬賓下樓去車間，看一看他為之驕傲的許多生產線。喬賓驚訝地發現就是小鎮子上那些像馬老闆廠子那樣低矮簡陋的車間，那些老舊笨重的注塑機，居然包攬了大洋彼岸近乎一半的錄影帶盒供應量。

他失手將一個V-0盒掉在地上，盒面視窗立刻裂了。PS（聚苯乙烯）的回料含量超高。原材料品質顯然有問題。難怪他們價格這麼低。

馬老闆好像一隻睡醒的貓，惺忪睡眼射出一道光，他看出了喬賓的故意。

回到樓上。在喬賓談訂單細節時，馬老闆放下二郎腿，一隻手擼著滑順的大包頭，另一隻手舉起黑磚頭一樣的手機。

喬賓聽不懂話筒裡那誇張的潮汕話女聲，他猜對方不是撒嬌就是爭執。

喬賓並不太瞭解公司的美國訂單，因為美國錄影帶大客戶是總經理羅東尼的。羅總向來只讓你知道你必須知道的事，多一句也沒有。但問題在於什麼是你必須知道的，通常都是羅總認為你必須知道的。喬賓也不禁吃驚于自己向壁虛構的能力，對他與馬老闆在一小時內建立的親密關係產生了一種內疚感。公司羅總叮囑他是來向陽找一個叫良溪的人。可他卻與一個陌生的馬老闆坐在一起喝茶。

那個陽光熏烤肉罐頭一樣的下午，他是怎麼把訂單添油加醋喝成功夫茶，喝到日頭偏西，現在喬賓怎麼也想不起來，他只記得馬老闆對他越來越有興趣。到底是一個大上海來做外貿的讀書人嘛，馬老闆得知他還沒住下，力邀他住到自家別墅去，還在當地一家大飯店擺下接風宴席。

就在那一天，喬賓看到了命運之手上的一道奇跡掌紋。數小時之前，喬賓對V-0廠商除了一個傳呼機號碼外還一無所知，此刻，他已經是向陽鎮最大的V-0廠商馬老闆的座上賓，並不是在某個包廂，他們是坐在一家叫做深愛的餐館大堂裡，在到處飄著菜油炒鍋香味的時候，餐廳裡只有兩桌人，全是馬老闆的人，除了喬賓。

馬老闆說貴客臨門，不喝完不吃完不能走。他陪喬賓坐一桌，另一桌主席位卻一直空著。酒過三巡，馬老闆眼神直了，他說，你這麼年輕就做了上海大公司的經理，喬經理了不起！……不過，有沒有請人看過面相呀？……不等喬賓回答，他又說，我懂一點。你額頭開闊，鼻樑直，眉毛清秀疏爽，有修養有文化，運勢不錯，但眉間過窄，人雖聰敏，但好事多磨，容易遇事悲觀……

說得喬賓的眉頭緊皺，眉間距剩下不到一指寬。

馬老闆喝了不少，文縐縐的話也多了。他拉開腰包，掏出一本又一本的封面不同顏色的護照，泰國的，印尼的，馬來西亞的，還有香港的，好像展示他中了頭獎的獎券。

另一桌的主席位姍姍被填上。來人姓李，一副老大的派頭，自稱是當地一家娛樂城老闆。馬老闆見到李老闆好像見到親人，他跳上了一張空桌子，差點把桌子踩翻。嚇得老闆娘趕緊一路小跑出來，勸他下來好好說話。按馬的要求，服務員把桌子撤開，馬老闆像一匹吃了興奮劑的賽馬，在中間摟著李老闆的腰，好事者放起粵語歌《深愛著你》，一高一矮兩個男人端著架子屁股一扭，繞場子轉圈，越轉越快，兩桌子食客紛紛起立，鼓掌起鬨。

馬老闆臉紅脖子粗，說男人同男人跳淨是瞎胡鬧。他扔下李老闆，扭頭又去找老闆娘索吻，結果，被老闆娘輕輕扇了一巴掌，全場哄堂大笑。

舞跳得不盡興，李老闆拉著所有人都去娛樂城重新跳過。

記不得那個娛樂城的名字了，但喬賓生平第一次進帶小姐的卡拉OK包廂就是在向陽鎮新開發的娛樂一條街。一長串打扮閃亮的小姐在李老闆指揮下，魚貫走進娛樂城包廂。馬老闆揮手，這排小姐悻悻退出，又一排替補進來。馬老闆拍著大腿樂了，像是發現了金礦似的，把一個女孩拉出來，慷慨地推給喬賓。

夜色與燈光交媾，零度性經驗也開始生長；陰陽肉體過度逼近，抽象的幻想繁衍成具體的五官感覺；喬賓從來沒有見過如此柔弱乾淨的五官輪廓，宛如一隻春天山坡上追著風的小羊；

齊耳短髮黑絲飛揚，露出特別高的白皙額頭，乍一看像是劉海剪壞了；她那高挺的鼻樑和顴骨，那深陷的眼窩，混搭一起好像一個混血兒；她比他矮半個頭，瘦削翹臀裹著一件燈光下看不清顏色的連衣裙，勒出來一個圓圓的小胸脯。喬賓的下身因此產生物理上的堅硬度。他只是靜靜地坐著，純粹出於羞澀和慌亂，沒有對話對視，視線故意轉移給了螢幕。

馬老闆發現年輕的上海客人對小羊沒有反應，他把持不住主人的風度，惡作劇般立馬給喬賓換了一個最不登樣的小姐，水桶粗腰身，過多的脂粉，平庸的五官。喬賓恨不能一腳踢死自己。

換來的小姐感激地依偎上來，喬賓只好沒話找話：你老家哪裡？

河南。

河南哪裡？

河南。

看來她只曉得河南。或只願意告訴個大方位。她很緊張，但喬賓更緊張。

那邊廂，黑暗裡面布滿撕扯壓抑的聲音。馬老闆扔掉香煙，把嘴巴壓在了追風小羊的臉上，另一隻沾滿煙味的手不知怎麼已經消失在她裙底，喬賓忍住不看，他設想自己變身為一個真正的俠士，三拳兩腳，打倒馬老闆，救下她。可馬老闆似乎早料到這裡會出現俠客，他抬手給不識抬舉的她一個嘴巴，另一隻手從裙底抽出，放到鼻子底下用力聞著，嘴裡嘖嘖有聲；手像長矛一樣舉得高高的，朝喬賓示威。

喬賓勇氣頓失，被內心的一股子憤懣和內疚逼得尿急，從亂哄哄的人叢擠出去。上完廁所，渾身依然燥熱難當，不想回包廂，便從邊門出去，外面半空中好似有爆竹劈啪作響，他慢慢走出去，走進夜的深處。

娛樂城的停車場比包廂裡還熱鬧。脂粉香水味混合著汗臭，不斷有轎車和摩托車以及一種當地獨有三輪農夫車駛入，衣著暴露的小姐陪著客人出來，有的是打情罵俏送行，有的乾脆上車一起走了……

吧台後面有一條分叉的走廊，盡頭一道小門，他胡亂推門，走入一個栽著竹子的臨河院落。河從鎮中間穿過，這個小院落好似一個黑漆漆的渡口。

向陽鎮懸在娛樂城霓虹燈上的月亮又大又亮，像不太真實的一團白泥，經過一個白晝高溫煅燒，壓成一個扁扁的午夜太陽，把泥地竹子河水蘆葦照耀得如同正午一樣晃眼。

小鎮的燈火煙氣隔著好大一片水邊蘆花，站在他面前。

風貼著小鎮的瓦面，從晾曬的被單間穿過，把一隻膠袋卷起在院落半空，彷彿一隻大鳥的黑影嘩啦啦鼓噪。假如真是同一只購物袋跟了他整整一天的話，他很可能願意放棄無神論思想，把它當成鬼魂來看。他也願意把娛樂城的人全都當成有情有義的鬼魂來看。

南方不再是一個方位，一個稱謂，一張機票……現在就缺一支煙，他可以安定下來，靈魂得到一些涼爽，不管明天雨下不下，此刻的夜空夠濕潤。他的下身恢復了柔軟和克制。

他以為眼睛看花了，猶豫著，心跳異常快，麥卡勒斯在那篇小說中說，孩子們在這個世界上學會的第一件事就是找到房間裡最陰暗的角落，盡可能把自己藏起來。

她選擇的藏身地點是細茸茸的蘆花叢。

他認出了她。

那只在山崗上追逐春風的小羊。

她一個人半蹲在蘆花中，身上一半是光一半是影，瑟瑟發抖，也很像一個折斷翅膀墜地的天使。午夜的光，刻畫出她臉龐上的一根根絨毛。

喬賓猶豫中問：裡面太悶了，你也出來，透透氣？

她沒有回答。

你叫什麼名字？

她說，我出來看蜘蛛。

喬賓無聲地笑了，這時，才發現在她面前幾根蘆葦上掛著一張銀閃閃的蛛網。

——你不信。你幹哈的[19]？

——我來這裡出差。

她的普通話講得快時會露出點鄉音

——你來這裡看蜘蛛？

——我是能在水面行走的小蜘蛛。

那我就叫你小蛛，喬賓全身放鬆，雙手在耳邊做了個大耳朵呼扇的樣子，豬——

她站起身笑了，錘了他一下，才醒悟兩人間沒有熟到可以動手動腳。她在暗中的臉肯定紅

19 安徽蚌埠的口音。

了，喬賓可以猜到，因為她嚶嚀一聲。

她說是小蛛，蜘蛛的蛛。她在找一種特殊的蜘蛛，這裡沒有，好可惜，她的家鄉才有。她很成熟地歎息。她來自蚌埠。在老家的小河裡長著許多水草，她什麼也不會，連飯也不會做。別人翹課去玩去看電影，她翹課就是去河邊傻傻地看，一看幾個小時，看蜘蛛。

她說，蜘蛛是這個星球上最神奇的生物，上天，入地，遊獵，撒網，還會用流星錘。等到弟弟來喊吃飯，日頭落山，一條河都變洋柿子那樣的紅色，水蜘蛛也吃飽了，它在水面走路，紅光閃閃，帶著一條看不見的蛛絲，小時候我很傻，我想我是那只水蜘蛛。

後來，喬賓查過資料，發現真有這種全身結構設計得不符合水中生活的蜘蛛，真的生活在水中。白天在網中休息，把前腳伸出蛛網外，隨時感應水中的波動，一察覺昆蟲落水掙紮引起的水波，便出動捕捉。晚上拉著蛛絲外出打獵，再順著蛛絲回巢。喬賓出差走過無數山川，都會抽空去河邊發呆，也會向當地人打聽，居然找不到，也無人知道水蜘蛛，相關資料說這物種分佈在內蒙古、東北地區和河南北部。但為什麼他從未看見過呢？他不知道。

他懷疑自己是不是搞錯了，也許那個水桶腰女孩才是蚌埠的，而小蛛該是河南人。也許她不是奇怪的小蛛，而是普通的小珠。記憶本質上是靠不住的，它一旦生成，不但自我嬗變，也會與內心的欲望彼此互動，最終變得面目全非；喬賓過了三十五歲後才想到人之所以成為人，就是由那一段段獨特的記憶組成的一團雲霧。既然雲霧一直在變幻，自己早就不是那個在向陽鎮的青年了。

那個在向陽鎮的喬賓冒出一句話：為什麼要做這種工作？

話一出口，他就開始痛恨這種搶佔道德制高點的濫調。

賺錢唄。

小蛛答得飛快，這麼容易的答案，喬賓有點失望。他猶豫再三，還是問她：為什麼賺錢要做這種、這種無聊的工作？我可以幫助你。

喬賓來南方，打工漢子來南方，都是賺錢。誰不是為賺錢來的？自己問得實在越來越無聊。濕熱的南方夜晚十分無聊。但從黃大哥那裡傳遞來的一種熱情讓他無緣無故想幫助眼前的這個陌生女孩，一個還沒有被南方腐蝕的女孩，還沒有學會裝腔作勢，還不曾明白自己到底需要什麼，追求什麼。

也許她想說靠女人天賦賺錢也是血汗錢，也許她可以再編個瞎話騙他同情，有什麼錯呢，但她卻輕蔑地反問他：你能幫我什麼？

眼睛裡面火星閃了閃。她離開他，往蘆葦深處走去。

除了孤獨、憤怒、悲傷和自卑，喬賓也感到暈眩，喘息困難，愣怔間，月光從水面漫過來，送來木槿花香，河水魚鱗閃閃的，寂寞到聽不見水流聲音。

孤獨感，是與生俱來的嗎？他已經到了意識到一個人一旦出生就踏上死亡之途的年紀。意識到人生是從呱呱落地的悲劇開始，過了好多年之後，他才能明白悲劇之所以稱為悲劇並非因為旅途終點是死亡，而是因為纏繞每一個旅人一生的都是隱藏的孤獨感。

等他抬頭搜尋時，蘆花叢裡已經空無一人。他反覆猜想她是如何從娛樂城出現在河邊。蘆花一簇連著一簇，夜風的手涼了許多，隨意拂過，柔弱的蘆花便飄起來，落在臉上，癢癢的，月下蘆葦從稈到葉是雪白的，白得似乎融化。兩層的娛樂城，身子散發著酒氣和香水味，倒臥下來，一種似曾相識的感覺。在書上讀到那個傷心咖啡館裡，一半房子是漆過的（沒有漆完），娛樂城雖然漆過並漆完了，但在午夜的太陽照耀下，同樣有一半比另一半暗而髒。

包廂那個地下幽暗世界裡只剩下燭光、螢幕螢光和時隱時現的人臉，音樂聲大得填滿了每一個縫隙，大多數人連李老闆在內都走了。

馬老闆躺在沙發上閉著眼睛，腦袋枕在那個河南小姐的的膝蓋上，胳膊彎挾著一個女孩子，不是那只小羊。他看不出是睡著了，還是非常享受港臺勁歌金曲，面前雜亂放著十來隻空酒杯，一大份果盤裡堆滿了果殼和揉成一團的紙巾。

如果不是那個酒糟鼻子的胖老頭還在等著，喬賓肯定會悄悄走人。胖老頭臉膛紫紅，記得他姓關，是北方人，他拉上喬賓，不由分說，馬老闆關照先回去休息。

司機駕一輛黑色皇冠轎車，把他們送到鎮外的一棟白色小樓。

馬宅位於一處藏風聚水的山坡，面朝一個開滿荷花的池塘，一個看門老頭打開兩扇鑄鐵大門，汽車駛過一座石橋，停在大門前籃球場大小的水泥地坪。

一個姓張的小夥子迎上來，一臉不高興，額頭上被蚊蟲咬了好幾個紅紅的大包。他和老關都是內蒙來的土工程師，看來他看了太多電視，更難習慣南國之夜。沖涼之後，在蛙鳴中，兩個內蒙漢子又掛著一身汗，從臥室出來與喬賓聊天，聊他們發明的鎖。

鎖，是一種令人費解的安全器具。為了保密，為了阻止，為了防備。為了排他。他們倆都是制鎖的土工程師，設計了一種據說無法撬開的最堅固的專利摩托鎖具。在內蒙古的廣大草原上，馬群羊群乃至好客的牧民沒有這種隨著文明進步產生的需要，而像向陽這樣的南方前沿小鎮，巷子裡到處跑的都是摩托車，他們被馬老闆招募來，設法把這種偉大的萬能鎖在當地投入商業化生產。

喬賓裝作無意，提起良溪的名字，但兩個北方漢子完全沒反應。

喬賓洗完回到屋裡，桌上五個空啤酒瓶，一樓走道那頭的屋內響起鼾聲。他沿著中央樓梯上樓，看到陽臺上小張一個人對著一個好大的月亮吸煙，光身只穿了一條短褲，時不時拍打看不見的蚊子，好像一個人在跳舞。地上橫著一個空啤酒瓶，彷佛一條受傷的小狗伏臥在地。

想家了嗎？喬賓沒話找話問。

小張眼神憂鬱，說我可不想回去。

——不想？

喬賓想像著一望無際的大草原，蒙古包，馬頭琴，白雲一樣的牛羊。

小張遞給他一支煙，給他點上。

剛吸一口，喬賓就嗆得臉都綠了。煙的品質太差。

小張咧了咧嘴說，要是搞不出這把鋼鎖，就得回去。一想到回去，就病了，吃不下，睡不著，渾身無力。這鬼地方什麼都不好，就是能賺到錢。

那就把鎖搞出來。

喬賓把只抽了一口的煙擱在大理石欄杆上。

——談何容易。在內蒙就是沒搞成，才跑南方來的。馬老闆不養吃白飯的，下個月要是還不能量化生產，他一定趕我們走。

——明天我找機會替你們說說，讓馬老闆寬限幾天。

忽然，小張扭頭盯著他，看了一會兒才說，我最討厭上海人了……不過，喬先生你這個上海人，不太一樣。

全國人民討厭上海人的心情大體上相同，雖然理由各有各的不同。

——怎麼看出來的？

——你沒帶小姐回來睡。

兩三隻蚊子近距離飛行，聲音大得驚人。在小張身後的黑影裡，喬賓的臉是燙的。他心裡也想把一隻小蜘蛛帶回來，卻是說不出口的話。

第二天

向陽鎮的午後充滿了橫衝直撞的摩托車，好似發黑的水體氾濫，一股股沖刷著河道一樣的街巷，你以為它要拐出去，它只是戛然轉身，還在原來的河道裡，只是速度又加快了。路邊攤和小飯館的煙熏氣增加了陌生感，喬賓與兩個北方漢子走在街上，如同在想像中的泰國或者印尼，街上販賣著陌生的各色熱帶水果，她們講的南方口音，你根本聽不懂，即使對你撒謊，也是白搭，索性大家省省。誰也聽不懂，若是必要時，必須藉助翻譯。當地興起了一股培養本地商業翻譯的熱潮，年輕人開著太子車走街串巷，跑來跑去，成為聯繫向陽與外面世界的一座座橋樑。

他們一起吃了簡單午餐，還打包了一份豐盛的盒飯和例湯，喬賓問是給誰的，兩個北方漢子忽然扭捏起來，老關做個鬼臉說，給馬老闆老婆預備的。

馬老闆到底有幾個老婆？喬賓冒冒失失地追問。

老關看著小張，好像天底下只有小張才曉得答案似的，撓頭笑著說，鄉下一個大老婆，鎮上一個，汕頭市里一個，珠海一個，廣州還有一個……昨天打電話來的是市里的。

小張還是表情木然，悶頭悶腦地說，每個地方都有那麼一個。

不多，一地一個。老關促刻地笑了，看來誰也弄不清馬老闆有多少老婆。馬老闆也有不聽明的地方。這麼多老婆不把他身子掏空了才怪。

喬賓忍不住打了個大呵欠。

老關又促刻地對著小張笑了。

喬賓不好意思，有點生自己的氣。他今天起床竟然晚到快十一點鐘。黑色皇冠車不在。老關和小張言談舉止明顯輕鬆放肆起來，馬老闆不像他閒散的外表，做事還是非常勤力，沒睡幾小時，一大早去汕頭了。

上午，當老關去工廠工作時，小張一個人在客廳百無聊賴地看書，看的正是《傷心咖啡館之歌》，喬賓有點不悅，想起昨天他把書忘記在客廳裡。

小張抱歉地對他笑，兩隻過於接近的眼睛擠得更近：這個老外的小說寫得很怪。

喬賓頭痛得厲害，不置可否。

小張又說，不過好像有種吸引力，叫人一直想讀下去。你是讀書人，你說這是一個有關絕望的愛情故事嗎？

喬賓不答，他相信這是卡森・麥卡勒斯在書裡隱藏的祕密。他懶得回答，昨晚也沒睡好，不光是因為只睡了幾個小時。他記得昨夜朦朧中翻身，曾聽見皇冠汽車發動機的低啞喘息，車門開關聲響，有人嚷嚷，喬賓聽不清，他意識模糊，耳朵裡捕捉到別墅大門哐啷一聲，幾個人雜遝的腳步聲從前廳上螺旋梯，過了很長一段時間，一個人下樓的腳步，汽車發動機響，輪胎沙沙碾過石橋面，聲音越來越遠。然後一片死寂。等到他重新入睡時，樓上發出驚天動地的幾聲巨響，好像一架鋼琴被人推倒，所有羊毛槌都敲擊在琴弦上，然後，是咚咚咚一連串碰撞聲，好似有人用一把大鐵錘不厭其煩把鋼琴每一部分都給砸成了碎片。手錶指著半夜兩點三十七分，他躺在床上，壁掛空調機嗡嗡作響，他一身是汗，好久好久，才有氣力爬起來。

喬賓打開房門前，留了一個心眼，他沒敢開燈，先開一條縫，他探頭出去，看見走廊裡有一個人影，他還是下了一跳，那個細長的人影就靜靜地站在靠客廳那一頭，好像在等著他，但又什麼動作都沒有，若不是他手裡煙頭的一點亮光，喬賓很難事先覺察到他。

那人躡手躡腳走過客廳，那個煙頭光亮消失了，黑夜如水一樣淹沒了他，喬賓覺得那人是摸索上樓去了。

二樓走廊盡頭，一扇柚木大門是馬老闆的臥室。當時，整幢小樓躺在荷風池塘的擁抱裡，靜得只剩下心跳聲和鬧鐘的滴答。

他肯定那人不是馬老闆也不是老關，更不會是看門老頭。這幢樓裡沒有其他人住。如果昨晚上那個人不是小張，那就只能相信是見到一隻鬼了。

喬賓猜到了良溪的身分，那也許就是那樣一個當地廠商雇傭的翻譯。現在，喬賓想起來他是什麼時候發現找錯了人的，大概就是在他借公用電話打傳呼的時候，回電幾乎是追著來了。對方的嗓門很粗糲，在電話裡操著生硬的普通話：你是喬經理嗎？搞什麼嘛，羅總說喬經理已經到向陽鎮好幾天了，你不同我聯繫也罷，怎麼還住到馬家去！

你怎麼不回電呢？喬賓沒聽明白。

——我怎麼不回，你留的是馬六家的電話，你讓我怎麼回？

——什麼馬六？不是馬二家？

但喬賓心虛，才到這裡一天。人生地不熟。

——哎呀，喬老爺，你住的不是馬六家難道是馬二家？

喬賓這才得知馬二工廠最大，他通常都住在廠內。週末才去汕頭家裡住。馬家十兄弟，只有馬六天天回自家別墅去睡。因為他玩女人，廠子裡不方便。喬賓為了良溪來，結果卻住進馬家；為了找馬二，結果卻與馬六談得熱乎。這次南方之行實在太不靠譜了。

喬賓告訴老闆等他要去辦些私事，就成功地甩開了他們。幸虧他們不是馬老闆派來監視的。

在村頭，老榕樹下，古井邊，一個穿雙排紐扣墨綠色西裝的青年靠著太子車，一邊吸煙，一邊踢足球樣踢著腳下的一塊圓石子。這個相貌儒雅得與鎮子不般配的青年就是良溪。

良溪把他帶到一個髒兮兮的咖啡館，裡面就他們兩人。大半小時之後，喬賓看出良溪是一個奮發有為的青年，比喬賓年長了幾歲而已。與馬六相比，他更看好良溪的穩重本分，公司如果向良溪採購出口V-0盒，品質與交期還是有保證的。他借咖啡館的電話打長途去上海公司，他給公司老總羅東尼說他終於找到良溪了。他馬上買機票飛回上海。羅總聽上去挺高興，對他住哪裡不感興趣，精明如羅總，只要給公司節省差旅費，喬賓住哪裡有什麼關係呢。羅總說不，你從汕頭直接去福州，找海關的張處長。公司在福州那裡還有些事要辦。

良溪這邊怎麼辦？

我馬上派小左飛汕頭，她會搞定的。

喬賓放下電話，說他還要回馬六的別墅去一次。

良溪一臉不相信。

喬賓艱難地堅持。

良溪說你人生地不熟，很多情況不瞭解。本地人很少與馬六來往。你可以住我家，要是你不喜歡住旅館。

喬賓沒作聲，忘了感謝。良溪搖搖頭，欲言又止。發動了太子車，他說馬六那人，唉。

喬賓趕回馬家別墅已經日落西山，兩個內蒙漢子很不高興。他們買了酒和鹵水在客廳裡吃喝，小張先醉了，回房去了，老關一個人自斟自飲喝完了所有的酒，搖搖晃晃地上樓。

喬賓等了一會兒，等到鑰匙聲響沒了，他也往樓上去，沒想到在馬老闆臥室門前撞見了老關。

老關光著膀子，短褲腰上掛著一串鑰匙，眼睛發紅，指了指臥室裡面說，你不是問我為什麼搞不清馬老闆有幾個老婆，這不，裡面還有一個呢。

哪裡來的？

老關一愣，瞪了他一眼說，不認識。不知道。老闆說他明天回來，我們只是管她三頓飯。

喬賓側身朝裡面探頭，但老關反應很快，馬上關上門。

怎麼了？喬賓朝裡面努努嘴。

老關支吾了一聲，臉色難看。

喬賓聽不見任何聲息，心被看不見的大手狠狠擰了一把。因為他還是看見了那件連衣裙。

她光著腳，坐在屋子角落，短髮腦袋埋在膝蓋間，雪白手臂交叉抱著腿，好像竭力要把整個身子縮入地下。他分辨出連衣裙是藕荷色的。

若是克林特．伊斯特伍德的西部片，該有一把子彈上滿膛的左輪，他抽出槍，一腳踹開門，把她救出來；或者，換成他熟悉的雷蒙德．昌德勒的偵探小說，他出馬也該帶著手槍，叼著煙鬥，屁股兜裡藏著扁扁的威士忌酒壺；若是沒有槍，起碼要有傷心咖啡館主人愛米利亞小姐的拳擊沙包和強健肌肉，可是，他沒有槍，沒有煙鬥，沒有酒壺，連愛米利亞小姐的鬥志也沒有。他僅僅是馬老闆家中的一名不速之客。他有書，有筆，有腦子，他有膽怯。

喬賓快快地走到院子裡，過了石橋，敲了敲門房，裡面傳出看門老頭的咳嗽聲，老頭也不會講普通話，在向陽鎮上，如同是到了日本國的意思。他在房子周邊繞了幾圈，看來以自己的身手絕爬不上二樓窗臺。

紅絲絨窗簾拉得死死的。

半夜，喬賓聽見走廊那頭傳來類似汽笛的痛快長嘯，感覺彷佛火車貓著腰鑽過了長長的隧道。他詫異地起身，拉開門縫，看見小張提著褲子走過去，一臉深刻的倦容。

喬賓靜靜地站在黑暗裡，不久，斜對面房裡傳來闞胖子的叫罵聲：睡不著就去打手槍，吵我吵我，再吵我呀！

斜對面有人開門，伋著拖鞋，好像是去了洗手間。看來闞胖子喝不少，但仍很驚醒。

喬賓打開《傷心咖啡館之歌》，看不進去一個字，腦子裡卻全是那汗津津的昨夜。他忽然發現夾在書裡的黃大哥那張便條不見了，他翻來覆去找不見，他起身去客廳裡，想再找一找，擰亮電燈，燈光下，老闆嘴角的口水亮晶晶的，四肢張開，倒在長沙發上打鼾，肚腩上的肥肉追著呼吸一上一下。

褲腰上的鑰匙串掉在地板上。

喬賓忘了自己來客廳做什麼，他壓抑著興奮，偷偷揣上鑰匙，關掉電燈，等了一會兒，沒聽見小張的聲息，他摸黑上了二樓。

喬賓沒喝多少，但腳步歪斜，一樣有濃濃的醉意。他不是李老闆，也不是馬老闆，他發現象他這樣的人就是做一件正大光明的好事也沒膽量。他沒敢敲門，一把把試過鑰匙，打開二樓臥室門後，也沒敢開燈。

裡面一片漆黑，他拉開厚重的絲絨窗簾，月光如同雨霧自由地灑落，角落裡那個像一株植物一樣的黑影動了一下。

別怕！我可以帶你走，把你送回老家去。喬賓說完，覺得自己頭腦熱到發燒。

可是，她卻冷得一點兒沒有反應。喬賓氣憤起來：我在這裡認識一個朋友，明天他會來接我。明天，我們在馬六回來前走。他可以安排你回老家。

過了好一會兒，她才答道：馬老闆不答應的。

你又不是屬於他的什麼財產！

她似乎笑了，嘴裡的牙齒閃出冷冷的白光：你有錢嗎？

喬賓沒錢，錢是讓他最洩氣的東西。他聽見她說她欠李老闆錢。馬老闆替她還上的。她向他討煙，可他還是沒有。

她又笑，輕輕地說，煙也沒有，你什麼都沒有。你想幫我？

她普通話發音像一把捕魚刀，把喬賓的正義感猶如魚肉那樣一片片削掉。

她說，你什麼也不知道……你就是個傻傻的好人。什麼也不懂。

喬賓覺得怎麼也輪不到自己來絕望，可是，絕望的無力感又上來了。他好像真的什麼也不懂。

她的態度緩和起來，她淡淡說，大哥，我就當你是一個什麼也不懂的人，但我也是什麼也不懂。

我可不是一個人來這裡的。她說，她遲疑了好長一會兒：誰又會一個人來這裡呢？

這樣子自說自話，她說起另一個人，她和另一個人的故事。在她上學的日子裡，放學後就是在村外小河汊等著他來，他是高兩個年級的學霸，也是一個傻傻的好人。天底下沒有什麼題目他不會的，上課連數學老師都要讓他上臺去解題。他總是幫她做作業，好像天生就是她的私人老師。

有一次，他用竹篾、麻繩、漿糊和土紙做了一隻蜘蛛風箏，風箏爬上天的時候，半邊天洋柿子似紅彤彤的，他把繩子交到她手裡，她覺得繩子上的力越來越大，宛如河裡的水都順著那條繩子飛上了天。蜘蛛風箏終於脫手飛走了，她急得哭了，又笑，他有點懵了，她說他們都會離開，因為長大了。

是他先離開了村子。他去了省城上重點中學。而她初中未上完就輟學了。他沒有來看她，而她也沒有。等到他考取北方一所大學回鄉擺酒宴，兩個人之間已經變得像陌生人一樣彬彬有禮。他走後，她偶然得知其實他來找過她，但那時她已經隨老鄉外出打工了。聽說他後來去了南方工作，她向父母要求也去南方那座城市打工，但沒有得到同意，那座城市裡他們沒有認識的老鄉，她說出來他的名字，父親沒作聲，母親從灶間走回來悄悄說丘孩子已經有物件[20]了，是省城的。她哭了，一個人跑出來，只知道要往南方去，她走了好多城市，最後，終於找到了他。她沒錢了，他也失業。沒有錢的日子過不下去，他說帶她去鄉下，生活容易一些，他們來到了向陽鎮，他坦白他欠了李老闆好大一筆錢，需要她幫忙一起還。她就被帶到娛樂城做工還債。她沒想到那個地方的女人都叫做小姐。他卻從此不見了。

喬賓看著她的眼影和假睫毛，想著口紅和香水味，還有鎖骨上絲綢內衣的肩帶，她已學會了像南方妹子那樣化妝打扮，學會了去時尚的場所消費娛樂，學會了不再像乞丐那樣去索取，而是像一個女人那樣去交換，這就是她在南方的成長，這就是她學到的功課。

樓下池塘對岸，地平線上，娛樂城的霓虹燈招牌彷彿孤獨在燃燒，日落如果是發生在午夜，大概就是那種黑沉沉的光焰。

喬賓像一個賊那樣溜走之前，把一張紙條塞進她的手裡：這是我朋友的傳呼機號，我還會在鎮上待一兩天，你隨時可以打這個號碼。

那種暖暖的心碎感覺又出現了，體內又死去了一部分，他知道那叫做告別。他又一次知道了，那也會出現在兩個陌生人之間。

20 安徽蚌埠地方口語。

記憶之不可考

燈光的邊緣與夜色糾纏在一起，模糊的幽藍裡透著嫩黃，把眼前這個人的臉分割成歲月磨損過度的部分和誰也無法看清的另一部分。被稱為老張的這個人，已經成為一個背著假鱷魚皮挎包的平庸的質檢部職員，他和喬賓相隔二十來年，再次握手，只能更顯熟人之間生疏的本質。

這是命運的神奇和詭異。水蜘蛛的夏天是一段旅程的結尾，然而，此時此刻，因為這個老張，水蜘蛛的夏天又復活了。

若干年來，喬賓一直與記憶角力，與時間對抗。他不接受告別。

那天晚宴結束，為了不引起合作方周總疑心，他回到花都酒店，一直等到人去樓空，才找出一張名片，撥打了一個手機號碼。

不到半個小時，喬賓下樓到深夜的咖啡廳。

老張一見到他，突兀地冒出一個詞：死了。

坐下後，他又局促地搓著手說，老闞死了。

喬賓沒有反應。

他醉酒駕車撞了一輛集卡。人卡在駕駛座裡，用鋸子鋸開車殼，胸口都壓扁了。還記得老關嗎？

喬賓像聽見太平洋島嶼某個角落裡發生一起車禍那樣無動於衷，他實在想不起老闞的長相。下意識接過老張遞來的煙和打火機，時光彷彿又回到那年夏夜，在馬家別墅的臨水陽臺上他們兩人一起吸煙。陽臺上那個又大又亮的午夜太陽。那種眩暈的感覺又出現了。

喬賓說這裡不可以吸煙。

老張哦了一聲。其實，香煙並不是什麼必需品。喬賓的回憶才是兩個人都飢餓到要重新狼吞虎嚥的東西。

那年夏天，喬賓錯過了看見馬六的皇冠車回到向陽鎮，因為他當時正坐在良溪的摩托車後座，他們兩人走了三家V-0廠家。良溪坐在功夫茶桌的中間，不像翻譯或嚮導，倒像是個主人，把上下家的要求和疑慮全部澄清。喬賓懂了羅總為什麼堅持要找到良溪。

等到良溪把他送回馬家別墅，馬六已經在等著他吃午飯。馬老闆還是一如既往的恭敬，但熱度降低到對待一個遠道而來的普通客戶。他沒有問喬經理去哪裡玩了。一切都很正常，正常到有點反常。

喬賓重新坐在那張黑瘦乾枯的面孔前，又是午後的同一時刻，馬老闆又在眾人簇擁下喝起功夫茶，在黑磚大哥大裡傾談，那個遙遠的女聲還是一樣嬌憨激烈。時間好像死了，一切好像又回到了前兩天的樣子，只是喬賓心裡多了一個自稱小蜘蛛的人，黃大哥變成了一個便條上的傳呼機號碼，而羅總給的那個傳呼機號碼已經成了一個開著太子車的活人。

馬六乾巴巴地告訴喬賓，他很願意與上海豐盛實業做外貿訂單，他希望能在下一次談定一個試訂單。他問喬賓有沒有找到今晚住的地方，喬賓意識到這是逐客令，他點頭。馬六把黑磚大哥大遞給他，但他謝絕。他說他可以走去鎮上。馬六堅持讓司機把他送到鎮長途汽車站。喬賓走出馬家別墅，最後一次望了一眼二樓臥室的窗，窗戶大開，只能看見一堵白色的牆壁。

喬賓離開向陽鎮是第四天，他看著中巴，遲遲不上車。良溪靠牆坐在花壇上，兩條長腿高高地翹在日本太子車座上。

喬賓走上前，憤憤地將皮包砸在地上，一屁股坐下。他不看良溪，良溪一點不吃驚，給他拋過來一個早知今日何必當初的笑：不想走了？

你告訴馬六了？

良溪笑得眼睛彎彎的，吐掉嘴裡的一根牙籤說，胡說什麼，在向陽，到處都是馬六的耳目，還用得著我多嘴？我可是早就勸過你，別住馬家別墅，他家風水不好！再說……

——別說了！

——你沒聽說馬六的大老婆是在那房子裡上吊的。從那以後，那房子鬧鬼。那邊村子常常看見一個藕色裙子的短髮女人在池塘水面上走過去。聽說這幾天都有人看見女鬼……你說的那個女孩子，我在娛樂城打聽了，沒人知道，我看，可能是那個女鬼，呵呵……

離開向陽鎮那天，喬賓有一種可怕的預感：小蛛可能死了。但他又覺得這完全沒根據。小鎮的河水從他心裡流過，帶不走他的憂傷。她不願離開南方回老家去，喬賓想，這座濕熱的南方小鎮有一種邪惡的力量，改變了小蛛，她在反抗中接受了命運的安排，她對這裡的恨卻結出了依戀的果，她是不是把苦難當作成長之痛來接受？直到喬賓登上中巴車離去，也沒有收到小蛛的訊息。

回到上海後，公司開始與良溪做V-0盒出口訂單。羅總派了小左去向陽蹲點監督生產，喬賓再也沒有去向陽。不久，小左從向陽打電話給喬賓。他馬上給良溪打手機，那時找良溪變得很容易。良溪也置辦了黑磚頭一樣的大哥大，立刻給喬賓傳真了一份當地報紙的影本：

據向陽鎮公安局13日通報，1995年11月9日14時許，在向陽水庫發現一具無名女屍，短髮，身長約1.59米，雙乳和下陰被剜除，估計死亡時間在九月……警方還發佈了懸賞通告，嫌疑犯為一男青年，北方口音，身高約1.75—1.78米，體態中等偏瘦，出逃時上身穿米黃色工作服，下身穿藍色牛仔褲，腳穿黑色皮鞋……

良溪認為那就是喬賓說的女孩。喬賓的講述中斷了。

老張咳嗽了一會兒，捂著胸口操著一口廣東味的普通話說，這麼多年了，也難怪呀。你記錯了。全錯了。你來那天，馬六的確從娛樂城帶回來一個女孩子睡，娛樂城最漂亮的那個。第二天，馬老闆就帶著她去汕頭了。沒有人關在二樓。馬老闆那人雖是混帳，但他從來不用下三濫手段對付女人，因為根本用不著。他有的是錢，還有外國護照，又沒有老婆管著，大把的妹子想跟他。

老張又說，那時候，我算是想穿了，老闆和我搞的鎖再厲害也不能救我們。我走了，老闆後來也走了。向陽鎮麼，就是一場遊戲一場夢。

喬賓問，他們找到馬六殺人的證據嗎？

老張的兩隻眼睛擠得更近：殺人？馬六好好的，他殺誰了？你說馬六雇兇殺人？唉——沒想到這麼些年，你還迷戀著那個女孩子。

他說了一個名字，喬賓感到陌生，他只記得小蛛。或者是小珠？喬賓覺得自己的記憶混亂不堪：不是說公安發現她的屍體在水庫？

老張鼻子裡哼哼，像是不通氣似地說，他們在水庫裡撈上來的女屍不是她，公安有記錄。不怨你，你全記錯了。畢竟二十來年了。她給馬老闆生了個兩個男孩，馬六給她在廈門買了房子。聽說，現在他們都移民海外了。

難道是良溪拿話哄他，喬賓全搞錯了，是記憶錯亂。老張說得有板有眼。羅總後來沒讓喬賓再去向陽，而是派一個東北來的小左去跟單。他與小左不熟，不好意思托小左打聽，光聽了良溪一面之詞。現在看來良溪的話十分可疑。而羅總也許早就看出他從南方歸來後失魂落魄的樣子。莫非良溪是按羅總吩咐編了個謊來安慰他。如今這一切都沒有答案了，羅總早幾年離婚，不久患絕症去世。

愛必然是固執而孤獨的，喬賓知道當年救人的念頭與舉動也必然相當可笑。然而，他還是寧願相信老張的話也是可笑的。

老張從挎包裡取出一本書，喬賓翻閱著黃黑色蟲蛀的書頁，似乎聞到了想像中美國南方小鎮咖啡館的異香。這是他丟失的那冊《傷心咖啡館之歌》。

老張依然拘謹地說，你來向陽鎮給我留下的唯一的東西就是那本書。不好意思，當年我偷拿了你的書，一直沒有丟。外國人真會寫變態故事。我看不懂，就覺得難受，覺得我在這個世界上會一輩子孤獨。還想再看，這麼些年來，看了不知道多少遍。後來才覺得寫得有意思……老小姐趕走馬文，羅鍋李蒙幫助馬文打敗老小姐……最近，莫言得諾貝獎了，我讀他的《透明的紅羅蔔》，小石匠、小鐵匠和黑孩之間的愛恨交纏，也是被自己愛的人所背叛，人生大概沒有比這更讓人絕望的了……

他變得愛看書了，還是他本來就喜歡看書呢，喬賓其實一點兒也不瞭解老張。老張像一條沉靜的河，水面下很深。老張的讀後感用詞粗糲，表面上十分混亂，喬賓卻聽得很入神，他用心整理後，發現老張的理解力和分析力都很了不起。老張說本來就沒有永恆相守的愛，扭曲誇張的愛往往更容易點明真相。唯有孤獨才是永恆的。但人永遠都不能因此停止尋找愛，孤獨雖然永恆，人卻是有限的，以有限對抗永恆，豈非人之所以為人的一個重要特質？老張腦袋裡充滿了玄思。喬賓發現自己完全不瞭解這個人。

喬賓雖然丟了那本書，連同那張寫著黃大哥傳呼機號的便條。所幸他收到過黃大哥的新年賀卡，這回，他把收到的信和賀卡藏在一個好地方，別人都不能找到的地方，然後，就再也找不到了。連同黃大哥留給他的傳呼機號碼。喬賓搬了好幾次家，曾經花好幾個週末找，還是什麼也沒找到。

傳呼機時代轉眼結束了。有一批人隨之消失了。

在教堂裡，聽見牧師講到耶穌在水面行走，平靜了加利利海的風浪，他想到一直不曾見過一隻在水面行走的水蜘蛛，他查證發現不是小蛛編的，生物界是有一個奇怪的品種「銀蜘蛛」，身體構造、生理功能完全不適合水中生活。但當離開蛛網潛水箱活動，身上絨毛在水中會生成氣泡，類似於銀光閃閃的一個水晶罩。

那天晚上，在酒店，喬賓做了一個銀光閃閃的夢。

馬家別墅的池塘流過向陽鎮那條河，連著那個小水庫。他站在幾棵樹下面，向良溪要了一支煙，他望著水庫的湖面，腳尖踢著土塊。思想像那一截煙，越燒越短，變成了一枚濃縮的煙蒂。

煙蒂在水面浮著，慢慢地走，好像一隻水蜘蛛。

天光染白了荷葉，一隻蜘蛛敏捷地走在水面上。

水庫變成了好大一片水，水那邊的那幢白色小樓在朝陽裡霧氣般朦朧，非常幽靜，水聲好像完全不存在……

他的擔心是多餘的，水蜘蛛不會淹死。他在夢中想，關於向陽鎮的一切可能也是一個夢。他醒來，還是在花都酒店房間裡，臉上是濕的。

他起床穿衣，感到了飢餓。他隨手拿起失而復得的《傷心咖啡館之歌》翻看起來，書頁沾了茶漬醬油，某一頁上紅色圓珠筆重重標著底線：

我們大多數人都寧願愛而不願被愛，被人愛的這種處境，對於許多人來說都是無法忍受的。被愛者恐懼，並憎惡愛者。因為愛者總是想把他的所愛者剝到連靈魂都裸露出來。

喬賓反覆讀了兩三遍這兩句話，渾身打了個寒戰。愛者尋找一個出口去釋放孤獨。但當他進入戀愛時，又會逐漸體會到一種新的孤寂，也許是為了自我安慰，也許是為了安全感，愛者渴求與被愛者發生任何一種可能的關係，被愛者便會被剝得連靈魂都裸露出來。最終，兩者都陷入永恆的孤獨與恐懼之中……

早晨，喬賓徑直打的去了周總公司。

他走進一排新落成的米色宿舍樓，從嘰嘰喳喳剛從浴室回來的女工們口中打聽到老張的住處。

他走上男宿舍五樓，507室的門開了一條縫，他推門而入，站在一個單身男人獨居的屋子裡，彷佛站在一個核子毀滅了大半的世界的中央。

不曾期待的東西就在簡陋的寫字桌上。

他拿起一大串鑰匙，上面綴一個心形鑰匙扣，嘴唇乾燥，手心濡濕，人微微顫抖，胸腔裡好像有一根弦左右抽緊到繃斷。鑰匙扣裡嵌著一張小照片，那個在水邊蘆花中迎風的側臉，飄揚的髮絲，光在水面蕩漾，看不清面容的女孩子，不是生產線上機械運動著的某個標準化人體部件，她是一隻在山崖上追逐春風的小羊——是一隻在水面行走的水蜘蛛。

門口哐啷一聲響。

喬賓急切扭頭，看著門口手裡拿碗筷的老張，好像看著當年公安懸賞的那個嫌犯。

2019年11月改於墨爾本杯賽馬會期間

禮拜六

與玫瑰練習對話

一隻貓伏身鑽進籬牆
對我的花園主權　他沒有興趣
他是來嘲笑人什麼都不做的日子

春風便來作客
後花園應是一對碧玉鑲彩虹的音箱
架設在銀河上的音樂廳

然而　雜草偷偷從地面四處攻城略地
鋸齒的葉　刺刀的莖
吞沒小徑　絞殺一株青楓

來澳洲　學會數種簡單手段
除草機　殺草劑　鐮刀　毒藥　剪子
或者先溫柔地搖晃　再一舉手拔之

卻無法遏制
大地肌體上疤痕浸潤　蔓延
暴力無論是否合理　都是一種不現實

是誰在卑微面前持續潰敗
每天都有連續七八個噴嚏的難受
花粉症何時能痊癒

我和花園同病　同仇
與雜草佔領軍緘默對峙
留下那些疤痕　伴隨一生的現實

1

事後，艾米才意識到假如那天沒撞見安琪的話，一周後安琪的老公湯姆一下飛機興許就會被員警帶走，按照澳洲法律，興許還會戴上首飾那樣錚亮的一副手銬。這兩個興許，是她開著銀光閃閃的大賓士頂著毒日頭來公司路上萬萬想不到的。

照例，艾米該在午前進公司看一下，那天過了正午，悉尼的陽光沒有把她逼回地穴一樣安全舒適的北岸家裡，她卻心血來潮，來到辦公室，看見只有接待小姐在，她有點奇怪，就去泡咖啡。

茶水間裡面，燈光全面代替了日光，一切都白得出奇，託盤裡三排茶杯蒼白得缺乏健康色。瘦瘦小小的安琪，左手握著右手拘謹地置於腹前，一個人站在那裡出神，彷彿在等一個永遠不會來的人，平日裡老是笑盈盈的安琪，看了著實讓人心疼。

艾米暗自歎息一聲。除了不能缺席的接待小姐以外，公司裡只有新員工安琪即使做銷售外勤，也會按時守在辦公室裡，其他人均是神龍見首不見尾。

悉尼美屋房產的女老闆艾米輕聲把安琪叫到自己的董事長室內。

她把一盒上海生煎推到她面前，還是熱的。

安琪接過筷子，盯著生煎盒子發愣。

論到發愣充傻，公司裡還有誰比她艾米更在行呢，但她這會兒沒心思自嘲，她給安琪端來一杯咖啡，自己則快速喝完今天的第三杯咖啡。

安琪肌肉僵硬地拿起杯放下，彷佛杯子是鐵制的；另一隻手依然舉著筷子，依然低著頭。好一會兒，她才說，朵麗絲出院了，飲食恢復了。她而且愛上了烹飪。天天在家自己做晚飯。

安琪女兒朵麗絲的厭食症治癒了，好呀，為了照顧女兒長期以來的厭食症，湯姆和安琪去中國探親都是分開走，這樣走都已經走了好多年了。

原來如此。還垂頭喪氣做什麼？樂得輕鬆幾天。艾米說，女兒都不用你趕回去做飯，將來她可以參加電視上Masterchef競賽[21]。

安琪的聲音極低：她變成了一個素食者。

艾米忍不住笑：我也想吃素，就是一直做不到。

安琪說：她還成了一個女權主義者。她在學校裡做了一個辯論，內容是獨身主義。她跟我說她將來她的伴侶不會是男人，因為男人作為物種，太粗魯，太不文明。

朵麗絲是安琪的驕傲，那女孩子曾在紅石壁街頭演奏古箏，把募來的錢給媽媽買生日禮物。艾米又笑：我也贊成獨身主義，現在悉尼有多少白富美沒嫁掉呢，她小小年紀，對男人的看法很有水準吶。艾米中指尖彈著咖啡杯叮叮響，盯著她問，那我瞎說一次，莫不是你老公在

21 澳大利亞一個廣受歡迎的美食電視競賽節目。

外面有人了？湯姆那樣的好男人，當心有人搶。

艾米指的是安琦先生湯姆，安琦否認。安琦和湯姆是公認的第一代移民中的模範夫妻，然而，艾米總是有點懷疑，儘管有時候她也自覺疑心病太重，但她隱隱然還是忍不住懷疑天底下每一樁恩愛美滿的婚姻。

肯定沒有？難不成是你有花頭？艾米突然來了興致。

安琦頭都搖暈了。

艾米說，兩個人都沒有外遇，那是性生活不和諧？

安琦想笑，臉上帶淚的笑，很尷尬。可安琦都是四十六歲的女人了，還在乎那些床笫之歡嗎？

艾米以同情和期待的眼光打量著安琦缺乏睡眠的面容，過於纖細的手腳，以及一陣風就可以刮走的骨架。

安琦忽然說，茱麗葉死了。

艾米嚇了一跳，她對死這個字異常敏感。

安琦發現失言，她說，不，不是。要送你的那盆英國玫瑰花，我害死的，我想。

艾米想起來了，悉尼中文電臺決定做一檔新移民自述心路歷程的節目，他們找了艾米，通過艾米也採訪了安琦，問她為什麼要離開上海移民悉尼，她回答想有一個玫瑰園，那時候她在紅石壁（Hornsby）的家裡後花園還只是一片荒草地。中文電臺就是喜歡搞這種浪漫故事。節目錄製期間，艾米第一次受邀去安琦家週末午餐。在安琦那樸素無華的木屋裡，艾米立時被走廊下一字排開十八盆玫瑰吸住了，眼睛一直沒有離開一款混合色玫瑰，淡茶色的花瓣摻入玫瑰金，顏色漸變猶如古典油畫那般夢幻，湯姆說那是英國來的稀有品種，叫做美人茱麗葉。你要是喜歡，等長好些就送給你。艾米說算了算了，我隨口說說，要是真的給我，我肯定養不活的。可安琦還是當了真。

艾米說，你？害死玫瑰？哎呀，一盆花，別胡思亂想。琦琦，你今天沒事早點回去，好好休息。

安琦卻不動，略略抬起眼睛，一滴淚落在暗棕色液體裡。

她說，我去見過那個律師了。

問題還是出在男人身上。哪有要離婚的夫妻性生活很和諧的呢？艾米心裡有一隻小鳥終於張開了翅膀，她有一種教唆犯的惶恐和竊喜。那個離婚律師其實就是艾米推薦的，她忽然還有點內疚。

他有沒有打你？

安琦用力搖頭說，湯姆這人木訥，有時候嘴巴上講話難聽，但從來不動手的。諒他也不敢。艾米今天無端生出感慨，她又歎氣，可惜！可惜什麼呢，頭次見到湯姆的印象極佳。如果光看著湯姆彎腰躬身一鏟一鏟把挖出的土混合上肥料填回到土坑，拌上骨粉和花肥，連艾米這樣離異熬煉多年的硬心腸也要羨慕安琦，超級好老公，不吸煙不喝酒，不嫖不賭，無任何不良嗜好，中年了，還沒什麼小肚子或眼袋（聽說有空就練鐵人三項），會做飯會做家務會洗衣會園藝，還會做裁縫，這樣的簡直不是地球人，外星人老公哪裡去找？平日裡很少開玩笑的安琦看來是真的要與外星人離婚。如果模範夫妻湯姆安琦也離婚的話，公司裡變成不是未婚的，就是離婚的。連一個男人也沒有的一家房產仲介公司，在南半球第一大城市悉尼算是特立獨行呢，還是男人不宜？

安琦說，律師勸我趕緊去做AVO[22]，我很猶豫。湯姆沒有打人。

那他肯定罵你了？

安琦點頭：罵得很難聽。停頓了一會兒，她換口氣又說，你知道我這種家庭出來的，連吵架都不會的。我實在受不了。

安琦是從什麼樣家庭出來的，艾米並不知道。但從她平日裡和風細雨的舉止可以猜到，她的家庭在舊日上海灘是有些地位門風的。

艾米拉了一把轉椅，挪到安琦的身邊，她遞過紙巾說，既然要離，主動權要牢牢抓在手裡。所有家暴案子都是相似的。幸福的家庭不知道是不是相似的，但家暴家庭倒是都很相似。艾米又想起當年自己離婚，沒等前夫的一隻拳頭舉起，她就把他一腳踢出家門。她搖一搖頭，歎口氣，女人啊女人。你不保護自己，誰來保護你？

安琦有點吃驚，艾米居然勸她馬上離。她擦著眼睛說，湯姆沒有動手。他脾氣壞，罵得凶，砸壞了房門，但沒有動我一根手指頭。不過，律師也是這麼說的。先是言語暴力，然後……然後可能會有第一次動手。

22 Apprehended Violence Order——也稱為保護令或限制令。由法庭對威脅受害者安全的人簽發的一道限制命令，以保護受害者免受更多暴力、恐嚇或騷擾。

艾米冷笑說，房門都砸了，他不動你又能怎麼樣？他就算是打了你，一分鐘後保准會痛哭流涕，請求你原諒；跟著，就是第二次動手，再來幾次，他就會下跪求你原諒；以後每一次就不是砸門那麼便當了，暴力會逐步升級，直到無法控制。有的女人一輩子，就是一忍再忍，拖到後來，莫名其妙被老公殺了。死了也不曉得為什麼一個海誓山盟賭咒發誓愛你的人可以變成殺死你的兇手！

安琦渾身打了一個寒戰，她說，律師要我馬上向警方申請AVO。等到湯姆從中國回來，一下飛機就會被員警趕出家門，或者帶走。律師說沒有機會，要創造機會，對離婚析產非常有利。但我覺得那樣對湯姆太狠了，他沒打我，就是罵人，你曉得他的壞脾氣，罵得很難聽。律師說言語暴力也可以殺人。我是有點怕湯姆。可我不想害他無家可歸。

艾米翻來覆去看著自己右手的美甲。她介紹的那個華人律師是不是有點敬業過頭了？自己是不是也有些幸災樂禍呢？

安琦說，律師一再關照要我立刻抓住機會，我想想，好像他也是對的？但又覺得哪裡有什麼不妥當。想了好久，想不明白。我們倆之間就是無話可說了，就算沒話找話，也不會好好說話。你說，到底為什麼我們失去了互相溝通的話語能力呢？

安琦不愧在國內當過中學語文老師，她的語氣如此中立，倒好像下不了決心的人不是她而是艾米。

艾米決定推她一把，一針見血：琦琦，你還想不想與湯姆過下去？

安琦猶豫著，沒有做出反應。

湯姆去中國多久？

一周。安琪說，這幾個晚上我睡不著，跪下禱告，一直聽到有個很細小的聲音跟我說一周。一周。湯姆回國去的這一周。時間不長，僅僅一周。她停頓一下，又說，湯姆和我有好久不去教堂了。

艾米忍不住動怒：你們基督徒我真搞不懂。離個婚這麼難？聽上帝的話不就得了！你呀你，我沒資格說你的，但我還是要說，你呀你，就是太軟弱！

那是安琪姆媽的口氣。老闆艾米從沒見過安琪媽媽，這個北方女人又是怎麼知道安琪媽的口頭禪？安琪心裡徹底糊塗起來。

艾米在門口叫住安琪，把那盒沒動過的生煎塞在她手裡，直等到她走出門口，艾米又踩著高跟鞋咔咔追出來說，琦琦，我想想不放心，律師說得雖然在理，AVO你還是要慎重。湯姆那種火爆脾氣會不會想不開？不是說他跟他自己過不去，我擔心，他會不會跟你過不去？能不做就不要做了。

安琪說謝謝你。聲音依然像電臺裡的播音員那樣舒緩。她一定是沒想到在這個節骨眼上，連她母親都不能幫她的時候，是一個冷面硬心腸的女強人老闆在如此撐她。

說實話，艾米蠻喜歡安琪的小女人樣子和她天生播音員的嗓音。從窗口看著安琪戴上帽子和墨鏡，在落日中匆匆走向火車站，艾米再次點開手機上儲存的一個鏈結，在黃昏的市聲伴奏下，一個女中音開始用播音員那樣優美的普通話娓娓講述：

我叫安琦，來自上海長寧區的愚園路街道，我從小有一個夢，在一個栽滿玫瑰的花園裡長大。小學時，好想天天去接待外賓。不是因為我外公在香港（後來知道他去了美國），也不是覺得高鼻子藍眼睛漂亮，而是想去少年宮玩。那時候沒什麼地方玩。除了逢年過節以外，只有在接待外賓的時候，少年宮才對我們開放。男孩們感興趣的是勇敢者的道路，我們女孩感興趣的就是圖書館外面的草坪，那裡有一個我所見過最美的玫瑰園……我從小夢想擁有一個美麗的玫瑰園，因為父親說很久以前爺爺家裡曾經有一個上海灘最美的玫瑰園。有一次，父親攙著我的小手上街（有一陣子不管幹什麼，他都喜歡帶上我），他要我答應對媽媽保守一個小祕密，如果我答應他的話，將來他會給我一個玫瑰園，他說養玫瑰，就是與玫瑰對話……

2

——這個祕密就是外公每次牽著你的手上街，是去銀行存錢，他背著外婆存私房錢，存了很多錢，他說攢起來將來可以給你一個玫瑰園，姆媽，你說了多少遍了，你還信外公那種男人？你不是老是說你最討厭外公那樣的男人嘛！上海男人講情調，懂女人，會玩，還長得帥！結果，還不是他騙得外婆頭頭是道，最後把她甩了！

湯姆去中國後，下過一場大雨，窗外的初夏依然遍佈春寒。

朵麗絲換上一套乾淨的衣服，從洗手間出來，踩著溜冰鞋，抱著一盤蔬菜凱撒沙拉，從一間屋滑到另一間屋，嘴裡嚼個不停，還忙著數落安琦，就像她外婆當年常做的樣子，安琦卻不生氣。女兒的厭食症好了之後，看上去她比她外婆當年聰明多了，她不需要母親做晚飯，她酷愛廚藝，只吃素食。而且，她沒說錯，安琦父親就是那麼風流的上海男人。

女兒從醫院出來之後變得行為極端，做完一件事，像醫生那樣反復洗手，一天換五套衣服，安琦不知道這是不是發育期女孩的激素失衡。女兒開始對婚姻關係有研究興趣，還宣稱她曉得安琦嫁給湯姆是為了找一個與安琦的父親相反類型的男人——湯姆不會玩，不講情調，不懂女人，不藏私房錢，出手大方，助人為樂，還是教會的一個忠心的同工。她也沒說錯，湯姆與已故的安琦父親完全是相反類型，大概唯一的共通之處就是兩人的相貌都周正。

晚餐做了兩份，安琪只做自己那份。朵麗絲素食吃完，把自己關在小臥室裡面。安琪邊吃，邊豎起耳朵，女兒房裡沒有練小提琴的聲音。安琪神經質地站起，又強行坐下，她打定主意，今晚不追女兒練什麼，太累了。

她面前攤開《聖經》，卻一個字也沒看進去，腦子裡無數個念頭在飛。

小時候，安琪是從基督徒外婆那裡第一次得知，上帝揀選軟弱的人使之變成剛強，揀選了愚蠢的人使之變為聰敏。外婆相信安琪外公之所以遺棄外婆，是因為外公不信主，找一個淫賤的日本女人跑去外國。外婆說琪琪將來一定找一個基督徒做丈夫。安琪在教會團契的圈子裡，終於找到了基督徒同工湯姆，兩人從在主內的服事走到婚姻內同行。安琪自認軟弱，十八年來也不曾變得剛強；而她認定的聰明可靠的丈夫，十八年來也不曾變得愚蠢，更不曾變得不可靠。外婆到底有沒有搞錯呢，外婆的上帝是不是忘了他們婚禮上對著他說的誓言，是不是他在管理世界時有點心不在焉，還是根本是在曠工？

婚後，安琪的小小虛榮讓她陶醉於扮演一個賢妻良母，維持一個模範基督徒家庭。外人看他們從來都是恩愛夫妻，只有安琪母親從一開始就不看好。母親儘管也是大學生，但安琪認為在情商上她就是一個草包，對於安琪來說，父母當年離婚至今還是一個謎。母親又是憑什麼斷定琪琪的婚姻有問題？

無論在誰的眼睛裡，湯姆都是一個德才兼備的好男人。安琪始終不敢告訴母親湯姆有問題。母親一定會質問琪琪你腦子有毛病是伐？為什麼要為了一些家常口角離開一個好老公呢？但艾米始終沒有質疑這個問題，好像她天生知道答案似的。

安琦在屋裡來回地走，氣急和傷感兼有。

這三臥室獨立屋大小很合適，好像專為他們一家三口預備，若要挑剔的話，可惜不是磚房，二戰後磚塊短缺，建造了一大批木屋，稱為天氣屋Weatherboard house。悉尼的天氣好得出奇，這名稱與天氣沒什麼關係。但自從搬進紅石壁這屋子後，天氣屋越來越不舒服。也許，她心裡原來自己早預備對天氣屋說再見了。湯姆和她當初都對買木屋有點猶豫，但最終還是採納了哥哥淘淘的建議，買木屋當時要節省起碼十五萬澳元。

安琦降生以後，就是父親的掌中寶，自然而然，有了一個同母異父的哥哥淘淘，她想到了比她大十歲的哥哥淘淘如何把小時候的她當作敵人。她又想到父母的尷尬婚姻，想到了上小學時自己也是一樣，晚上翻來覆去睡不著，僅僅因為她有心事——答應父親保密私房錢的祕密。

父女倆感情一直很好，好到可以串通一起欺騙姆媽。父親每月發工資那天，照例會拉著琦琦的小手，上街去買一包豬頭肉，順便把工資卡裡的一部分偷偷存在銀行裡。他對安琦解釋：供你將來讀書用。姆媽外表是上海常見的那種強勢女人，一看到父親回家手裡一包豬頭肉，就拉長了臉。父親討好說吃厭了，上館子去吧。肯德基也可以（當時肯德基貴到可以說是時尚餐廳）。

姆媽會罵：少給我來這套！花言巧語的，你有鈔票？要是真有鈔票，多拿點回家。

父親生來是蘇州少爺，吵不來架，只有低著頭聽的份·，他要是有心下廚去幫忙，必然又被劈頭蓋臉痛罵：你十根手指是長在一起的？連個擇菜也不會？

姆媽吃完豬頭肉，就去漱口，實際上姆媽每次吃完什麼就要漱口，現在想起來大概也是輕度強迫症。安琪那時已經看出來姆媽是外強中乾的可憐。姆媽雖然是一個大學生，但家境遠遠比不上父親。父親是一個標準的老克勒，從小在洋場裡翻滾。起初在復旦教英語，後來改教棒球，美術和音樂。他從不備課，但一開課氣場大，頗受好評，儘管統統是虎頭蛇尾，但他到頭來總可以找到一門課來教。他戴著頂上有個小辮子的畫家帽子，下課噴香水，喝咖啡，出沒于上海名流之地，單身晃悠了好多年，挑三揀四，遇到剛剛離了婚的安琪媽媽，不知怎麼兩人都覺得是時候，兩人結婚了。姆媽帶來了淘淘。

朵麗絲數落她時的眼神怎麼有點像淘淘呢。

安琪記得父親曾經告訴她，當年他提著一口皮箱搬進石門一路南京理髮店樓上的公寓時，淘淘正背對著午後的窗臺，用細長眼睛瞟他。安琪現在可以想像哥哥淘淘瞟著自己的情景，眼神多像兩把錘子，滿世界尋找可下手的釘子。

父親故意忽略母親第一次婚姻帶過來的拖油瓶的敵意，當然因為他愛母親，他親口承諾會待淘淘像親生兒子一般。他把手掌攤開，左手掌裡面有一個萬花筒，右手心裡面一塊香港寄來的瑞士巧克力，外加五顆大白兔奶糖，奶香混合著濃鬱的純可可味道。淘淘一動不動，完全沒反應。

午後過於白熾的光線迷了爸爸的眼睛，也迷了他的心神。那一刻，他也許想到了未來的危險。

還是姆媽走過來把東西都塞給兒子。淘淘拿著萬花筒，拉長了臉，好像糖果巧克力都裝進他口袋是天底下最委屈的事。

吃好晚飯，父親去倒垃圾，發現那幾顆糖果和巧克力原封不動，一一都躺在垃圾桶裡。牆角落轉過來拐彎的風，把牆頭上一個光禿禿的２００Ｗ電燈泡搖得緊張萬分，好似天上的月亮快要掉下來了。

父親的眼睛裡也有月亮，碎了。他再也沒有找到那個萬花筒。

安琪父親婚後在中學教課，經常不著家，在家也總有人來樓下找，姆媽後來忍不住下樓，把那些來找安老師的年輕女學生們統統趕走。父母的婚姻在父親的浪遊和母親的責罵中，沒有撐過七年之癢，而淘淘在父母分手之前，就搬出去與一個大他許多的朝鮮族女人同居了。

說起來，哥哥淘淘還是安琪的福星。就是在悉尼的淘淘把他和湯姆夫妻移民辦到了澳洲。然而，也是淘淘催著他們入股他開的中國麵館，兩年後麵館倒閉，他們辛苦攢下的十幾萬澳元股金也泡湯了。

湯姆一貫很大度，沒有怪淘淘，也沒有責備安琪；淘淘又忽悠湯姆投資了四五萬元炒股，當然結果還是有去無回。湯姆還是很大方，沒有向淘淘追債，不過，安琪更加自責，因為每次吵架，湯姆不會忘記說是他幫助了淘淘，安家的人好像忘了感恩。姆媽一心偏袒淘淘，在父親死後，安琪根本沒法同姆媽講淘淘的不是，姆媽說姓安的一家門全都對不起淘淘。淘淘他活得太苦了。同母異父的哥哥似乎是她與湯姆婚姻關係裂縫中長出來的一株超級野草，一直在暗地裡日夜瘋長。

朵麗絲踩著溜冰鞋，突然間滑到面前，手裡拿著小提琴，她又換了一套衣服。

安琪問，明天的午餐錢不夠？

朵麗絲說，媽媽，玫瑰很難養的，大雨過後去看看土壤排水你也不會。

怎麼能這樣對媽媽講話？安琦惱怒起來：練琴連動動手指的事也不能做？

朵麗絲也提高了聲音：是爸爸辛辛苦苦工作養了我十幾年。你做了十來年家庭婦女。憑什麼教訓我！

——家庭婦女怎麼了？媽媽現在也是上班的人！

——你在家做飯做了十幾年，連一個醋溜土豆絲都沒有爸爸做得好吃，所以我才自己做飯嘛。

——求求你別換衣服那麼勤快，洗都來不及！

女兒踩著溜冰鞋回到自己臥室門口，身子一晃，小提琴好像不小心掉落個強烈的抖音，不知道是帕格尼尼的還是維尼亞夫斯基的，她癟癟嘴：你也罵人，我聽見的，對著那盆茱麗葉，把花罵死了。

自己真的罵那種粗俗字眼了嗎？她在女兒心目中的形象變得如此不堪，簡直是母親現世的翻版。

安琦對女兒向來柔和，但此刻氣到不曉得怎麼生氣才對，第一次真想動手教訓她一下。也許是像湯姆說的那樣，親人間相處久了，彼此越來越相像，不是厭倦了彼此，而是對自己日益討厭，當缺點如此明顯，彰顯在鏡子裡的另一個我身上……

她在盥洗室裡刷牙，突然間抬頭，一動不動。

鏡子這種介質一貫是冷冷的，裡面那個皮膚上出現斑點、眼角殘留妝容遺跡的陌生女人也在發呆；車胎摩擦地面的聲音從窗隙裡擠進來；街上路燈光暈亮得賽過今夜的月亮。

她看見鏡面的深處，那個五歲的琦琦紮著兩根小辮子奔奔跳跳，牽著父親的手朝弄堂口走，那麼溫馨，那麼貼近……

弄堂口，站著一個比安琦大五六歲的小女孩。冬天上海的風在陽光裡玩性很重，吹動她的發梢、衣角，也吹動那小女孩的紅色圍巾。那是爸爸給小女孩買的。安琦警惕地盯著她，她手裡居然還有一個洋娃娃，安琦喜歡的那種眼睛會自動張開合攏的洋娃娃。

父親從口袋裡摸出一把糖果，小女孩不接；父親開口說了句笑話，從錢包裡抽出兩元錢，她還是不接，父親拉起她的小手，但她好似濺上滾燙菜油把手抽走。這樣經過好幾次拉鋸反復，小女孩終於遲疑中接過了一顆糖。

安琦非常憤怒。可她不敢作聲。

父親雖然很喜歡她，但她怕父親。

3

第一次看房，是在湯姆回國前三周。

安琦下班路從紅石壁火車站出來，那天，在一塊房產招租牌前站了有半分鐘。出於職業敏感，她本能都會掃描任何一塊房產看板，但這一塊不一樣。

腦袋裡叮地一聲，一個聲音不停地對她重複說看房。她按上面的電話打過去，接線小姐聲音很甜，也是華人，給她轉給一個姓戴的男士。

甫一見面，臺灣人戴先生很有禮貌，先鞠躬，再介紹這套車站對面的新公寓，品質不錯，光猛，一房一衛一車位，還帶一小書房，正好可以給女兒當小臥室。安琦心酸異常，怎麼還沒離婚，就想著搬出去呢，原來她心底裡早就想著搬出去。期間，戴先生接了一個電話，然後彎腰鞠躬說對不起，剛才有一位客人落定，房子租出去了。

好吧，那不是上帝給的房子。安琦感到釋然。

昨晚，她在廚房洗碗的時候，朵麗絲洗完手，頭上戴著耳機走過來說，姆媽，你怎麼還是不肯用洗碗機？安琦說，就那麼幾個碗碟，很快就好。朵麗絲在餐桌前坐下，摘下耳機，她剛換了一套日本動漫的新睡衣，想了一會兒，好像在斟酌措辭那樣慢慢地說，姆媽，我有話同你講。

安琦停住手，轉頭注意到朵麗絲塗了指甲和口紅，只聽朵麗絲像大人那樣對安琦說，爸爸走前，跟我說姆媽你什麼也不懂，肯定會把玫瑰花弄死的。

安琦想對女兒做出點餘怒未消的樣子，卻做不到。

朵麗絲忽然改用英語說，我想了很久，我覺得爸爸那麼說很沒道理，很不公正。我想，你一直把一個當朋友的男人當成了老公。我可以肯定你將來無法指導我的婚姻。現在，我想告訴你，姆媽，我支持你去找你自己的幸福！

說得安琦像個受委屈的小孩子，差點沒哭出來。女兒長大了。

這個上午，當安琦從律師樓出來，還在掙紮到底要不要做AVO，要不要直截了當把湯姆趕出去。她又接到了戴先生的電話。戴先生柔和的臺灣國語說房子有了。還是車站對面那一套，那個租客的擔保沒通過。房東決定立馬找新租客，不知安小姐是否還有意向。

天暗下來，眼前太平洋高速公路上的車流彷彿太平洋上的一股咆哮的暗流，天上開始飄起細細的雨點。她眼淚在眼眶裡打轉。悉尼的世界真是滑稽。如果是在上海石門一路，一條弄堂裡的人似乎都會出來，立在兩旁，查看她的臉色。等到她走出弄堂，後面一定還會跟上來一句閒話，不鹹不淡：我早說過吧。

還是自己太滑稽，後來她搬出那條弄堂，在上海曹楊路十六樓住高層公寓，每個門關起來都是一個個孤立的島，誰來管她閒事？然而，悉尼畢竟是一個可悲的地方，她萬萬沒料到夫妻倆從上海辛苦移民，到澳洲奮鬥一場，湯姆從未失業，安琦還找了一份兼職新工作，兩個人就要這樣結束了。

好吧，這套突然又有了的小公寓是上帝的心意，無論順時逆時，感謝主。然而，她無論如何都不願意接受離婚的結局。她只剩下不到一周時間了。像艾米說的，她得馬上行動。也許，一個結婚十八年的女人最慘的，莫過於她生下來註定像她姆媽那樣，以離婚收場。

她請了一天假。好好想一想自己，想一想自己紛亂的生活。

跟律師談完，沒有輕鬆多少，心裡反而變得空落落，她把家裡裡外外擦洗了一遍，覺得不夠，當她擦洗第二遍時，她意識到自己又是在拖延時間，全然無效。她憤怒而沮喪，莫名地焦慮起來。

湯姆老是催促她去看心理醫生，她火起來，對湯姆說你才該去。湯姆反而開始講道理，他說自己隨和好相處，實際上，他卻每天動不動發脾氣。工作不順的時候尤其嚴重。

女兒難道沒發現安琦是從湯姆那裡學會那樣市井的罵人話？

每次湯姆都會強調說他生氣是因為老婆不懂事理，他缺乏耐心是因為安琦沒耐心。就在安琦要出去工作的當口，湯姆與她大吵，他不承認是他反對安琦出去工作，又說安琦脫離社會太久，不懂得與人相處；工作雖然會給家庭增加收入，但無法更好地照顧女兒和家庭。兩人幾周都沒有說話，安琦還是悄悄地去艾米公司上班了，最終，湯姆雖然無奈地接受了，但規定她晚上八點鐘前必須回到家。

有一天，她終於被鎖在了門外，她敲門，他不開，她繞到女兒窗戶前，裡面黑洞洞的，才想起女兒去同學家裡sleep over[23]。悉尼的春夜常常降到初冬的溫度，她只能開車去南岸的閨蜜裘蒂家將就一夜，裘蒂和她丈夫立馬護送她回家，裘蒂在門外大喊，湯姆你要是敢不開門我就報警。湯姆披著睡衣出來，一臉無辜，說只是小小教訓一下安琪，一切都是為了這個家，因為他愛她。把愛人關在門外過夜？湯姆說對不起，裘蒂，我不想告訴你們的，琦琦的心理有問題。她需要看心理醫生。

當時，安琪的臉隱沒在一排斜長的玫瑰花暗影裡，她覺得自己變成了第十九盆玫瑰，相處那麼長日子裡，她一直站在他巨大的陰影裡，作為一盆放在廊下的花，孤單而絕望。

她去診所是在這天下午。

她走到火車站沒有往前，心理醫生診所在火車站過去兩個街區，她穿過馬路，徑直走進了一幢四層現代公寓樓。

房產仲介戴先生在等她。看到她，又老遠地先鞠了一躬，好像早就知道她會租下這屋子。憑什麼呢，安琪看這套公寓只是第二次罷了。兩次就落定簽約，完全不是她黏黏糊糊的風格。但她不再猶豫，租下了紅石壁車站對面這套小公寓。一個半小時後，她拿著租約，宛如在船沉沒前拿下最後一個救生圈。

於是，搬離玫瑰園就在園子快落成的日子。

她向公司請了兩天假。她與女兒兩個人叫了一家搬家公司，兩天內螞蟻搬家，把家當一點

23 西方風俗，孩子到別的小朋友家過夜。

一滴搬進了車站對面的公寓。

朵麗絲說把玫瑰花留給老爸吧，反正我們也不會養。

安琦不固執，但她堅決反對女兒的小心思。

朵麗絲撇起嘴說，養玫瑰就像與玫瑰對話。你得懂得花語。

安琦在心裡咦了一聲。還是她爸爸講的。

安琦小心地問她想不想爸爸，朵麗絲這一回毫不猶豫地搖頭，有一個媽媽就夠了。

朵麗絲還說，花們是有語言的。倘若話說壞了，玫瑰就長不好，說重了，花就死了，言語暴力嘛。姆媽不知道嗎，植物都能聽懂人的話。他們只是不能說人的語言。但人可以學習花語。

茱麗葉死了。

真的，朵麗絲也許是對的。

安琦的姆媽在上海一個人獨居，來視頻說夏季時注意清理凋謝的花朵，這可以讓新長出來的玫瑰開得更好。用水沖走花叢中的蚜蟲和蜘蛛頂管用，儘量少用殺蟲劑。免得誤殺對生長有益的昆蟲。

且慢，這也是湯姆說的。用碗碟清洗液加水稀釋，在葉子上噴灑，這也還是湯姆教的方法。她這才發現怎麼姆媽變得和湯姆那麼相像，湯姆不是說過不止一遍：不是自家人，不進一家門。世事總是弄到不可收拾地步，才有一線轉機，安琦覺得自己的家族一定在婚姻上得了什麼詛咒。

鎖上家門後，安琦又改變了主意，她返身打開門，不為別的，再去看一眼剩下的十一盆玫瑰。

為把珍貴的盆栽移植到花床，湯姆早就用鏟子和鐵鍬挖了土坑，每個50公分見方，相距半米，精確得好像是模具澆築。

她蹲在那裡研究莖葉，花苞，土壤，花盆，半天不得要領，連她自己也嚴重懷疑玫瑰花是被自己罵死的。

沿著花園裡挖的坑，已經用磚塊砌起一個大花壇，此時，冒出來一株野生的無名植物，長勢粗野，比安琦還高了半個頭，她找來一把大修枝剪。

這時，它動了一下，原來植物也會移動，只不過她們的動人看不懂。帶茸毛的柔軟莖葉忽然繃緊了，葉片，筋絡，顏色，表皮等等好像舞動起來，她分明可以感到它的呼吸、心跳，她聽見葉片裡傳來腳下地土的震動——一種近似耳語的吟唱——這植物是聽著女兒練小提琴曲長大的，是它學會了人的弦樂，還是人的弦樂本來就是模仿它們的吟唱，安琦心裡感動莫名。

律師又打來電話，問她幾時申請AVO。律師當然不光是為了賺錢，他還當她是朋友，真心想幫她逃出婚姻圍城，安琦放下了修枝剪。艾米心腸硬，但她把限制令的後果說得清楚。

安琦這次沒有猶豫，她拒絕了律師。連一株野蠻生成的無名植物都有聽音樂的權利和吟唱的快樂，她不想用修枝剪迫使湯姆鋌而走險。然而湯姆一旦回來，看到人去樓空，不知道會瘋到什麼程度，她不準備見他了，全權委託律師代理，雖然處理共同財產還是免不了與他商量。她別的都不擔心，就是這幢天氣屋，要儘快出售。

對照看好十七盆玫瑰，她沒有信心。

六盆足夠，其餘的就留給湯姆吧。

4

悉尼天氣怎麼變得像墨爾本一樣捉摸不透呢，艾米帶著一個女助手，一邊抱怨，一邊忙著向幾個客人介紹安琪的房子。

看房日一拖再拖，離中秋節不遠，這個早上，天氣不佳。安琪頭頂著一片烏雲，回到紅石壁（Hornsby）這個已經不是家的家裡，陽光又冒出來，但千萬滴雨珠還在奇怪地飄，太陽雨幕特別耀眼，一遍遍覆蓋木籬下綠茸茸的草坪，以及一大塊房產待售的看板。

安琪心裡很感激女老闆親自出馬，給她賣房子。

艾米倒是爽快，她說哪有仲介自己賣自己的窩。你的事就是我的事。

說得安琪一愣，離婚好像也成了公司的公幹似的。然後，她看到了湯姆。

這是躲不開的時刻。草地的碎金光芒中，排著幾把木把鐮子和鐵鍬，像出操士兵排放好的槍械一樣整齊。

湯姆戴著頂棒球帽，在中國一周時間竟然曬黑了，身軀還是練鐵人三項的壯碩，手中拎著兩把剪刀，一把銹蝕斑斑的修枝剪，另一把芬蘭造精緻的弧形剪（價錢貴到一把抵五把）。他小聲提醒看房客人小心多刺的莖稈。他總細心得從不忘戴手套，態度和藹到像一個英國紳士。

從羽毛般的玫瑰複葉下，安琪可以回避艾米女助手那桀人的眼光，也避開來看房的一對華人老夫妻，卻正好可以看清湯姆。湯姆黝黑的額頭和線條硬朗的側面，還是當年那令她心跳過速的鼻子經過唇到下巴的曲線，誰說男人沒有動人的曲線呢。他回來後，起初是暴怒，到處找安琦和朵麗絲，接著便消沉下去，在微信朋友圈發了幾則灰色文字。但與安琦的律師見面談得不錯，律師雖然拒絕透露安琦的新住處，但湯姆在兩個月的絕望之後似乎經過了一些內心反省和調整，現在，他居然看上去氣色不錯。

他眯起眼對著廊簷下一長溜玫瑰念念有詞，像是在與花朵對話。

安琦猜他的對話內容，少不了關於玫瑰園的前景，每一季需給玫瑰施幾次花肥。用木屑、松針和泥煤蓋住花床……玫瑰花去了他半年來的幾乎所有週末。

那雙被陽光刺得微微閉合的眼睛轉過來，就是那宛如修枝剪新月利刃那樣蕩滌早春暖意的眼光，如同整修花卉外形一樣，十八年來一天比一天流暢地把她修成他所喜歡的模樣。

咔嚓一聲，他舉手剪掉了花壇上那株一人高的野生植物。

她頓時想把自己縮小上百倍，不，上千倍，最好能躲到自己的身體裡面，讓他什麼也剪不到。

音樂聲有點吵。該是艾米很有情調選放背景音樂，《玫瑰玫瑰我愛你》的英文版。

看房夫妻和著音樂節奏點著頭，他們太喜歡玫瑰了，給玫瑰拍了好多照。

突然間，湯姆出現在安琦身邊，壓低聲音說，戇逼，是你拿走了七盆玫瑰？

安琦臉色慘白，她緊抿嘴唇。

湯姆的粗話像玫瑰園裡的雜草，用盡除草劑和剪子鏟子，還是隨時隨地冒出來。他是幾時變得不能忍受安琦對玫瑰的熱愛呢？他明明知道她搬出這個家一定會帶走她愛著的玫瑰，何況一共十八盆，一盆死了，她搬走了六盆，一大半還在廊下。

安琦又是從什麼時候起從甜心變成戇逼的呢，十八年長到她根本記不起來，但要是記憶真有真確的時間點，那很可能是在公公那一年從石河子兵團來他們上海家小住。那個一口一個戇逼的粗魯西北漢子因為一樁小事，一拳砸在窗玻璃上，玻璃碎了一地，手腕上的血飆射出一枝血箭。安琦不曾見過如此血性的怒氣，她覺得那不是她的公公，而是一個完全不認識的陌生人；而湯姆也許有一天會變成她公公那樣完完全全的陌生人。

可是，湯姆至今也不承認家暴，他至今沒有動過她一根手指頭，但安琦記得，事情是有跡象的，最早發生在蜜月裡，在泰國清邁的一家酒店。當時湯姆發燒了，他不知是燒糊塗了還是鬼附身，披著床單，胡亂中一腳踹壞了一張餐桌。結婚前夕，安琦心裡發涼，她記得婚前湯姆的室友，那個美國小夥子，曾特意把她單獨約去喝咖啡，那也是個基督徒青年，胸前掛著金十字架，靦腆地用熟練的中文提醒她：湯姆不善於控制自己的情緒。但熱戀中的安琦還是熱戀中女人的智商，她毅然與湯姆領了證。雖然在嫁給湯姆前她似乎得過一段日子的恐婚症，她還是為自己的勇敢喝彩好長一段日子。

湯姆又在講，這次聲音拔高：種玫瑰都是我幹的活，你又做過些什麼？澆水施肥？肥料還是我去柏寧斯買來的。你會養玫瑰嗎？粘土太多的話，你必須在栽種前鬆土，加些石膏粒。最適宜玫瑰生長的土壤pH值在6.3—6.8之間……

安琦本來殘存的一點將來和好的模糊念想全被湯姆掐斷了。這個男人雖然英俊健康，手腳勤快，吃苦耐勞，慷概大方，心眼卻比針鼻還小。

然而，湯姆卻又變了個人似的，出人意料放低聲音，極其親切地說，琦琦，我罵你是我脾氣急躁。但你想想你也有不對，你背著我把家裡搬空，把玫瑰花搬走，把朵麗絲帶走，還硬要跟我離婚，這些我都能忍受。因為我希望你回到我身邊來。沒有我照顧，你連一盆花也養不活……

湯姆還不知道英國茱麗葉已經死了。他還在說，下週末有空伐……琦琦，我帶你去查士伍德（Chatswood）吃本幫菜。

我現在不喜歡家鄉菜了，安琦頓了一下，補充說，女兒說將來想做廚師了，她天天給我做西餐，我吃慣了。

湯姆愣怔，嘴巴蠕動半天才說，她長大了哦。以前她是想當藝術家的……還纏著我去種玫瑰花給她畫。

安琦慢慢走到花園側門，頭也不回，留下兩句話：她早就不喜歡玫瑰了。她說她將來不會結婚！

聲音有些哽咽。

湯姆猶豫著追了幾步，站住問：琦琦，你還喜歡玫瑰花嗎？

說得安琦也心酸起來，這樣子的湯姆就像他向她求婚那陣子一樣單純，一樣固執。

廢話。艾米從旁邊插進來說，她不喜歡的話為什麼要拿走玫瑰呢？

安琦沒有留意到艾米一直在不遠處，一直在關心他們談話，也許，從始至終艾米話裡有話。

安琦想說不喜歡。可她說不了這種假話，哪怕只是為了傷害那個傷害過她的男人。她和湯姆十八年來走到今天這地步，難道就僅僅是為了言語上的暴力嗎？難道她忍了那麼些年，就不能再忍受一下粗糲的言語嗎？教會牧師就是那樣勸告她的，神手所配合的，不可分開，作為一個女信徒，她該在婚姻中繼續隱忍，不停禱告，用信心來堅持，用愛心遮蓋言語上的過犯。

失敗的婚姻真是無解之題。她越來越懷疑，倘若外婆還在的話，是不是真的可以替她解答這道難題。

艾米收起屋前那塊「Inspection（看房）」折疊扳，像一位知心大姐那樣對湯姆說，琦琦是一個好女人，就是有點迷糊，你呢，也迷糊得很。

她大方地拉起湯姆的手，湯姆接過折疊扳，得寸進尺地說：艾米，做人是勸和不勸散。兩個迷糊，不是一對嗎？

艾米又一下甩掉他的手，朝他白了一眼，問他：湯姆你律師找好了？

湯姆兩手一攤，作無奈狀說，琦琦不是找了律師，就用那個吧，省點錢。我這兩天鐵人三項俱樂部有比賽，添置新裝備很貴。

離婚男女用同一個律師，那利益衝突怎麼辦？這個湯姆真的也是糊塗透頂。艾米似乎正中下懷，嘻嘻一笑。

安琦想開口，卻打住了。湯姆就是這樣的人，他可以隔三差五帶一群二三十歲的年輕同事來家裡吃飯，可以買上萬澳元的鐵人三項賽裝備，可以花一個月工資給安琦買昂貴的生日禮物，但在律師費卻精打細算，叫人好氣又好笑。到了分手，安琦還是看不懂他。

湯姆在艾米的指使下，手腳麻利地把玫瑰和花園全收拾妥當，剪了兩枝玫瑰，一枝送給看房老夫妻，另一枝則留給艾米。

艾米輕笑，轉手送給了她助手。這讓安琦十分尷尬，好像她是賣房的仲介，而艾米才是女主人。

助手小姐笑開了花，其實，她一直在觀察那個瘦瘦小小的中年女人安琦。老天不公平。連她也覺得這長相平平的女人憑什麼作天作地，為什麼要離開那麼好的男人，自己漂亮能幹的女老闆又憑什麼找不到男人。

在安琦的玫瑰園建起來之前，十八盆玫瑰被拆散了。好端端的一個玫瑰園不見了。不知道那個好男人是不是還會按計畫把剩下的十一盆栽移入花壇。她拉住問安琦：中文電臺前陣子播出「安琦的玫瑰園」，節目裡那個安琦就是你嗎？

安琦眼睛還在看著艾米和湯姆說話，她慢慢地搖頭否認。

她披著太陽光折射中的毛毛細雨，一步一步離開玫瑰園，猶如父親又一次攙著她的小手，走在一條熟悉如她手掌的上海弄堂……

到家後，朵麗絲還未回來。安琦與在上海的母親視頻聊天，報告了離婚賣房的進展。姆媽剛剛漱過口，正在梳頭，變得很平靜。奇怪的是姆媽，她起先是強烈反對她嫁給湯姆，現在又是強烈反對她離開湯姆。姆媽說琦琦從小是小迷糊。安家的基因，造孽呀。做了一個姓安的老克勒的女兒，彷彿就繼承了婚姻不幸。

母親始終不願提及她與安琦父親離異的原因。安琦問她，還記不記得爸爸老是去弄堂口看一個手裡抱洋娃娃的小女孩，姆媽反問：你是說小阿姨的女兒還是隔壁蹺腳的女兒呢，姆媽最後還問琦琦你的玫瑰園還好嗎。

現在的安琦不用問也明白，姆媽與爸爸離婚是必然的。爸爸是蘇州人，不會吵架，姆媽在廚房大嗓門哭訴，他就拎著個包，踩著自行車走了，姆媽一直不知道他去哪裡散心，但安琦知道，也不講，這是她與爸爸的另一個祕密。父親直到最後一次，拎著包踩著自行車出門，再也沒回來。

安琦一直相信父親是最愛她的那個人，直到她遇見那個弄堂口抱洋娃娃的小女孩。離婚後，父親娶了一個跟他學英語的女學生。姆媽怎麼也想不通，她與爸爸在一起那麼些年，她都拿不到爸爸的工資卡，什麼也沒有；而那個長相平平的女學生卻從一開始就掌控著那張工資卡，還在父親去世後，得到了安家的一份豐厚祖產。

後來，安琦給淘淘家撥了電話。

自從淘淘破產以來，手機他都註銷了。淘淘在家，接到妹妹的電話，他顯得有點吃驚。聊了幾句，大家都有點陌生感，安琦還是不顧一切地問弄堂口的小女孩，淘淘倒是反應很快，說當然記得。

支撐淘淘那雙間諜的細眼睛的是他暗中記錄一切動靜的出色記憶力。淘淘說你不是還搶走了她的花。這時，安琦終於想起來了，也許她是因為不想記得，這記憶被層層埋葬在腐爛的時間落葉的最深處。

最後一次見弄堂口那個女孩，她手裡拿著一枝紅玫瑰，比紅領巾還鮮豔的紅。安琦嫉妒到尖叫起來，父親也驚呆了，就那麼一剎那，安琪沖上去，搶走了那支玫瑰，在女孩子臉上抓了一把。那女孩渾身顫抖，哭著逃走了。

那玫瑰花去哪兒了，對了，安琪把它扔到了陰溝裡，還踩了一腳。父親氣得還打了她，那是父親打她的唯一一次。父親從沒有那麼動怒。她再也沒見過那個小女孩。

她是誰？

淘淘說我怎麼曉得，我又不姓安，安家齷齪事情實在太多，你該問姆媽去。

安琪說姆媽不記得了。

淘淘呵呵大笑說她老人家不記得了，恐怕她應該記得的事情實在是太多了。當年我一問她這個事情，她眼淚馬上出來，就是不講，她就是不講，祕密帶進棺材裡去。

姆媽這人就是這樣，她粗心，她火爆，她尖刻，她也寬容。寬容到淘淘無法忍受，粗心到連安琪也無法理解。

直到朵麗絲回來吃飯睡覺，安琪也沒有擺脫心神恍惚的狀態。

夜深時，湯姆發來一枚手機月亮，黃澄澄的，像一顆縮小了的彈頭。寫著：今晚，我們各自深沉且力所能及地愛著對方。

他該記得黃澄澄的彈頭曾那麼輕易地擊穿了她的心。

她想像百葉窗外紅石壁的月亮既深且沉，她想像十八年前的清月，一樣疏朗，一樣明媚，她在心裡掂量又掂量，與湯姆結婚在上海十年，移民悉尼八年，十八年的婚姻一瞬間完了，最後，還是剩下影子與她。她與影子。當然，還有女兒朵麗絲。朵麗絲已經十一年級，長得比她還要高半頭，被她與他培養成一個女權與環保的素食者。一旦上大學，剩下的，還是影子與她。

湯姆又發來一條短訊：別忘了看看玫瑰有沒有黑斑。另外，不管周圍是誰在給你出謀劃策，你我心裡都很清楚過去很多事情是怎麼發生的，不要裝出一副無辜的樣子。

月光被什麼神祕力量粗魯地扯進樹葉縫隙，再拉入百葉窗間隙，把她的影子切割成碎片。

她不敢走到窗前，儘管整個晚上，好幾次都幾乎要走過去，月光像十八年前一樣，但她的影子已經支離不堪。

她站在世界的裡面，卻進不到自己的內裡。

安琦不敢再想玫瑰園了，她希望從明天起像艾美一樣，做一個獨立的職業婦女，她想學習如何好好說話，從與玫瑰練習對話開始。這些花兒靈得很，就像她女兒小時候的模樣。從姿態與反應上看得出來，她們一直在期待她的愛與呵護。

力所能及的事，她能做，把桌上的月餅咬去一口，咽下去，少糖還是口淡，不粘牙的，都沒有嚼頭，吃不出味，防腐劑放了不知多少，她一絲一縷地剔著牙，剔不出原因。她與湯姆都實誠，沒有外遇，但這份愛摻了防腐劑，深沉到即使死去，也無法腐爛。

十八年，迎來第一個沒有他的中秋，她刪除了手機月亮。

終於走到窗前，把窗簾完全拉上，刪除了外面天空上那張君主深沉的臉。

2019年11月寫於墨爾本鷹山

禮拜天

往尼尼微去

城，建在山上
不隱藏光裡的橄欖樹
夾岸葡萄園的雨水
兩千年流瀉成湖

這稱為海的湖
即使在白的畫也看不透
一尾尾驕傲的魚
失去自由的泳

跟隨我吧
不用假裝行走在水面
許多雙驚疑的手
在湖中，洗了又洗

1

腓尼基水手們立在甲板上，不能再如同礁石那麼泰然，在海上的暴風雨中，他們彷佛躲避不及的倒楣白鷗，耷拉著翅膀，尖叫著，互相摩擦撞擊。

面前，一個南方來的希伯來老頭被兩個人擒住胳膊，渾身發瘧疾似的打顫，濕漉漉的長髮如同蛇身，不斷打在旁邊人的臉上。

——南方蠻子，你怕什麼，你犯了什麼法？

這話水手們問他多次，得到都是酒嗝和嗚嚕，此刻，他們與其說是針對南方蠻子，還不如說在懷疑自己什麼地方觸犯了老天爺。

躲在天空背後的老天爺似乎被地震崩塌了，晦暗綿軟的殘骸死死壓在海面，浪濤被狂風澈底顛覆，似乎海嘯下一刻即將從洋底湧出，大家都明白了，毀滅的時刻不遠了。

起初，水手們擔心的是希臘群島來的海盜船，尖銳的青銅撞角可以把商船撞個大窟窿，現在，他們的心尖尖發顫。這不是普通的海上風暴，也不是船體上幾個窟窿，因為商船被一條十來丈的大魚一路尾隨，遇上風暴後，再也無法逃脫，只剩下眼睜睜等著大魚的鐵鰭或者巨尾把商船直接打斷，沉入萬古的黑暗海底。

腓尼基水手們暴躁起來，眼光上下燒灼著老頭，幸災有，怨憤也有，詛咒有，悲痛也有，百味雜陳，唯獨缺少憐憫。他們早早在船艙裡聚在一起，偷偷抽籤，抽中的是鴿子。如此說來，連腓尼基的神也認定這滅頂之禍是鴿子帶來的。滿船人中，誰是鴿子？

南方來的老頭約拿，他的綽號就是老鴿子。

老鴿子也許是馴良的，但帶來災禍。把老鴿子直接拋入大海？那可是謀殺。可是，否則，大家自身難保，海難中一向沒有殺人一說。難道你沒殺過魚、殺過海豚和海龜？殺一個人不比殺一條魚一隻龜罪過。你看你看，那條大魚跟著我們的船多久了？這麼駭人的風暴，如果不把船打翻，那條窺視良久的大魚也會趁勢得手。

好像為了證明兇險始終存在，船幫外，那條製造出幾十丈波濤的大魚，鑌鐵魚鰭如同寒冷的刀鋒，不時從浪峰中展露出來。

水手長對船長說，老大，這條商船，別說在他施的商業前景，別說滿滿一船貨的成本，怕是連你帶來的那只狗的命也保不住。

比較沉著冷靜的是船長，他讓人放開希伯來老頭，指著茫茫黑夜般的風雨問他：老鴿子，咱們可是同在一條船上同一命運呀。你老實說，咱們該怎麼逃生？

老鴿子約拿就是在此時，越過船東蒼白的臉，越過強弓硬箭似的雨柱，看清了那個炙熱頑強的眼神——那個巴比倫女人，她混跡在水手堆裡，戴著烏雲般的黑頭巾，但他還是一眼就認出了她。

她是誰？

約拿也想知道。但他沒有答案。

她沒有笑，也沒有悲哀，她依然美得如同船舷外的狂暴世界——她一路追著他，要他去尼尼微，說這是天主雅威的吩咐。

她是天主的使者嗎？

約拿根本不信她，也不相信．天主會差遣一個女人來給他傳話。但這是劫數。濕手粘麵粉，一旦被她一路盯上，他就算是在約帕隨便跳上這艘去他施的船，也甩不掉。

他歎了好幾口氣，心裡痛得厲害：把我拋下海，你們就有救了。

人群譁然。但也是如釋重負。

他繼續說，真的。在下約拿，是希伯來先知。我不說誑語。我開罪了天主雅威。天主要我去尼尼微，我不願去；上了你們的船，還是逃不脫。我一輩子都逃脫不了神的巨掌！

說胡話！老鴿子真是一個先知嗎？船長你恐怕也是神人吧。水手們紛紛咧開大嘴，雷鳴聲吞沒了笑聲。他們還是保持海上浪子的賴皮樣，死到臨頭，還拿自己和別人一起來打趣。

迦特西弗人亞米太給兒子起鴿子這個名是因為鴿子馴良呢，還是看見天際飛過一隻鴿子？約拿沒興趣知道他父親到底怎麼想的，約拿的含義就是鴿子，一個受人宰割的懦弱名字過早揭露了命運的冰冷。

水手們曉得他逃離耶穌撒冷，但不曉得他害怕什麼，又是想逃避什麼。他們有人猜他是一個南方來的逃犯。

天主雅威是誰？船長問。

希伯來人無上榮耀的天主雅威是創造天地的神。

約拿答得簡單。

但水手們都不明白，其實，連約拿本人也不明白。天底下人都樂意去世上最偉大的城市尼尼微。可老鴿子約拿就是不願去。但天主要他去尼尼微，向那裡的百姓呼告，他抗命不去。這是真相嗎？

尼尼微是人手所造世界上最大的城市，與之相比，大衛王精心構建的耶路撒冷不過是個小村子。整整三天才能走完的尼尼微，讓約拿發自內心地害怕。天主讓他去尼尼微，他反而在約帕買舟往他施去。天主不放過他，風暴驟起，世界漆黑，船隻旦夕間要傾覆，水手們將船上的貨物絡繹扔入海中，全然沒有作用，全船人都上了甲板，匍匐哀求各自的神和祖先，只有一個人不見了。船長在底艙裡找到這個不合群的希伯來老頭，他安然在打鼾，睡夢中流下口水，散發著酒氣，船長震怒，一腳把他踹醒。快求告你的神，起來，不要這樣自私自利，否則你我大家一起完。約拿的身體瘦，但骨架重，船長拽不動他，還是腓尼基水手們七手八腳把他從底艙抓到甲板上。

說吧，不要隱瞞，咱們知道就是你惹禍。老實交代，你做什麼的，從哪裡來，你是什麼人？

我是一個希伯來人，我敬畏我的天主雅威，創造天地的神。約拿雙手合在胸前說，似乎清醒了不少，臉居然還是紅紅的，泛著神奇的光彩。

水手們向船長抱怨，滿肚皮委屈，他們想向雅威神稟告說你搞錯了，但他們面臨一個共同的難題，他們各有自己的神，本來各族的神管各族的困難，但是，誰來管希伯來人的神？希伯來的神為何不保守看顧自己人，還要殃及他人？船長也後悔不知底細，讓此人在約帕混上船，水手們則紛紛後悔沒有攔阻貪財的船東和船長，他們都不願進一層細想為何腓尼基的神也沒有保佑他們。

船長從海面收回目光，他知道希伯來人有錢人多，但他們人賤，為奴的命，從前做過埃及人數百年奴隸。他又盤問約拿犯了什麼禍事。

約拿垂頭無語。透著寒光的水花把他的臉色洗得晚霞似的紅豔，但嘴唇是薰衣草花的淡紫。

船長威脅說，再不講實話，咱們不得不把你扔下海去！

約拿坐在甲板上說，扔吧扔吧，這是沖著我來的。我認了……

船長他們不由不信，他們重新跪下來，朝天禱告：希伯來人的雅威神吶，我們從前不認得你，求你饒恕我們有眼無珠，如今曉得你是偏行己意，千萬，千萬不要為這個人奪走我們的性命，也不要讓流無辜人血的罪歸於我們身上……

殺人勾當，船長害怕，水手們也猶豫，他們重新操槳使舵朝陸地划去，卻發現已經無法控制住船，桅杆斷了一支，海浪越來越興奮躁狂，要吞噬天底下漂浮著的一切物質。

船長最後揚起手，水手們喊著號子，把老鴿子約拿抬起來，一二三，拋下海，約拿在失去知覺前，聽見風雨和海水糾纏著，彷彿是爆發出的一片歡呼祝禱：感謝希伯來人的神——的神——神！

2

尼尼微城的大祭司，少有地沒有美酒在手，他胸膛起伏，眼眶血紅，看見災難的未來在河床內嫋嫋升騰。

柯沙河注入底格裡斯河，水花激烈滾翻，煙塵四散飛濺。

首先發現水勢上漲過於迅猛的人正是尼尼微城的大祭司。

連日暴雨，天狼星落在泥磚民居的夢鄉裡，濕漉漉的；雨歇之後，河岸的莊稼在晨霧裡生長，潮黏吃力。擺渡船趁著無雨趕不及卸載祭品，祈求豐收的鼓樂從西岸神殿傳來。柯沙河穿城而過，襟帶數百間酒肆，銀柳樹下水聲激越，還在展示世間最古老的葡萄酒廣告：

請光臨亞攝神的偉大之城
美酒一盞在手，休管明日吉凶

晨禱前，大祭司通常站在神廟塔樓上，眺望尼尼微城市容，魚市，肉店，麵包房，染行、打鐵鋪和金銀作坊等等由上而下，猶如尼尼微的神透過他的肉眼，逐一檢閱剛剛擺上的果蔬魚肉，透過他的鼻尖，肆意舔舐空氣裡乳酪、橄欖油、魚子醬的味道。

尼尼微大城，一塊舉世無雙的圖書泥版，白晝間的繁華猶如楔形文字，鐵畫銀鉤，盡顯亞述帝國在神佑下征服世界的雄心，黑夜把罪惡穩妥地收藏起來。偉大之城，唯一可以挑剔之處，大概只有執矛的亞述兵丁用帶鉤的繩索穿過罪犯鼻子，連成一長串遊街。這通常也可算是尼尼微的一種驕傲。

今天，水面下不尋常，暗流的呼嘯莫不是預示著天神亞攝的作為，大祭司雙手舉向天，祈求上神垂顧不幸的亞述王的子民，可是，這一次亞述的神沒有垂聽。

河水無止境地喧囂上湧，泊在港口碼頭的船隻彼此碰撞出吱嘎吱嘎；西南方沙漠裡起了莽蒼蒼的塵暴，河壩忍不住發出最後的呻吟，一處接著一處，開始崩塌。黑夜一樣顏色的河水轟轟隆隆漫過壩頂，溢向田野，卷走驚呆的牛羊家禽。洪水在底格裡斯河道裡找不到出路，沿著柯沙河道逆流，撲向尼尼微這座世間最大的城，咔嚓咔嚓，船隻撞斷彼此腰梁，沉入河底，剩餘船上船夫砍斷纜繩，抱住舵幫，順流而下，呼喊救命，不絕於耳。

遙遙可見西岸亞攝神廟，雕花大門像舊傷口創面迸裂，祭司們暗影憧憧，從一個殿宇沖向另一個，燭臺，號角，聖物，錢袋，酒囊，能抓住什麼就是什麼；兩岸席捲來的雜物連同河底的魚蝦湧入大殿，神的家轉眼間變成了一座浮動垃圾山，石塊撞擊人骨如同大斧斫木，道旁高大的棕櫚樹連根拔起，又轟然倒臥，有人乾脆抓住了垃圾，隨波逐流，任憑死神處置。兩三個時辰內，全城變成了一條吃人吃牲畜吃一切可吃之物的大河。

天空陰如鉛塊，稀稀落落，砸下來幾滴雨，彷彿落入深淵，瞬息不見，突然間，日頭被看不見的什麼怪獸吞噬，天空也掉入了一個深淵。

大祭司捶胸頓足，欲哭無淚，有眼卻看不見，是何等的禍事。

大祭司嘴裡念念有詞，頌詩的起頭是「尼尼微的守護神亞攝你在哪裡」。

等到日頭重新露出一圈鐮刀形的邊，城裡許多人心裡已經絕望，他們斷定上神降怒於偉大之城，因為有多人在西岸看見了一條大魚遊入神殿，通體放光，紅鱗閃閃，彷彿一座在海裡移動的紅色鑌鐵神龕。

百姓們不敢對大祭司撒謊，亞述法律懲罰說謊者，會把他釘在地上，將舌頭扯出來。法官還會將造謠者的首級都砍下，項鍊一樣串起來，戴在頸上。所以，他們一五一十地向上報告說，南方的一位神人來了。

3

南方來的神人甦醒後，爬到陶器作坊房頂上看星星，臉容比月色還皎潔。陶器作坊在底格裡斯河西岸的高坡上，與尼尼微的一城燈火隔河相望，東岸是漫天的星光，對照西岸一盞半明半暗的七燈檯。

假如南方蠻子不是神魚送來的，假如不是那個巴比倫女人求情，陶匠就算收留老頭，也不至於把他慣養到醉生夢死。自神廟將老頭送來作坊寄宿，隔天牆上的酒囊就空了，三天未到，屋角的酒罈也空了。

單身的陶匠是一個敬神的人，由著老頭好吃好喝。河對岸的人都在說，老頭是神魚一口吐在西岸上的，膚色比雪還白，連衣服都漂白了，傳說在魚肚子裡面蹲了三天三夜的神人差不多都是這個樣子。

南方蠻子再次從宿醉中醒來，感到自己澈底又活過來了，眼皮重到彷彿哐當一聲才能抬起。如同一周前吐盡最後一口水的時刻，他以為會看見什麼異象，可什麼也沒看到，祖先摩西在燃燒的荊棘中看到過天使，可他沒這福份，眼前也沒有海上的狂風暴雨，只是灰濛濛一片，如同密實的上等亞麻布蒙得緊繃繃，紋隙裡白光清脆細碎，兩排牙齒，彼此叩響。

女人說，尼尼微城的惡，直達天主的面前。

她像是天使，也像是魔鬼。

酒鬼的頭腦開始呈現一個稀薄的念頭，一旦萌芽就不可遏制地膨脹。眼前黑袍黑頭巾的女人來自巴比倫，在開往他施的商船上，他見過她，那時，她眼睛裡還燃燒著對亞述王城尼尼微的仇恨。尼尼微被以色列先知稱為「血污的獅穴」。巴比倫就是被亞述的獅爪撕碎的。莫非她是一路有意跟著他，為的是給巴比倫復仇，而不是恰巧好心地救了他？

他終於問那個神秘的巴比倫女人：我知道是你救了我，可你知道你救的是誰？

沒有回答。

泥磚壘砌的陶器作坊擋不住屋外美索不達米亞的乾燥空氣，屋內窒息如同火燒過沙漠。陶匠沒有停下手裡的拉坯，好像聾了啞了，任憑那個黑袍女人把煮開的水灌入銅壺，混入冷水，溫度適中，給老頭洗腳。

醉意酣然的老頭感到腳底心如同踩入溫泉，他自說自話說，我是約拿，希伯來先知。我要是想到尼尼微去，早去了，還要你說？你何苦一路跟蹤糾纏我？

希伯來人南北分裂後，南方部落裡流傳不少關於先知約拿的事。約拿先知大小是一個名人。巴比倫女人拉開臉上的黑色頭巾，露出一個誘人心跳過速的笑，給他脫去長袍，輕柔地擦身。先知的老臉也會因此泛紅。

她笑著說，到尼尼微城裡去。天主說的。你跑不了。這是你的命。

陶匠眉頭緊皺，把眼光收回，在轉盤中心放上泥巴，盤底安軸，以腳轉動轉盤，轉盤近乎一人身長。誰也想不到陶匠是有心人，把所有的乃至約拿黑瘦鬆弛的軀體細節都一一記載心中，日後陶匠給亞述王宮當差，講給王室圖書館館長聽。館長據此寫成一卷《約拿書》，書中所述約拿不像是一位南方來的先聖，他對全身隱藏在寬鬆大袍內的巴比倫女人從起初就頗有興趣。館長想必也是一個有趣之人。

年輕女人的笑真可愛，不是無邪，不是無語，帶著欲望，有一點點壞。是第幾次聽見這話？約拿從胃裡吐出一口充滿酸酒味的嗝。

他撫著松塌塌的肚皮，從朽壞的黑牙裡擠出一句話：感謝我主，我願盡心盡力服事主，最平庸的服事是聽命，最盡心的服事乃是選擇。

黑袍女人笑得燦爛：老鴿子真死腦筋！既然已經死過，既然已經被大魚送到尼尼微，還是順服天主，去城裡吧。把壞消息告訴尼尼微人！

這像是玩笑話，也像是威脅。天主似乎一直在威脅約拿。為什麼一定要約拿去傳遞壞消息呢？天底下有誰喜歡聽壞消息呢？可是，天主選定你，先知的職責無可逃避。

——我沒醉，我自己會選擇，我的選擇是不、去、尼、尼、微！

約拿不再看她，聲音很高亢，彷彿漁線在釣竿上繃斷之前最後一刻的顫抖。

女人去做飯時，約拿酒醒得差不多，他在轉盤前席地而坐，對陶匠說，小夥子，我不能白喝你的酒，想不想聽一聽我這個老倒楣蛋的故事。

一周來，這個南方蠻子不是被水就是被酒搞得神志不清，陶匠沒有停下手裡的細活，但他點頭，豎起耳朵認真聽。

約拿講他如何落海，如何落入一條大魚的腹中，如何被送到這裡，陶匠聽過好多遍了，但每一遍他都會發現一些新細節，不知是約拿遺漏的呢，還是他加油添醋，約拿說那不怨他，因為他實在不記得落海後他怎麼在魚腹中活下來，他的腦子被魚腹酸水漂洗過，只剩下一句話：往尼尼微去。

約拿說完，累了，他躺下不再動彈。後來的事，你陶匠都知道，比我還清楚。

陶匠點頭。洪水過後，一個陌生的黑袍女人首先在底格裡斯河岸邊發現了約拿，一條大魚的鑌鐵魚鰭隱沒在水波中。是這個女人告訴神廟，這個渾身漂白的老漢是神魚吐出來的，是天神雅威派來的信使。聽的人無法不相信。無法不害怕。全城都被洪水圍困。

陶匠問他為什麼不能去城裡，約拿翻了翻眼皮說，難怪你們這些外邦人，少一根筋！尼尼微，地上最大的城，從誕生起就一直是以色列的仇敵，希伯來人那些大衛的子孫，豈可去向仇敵宣告天主的曉諭，每一個以色列的仇敵的下場都該是為天主所滅。所以他得逃，逃離尼尼微，逃離天主的掌控。他不能做以色列叛徒，不能幫助尼尼微。

女人端著碗碟進來，晚餐是醃魚、醃橄欖和無酵餅。魚剝了皮，粉色的魚肉浸泡在黃澄澄綠油油的橄欖油裡。這些天來，都是巴比倫女人給他們做飯。

她對約拿說，尼尼微在天主的面前惡貫滿盈。往尼尼微城去，向他們宣告壞消息吧，這是天主雅威的話語臨到你頭上。你沒有選擇！

恨從聲音裡消失，剩下的是聖潔與威嚴，唯獨缺少了喜樂。女人替他傳遞希伯來天主的話語，約拿不是酒鬼飯桶，是一個預備成為偉大的先知的人吶，他能分辨出上天的使命。上天揀選先知，大多是為了完成一個莊重的使命。約拿沉默下來。他得好好想一想。

女人在約拿吃飯時，講起閒話，無非是亞述軍隊掃蕩巴比倫村莊，男孩女孩被活活燒成焦炭，被釘在尖樁上，剝皮，剜眼，剁手，剁腳，那些小手小腳在地上跳。

心驚肉跳的慘事，她一說就說個沒完。陶匠吃不下飯，為這飯食多收女人的錢而惶恐，也為自己是亞述人而羞愧。

陶匠的心頭和腹下統統冷卻下來，對巴比倫女人的欲望，如同爐火熄滅得無影無蹤，他至今都不曉得女人叫什麼名字。這有什麼關係，南方老酒鬼說得對，就算她救過他性命，就算她是某個神差派來的，她仍然改不了她的身分，她還是一個巴比倫國的聖妓，聖妓就是好聽些罷了，同尼尼微城裡的那些下賤的廟妓有什麼分別。陶匠可是亞述國偉大子民。

轉輪停下，陶坯上出現一道細微如蚊腳的裂紋，是沒有揀盡的砂粒。

陶匠不得不加一道工序，用木片拍打加固。

4

亞述王梳著最時髦的螺旋卷長髮，不止追求物質享受，他還對國內最有學識的那個人下令說，只要我國沒有的書，統統給我找來。亞述要成為天下知識學問的中心。

那個奉命搜羅所有亞述沒有的泥版的人就是圖書館館長，他記下神魚的到來，因為他正好在西岸神殿裡喝酒寫詩宴樂。在祭司們逃生的當口，館長抱著無頭的神像堅持留下，好奇心超過了驚慌和恐懼，起初，他弄不清是什麼生物，當時人一概稱之為河怪海妖，但館長有學識，他斷定是一條赤鱗大魚，非常巨大，比神殿的柱子還長，魚頭高度超過了被水卷走的亞撮神像的腦袋。大魚咔扭動十數丈的身軀，魚鰭翻出渾濁的水面，寒光淩冽如同鑌鐵大戟，嘴巴一開一合，好像在歌唱，也像在講話。館長覺得這是神差派來的。

洪水退去後，神殿臺階上躺著那個昏迷的人就是約拿。他被一個黑袍女人救下，女人用外國口音對館長說，是創造天地的天主雅威派神魚給尼尼微送來一位希伯來先知。

尼尼微全城瘋了，人人爭相傳揚，百姓在驚恐中欣喜萬分。

館長有素養，也有遠見，他憂傷萬分。天災往往是人禍。只是無知小民往往把天災當作偶然。所有的偶然裡面蘊藏著必然。如果約拿不是神人，就是瘋子。神人與瘋子之間也就一步之遙。館長對住在陶匠作坊裡的約拿調查後，發現那老頭不簡單。而這場洪水也不簡單。可怕的瘟疫，必在洪水過後悄然來臨，尼尼微已經大禍臨頭，全城勢將惡臭彌漫，瘟疫也許是壓在尼尼微身上的最後一根稻草。

亞述王也沒有錯過目睹洪水大軍如何圍攻偉大之城，為此心絞痛發作。

他問左右，大魚是凶兆嗎？

大祭司誠惶誠恐，他說夜觀天象，當屬吉兆，坊間說神魚送來了一位希伯來神人，叫做約拿。那個南方蠻子身體康復後，走出陶器作坊，擺渡到東岸，在城裡到處走，到處造謠：要不了四十天，尼尼微必全城覆滅。百姓們驚疑，覺得上當受騙，他們救了約拿，可那個老頭竟然造謠生事，咒詛全城。當銅鈸鏈懸鈴木城門打開，裝載糧食和油的驢車隊、過往人流都像見到瘟神似的給他讓路。老頭走了一整天，喊了一整天，嗓子啞了，眼睛冒火星。尼尼微人中有的氣憤激動不已，領著小孩拿石塊打他，老頭子頭破血流，四處逃竄，差點被砸死，卻被一些身披麻衣的人救下。更多的麻衣人出現在街頭。麻衣人異口同聲說親眼見證一條紅光閃閃的神魚口裡吐出來一個皮膚、頭髮和衣服漂白如雪的人，就是老頭約拿。約拿是神人。凡是神人說的必是真話。

大祭司講完，侍衛長冷笑，抽出半截彎刀，對王說擊殺那個裝神弄鬼的外國人，拿首級祭神。亞述王沒有贊成，也沒有反對。他的目光比刀鋒寒冷。

侍衛長持刀走出殿門，還未集合手下，卻被迎面趕來的圖書館館長硬生生拽了回來。

亞述王面白如紙，手一抖動，打碎了盛酒的玉杯。

侍衛長回來，被大祭司按住，只好收刀聽館長的長篇研究，把約拿的來歷一一道來。

館長說約拿在往他施的船上遇見風暴落海，沒有變成死鴿子，反而復活重生。亞述圖書館浩瀚如海的泥版文書記載了美索不達米亞古史，也留下了《約拿傳》，記載秉承館長的考證，說約拿被一條大魚吞了，在魚腹中三日三夜，被大魚吐在了底格裡斯河西岸。這不是一個走運的瘋子，洪水、日食、瘟疫、大魚無一不是天兆。天譴已經臨頭。別再相信什麼人定勝天。

眼下，人人都開始明白，尼尼微城的邪惡驚動了天神，眼下正在劫難逃。

大祭司火速派人請約拿上山入宮。

亞述王宮破天荒建在山頂，稱為「舉世無雙宮」。為建造這榮耀的豐碑，從土耳其、波斯、巴比倫不惜引進大批能工巧匠，運來數不清的香柏木、象牙、金銀以及黃白兩色石灰岩。空中花園的供水系統曾令王絞盡腦汁，水井、滑輪、吊桶等先進組合設施建成了世上第一座帶淋浴帶通風的浴室，冬天還有帶腳輪的移動火爐供暖。

宮門上銘文足以讓第一次覲見王的人暈厥：

將仇敵的屍體堆滿山谷，直達穀巔
斫去仇敵的頭顱，妝飾城牆
把他們的房屋付之一炬
將人皮剝下，包覆城門
我把敵人釘在牆上，砍碎
將他們活活砌在城牆裡。

亞述王的慈祥面容截然不同於冷酷的銘文，他的開場白是：老夫子，在我亞述國土上怎能受如此清寒……

約拿說，沒有的事，我在哪裡都不清寒。

亞述王打量約拿白慘慘的破衣爛衫。

約拿束緊腰間的麻繩說，常年行走江湖，用不著好衣裳。

直等到約拿走後，亞述王一言不發，披上麻衣，坐在爐灰中，想著約拿對尼尼微簡單粗暴的詛咒，他感到無比恐懼後怕，他的良心在發抖，他試圖向希伯來的天主禁食禱告。

之後，他如釋重負，重新容光煥發，下令全城老幼並牛羊牲畜統統禁食禁水，披麻向希伯來人的神禱告，離棄邪惡，杜絕殘暴，懇求那創造天地的上主憐憫，祈求他回轉心意。讓洪水退去，瘟疫不見，讓山頂宮殿和尼尼微城倖免於先知所說的大毀滅。

5

世上最偉大的城在洪水瘟疫面前屈服，約拿看著十分稱心。

看這得意洋洋的大城遭受天譴吧！大國崛起，她那麼不可一世，自以為誰也不如我強；如今就要成廢墟，成沙漠，成野獸的聚集地。無論誰經過這裡都會嗤之以鼻。沙漠灼熱難耐，獅子四處覓食；瘟疫肆虐橫行；在尼尼微過日子還不如落入大魚的肚子……

可是，約拿離開王宮，才過了一天，尼尼微城突然間煥發了新顏。

百姓喜極而泣，恍如隔世。到處奔走相傳，全城得救了。災難的腳蹤不見了，神廟廢墟上石塊亮得晃眼，連日光也是新生的，搖晃翻滾，沾著露珠，全城面目比之前還氣派。洪水氾濫，沖刷出更廣闊的平原，大水退去，兩岸土地更加豐美肥沃。瘟疫也平息了。

城裡人就是在喜出望外的時候，發現了大魚送來的神人變成了一個怪物，白天，他像一個慘白的鬼魂，遊蕩在城市的死角；夜裡，他的身體像一個飛舞的燈籠，籠罩著一層美麗神祕的白色光暈。日日夜夜，這個怪物彷佛一種新瘟疫，死死地纏住了尼尼微城。

但是，圖書館館長說那是希伯來聖卷所說的世界之光，他來為著要照亮這世界。百姓們迷惑不解。那個老頭不是一直在詆毀偉大之城的聲譽嗎？

侍衛長去找大祭司，大祭司正氣得吃不下飯，他不斷嘮叨說，榮耀之光是屬於尼尼微大城的，不容一個居心叵測的外國人抹黑！

文武百官騷動不安，不少人也覺得那個南方來的神人剝奪了他們戰勝災難的榮譽，他們像母雞那樣圍著亞述王，嘰嘰喳喳，亞述王是英明的王，他不信讒言，他越來越覺得只有大祭司那樣忠言逆耳者才是愛國者。他也越來越覺得自己以前披麻悔改無聊至極，純屬受奸人蒙蔽。一個偉大的國家有些小問題小毛病值得一個外國人來批評咒詛嗎？顯然，他上了當，中了外國間諜的詭計。

連亞述王也一刻不想見到約拿留在偉大之城了，他悄悄召來大祭司和侍衛長，商討如何讓神人體面地離開。畢竟他曾經接見過約拿，面子上過不去。

侍衛長拍著胸膛，還是想派出刺客快刀斬亂麻，但大祭司連連擺手，說這樣的事王不宜出面，還是讓尼尼微城的人民去做他們想做的事吧。

人民，是這樣一種人，眼睛是雪亮的，但總是看不清楚，當你想做些無恥勾當卻苦於找不到藉口或者工具的時候，人民就該出現了。亞述王不禁大為寬慰，其智囊團對付災難不免無知無能，縮手縮腳，但對付人民卻總是計出百端，棋高一著。

偉大之城的人民就是這樣，開始跟隨王歡迎神人，現在跟隨王厭惡神人，約拿像白布上的一個汙斑，或者一種在城裡到處流傳的新瘟疫，時不時提醒他們：你們不久前曾經肆意行惡，面臨滅絕。

在一個風雨之夜，曾經瘋狂追隨約拿的百姓中，跳出來一些勇敢的人，他們自告奮勇，一擁而上，手忙腳亂，把這個讓全城難堪的閃閃放光之人打暈了，裝入一個橡木桶內，釘上蓋子，扔到了城外。

約拿醒來後，已經在一個混沌不明的桶內世界，他又抓又頂，指甲都斷了，始終不能自己解救自己。

他聽見風雨停止，聽到水聲，猜測又回到了城外河畔大魚來的地方。

這難道是定數？

死亡到來了嗎？

天主雅威在哪裡？

天主為何總是在最需要他的時候隱藏他的面容呢？

死是怎麼一回事，他知道，長著大戟般胸鰭的大魚肚子裡宛如一條漫長無邊的黝黑隧道，盡頭卻是一間充滿了愛的屋子，天更藍，葉更綠，鳥鳴蟲吟更動聽，哪怕一滴水，一粒砂子，一顆塵土都放大無窮倍，以更完美的姿態呈現一個個小世界，有沒有更完美，他不在乎，他只要那種全然無懼、全然放鬆、放心、放棄的一瞬間，也許那種情景就是永生，知曉了永生奧秘的人不能回來，也不願回來。

不知過了多久，一雙靈巧有力的手敲敲打打，弄開了蓋子，約拿連滾帶爬出來，擦去臉頰上的血跡，他渾身顫抖，手腳麻痹。是天主差遣那個陶匠救了他，他看得真切。

陶匠把他接回了作坊，臉上充滿憐憫。

河岸高坡上堆滿了碎陶片，太陽一出來，光閃閃像座金山。

約拿跪下禱告：天主滿有恩典憐憫，不輕易動怒，有豐盛的慈愛，您改變心意，不降災給尼尼微，所以我不得不逃避您，卻無處可避，還不如直接取了我的性命吧！

陶匠說，這樣生氣合適嗎？難道能向你的天主動怒，威脅他？

陶匠在河岸挑選陶土，始終洪水、日食、瘟疫都無關的樣子，即使全城人民都變成謀殺犯，也與他無關，他也不會生一點點氣。

可是，尼尼微城悔改後卻恩將仇報殺我約拿，天主為什麼要赦免這樣的邪惡之城？約拿用手指戳著對陶匠說，你這人，一輩子有沒有生過一次氣？

約拿的憤怒不可遏制。陶匠說的卻聽上去全是風涼話，即便對方於他有兩次救命之恩，仍然是一個沒有知識、沒有頭腦、沒有膽量的小民。約拿忽然非常想念那個黑袍女人，黑頭巾下面那張年輕緋紅的俏臉。他想著，眼睛開始搜尋四周。

她早走了。別生氣，陶匠出奇的冷靜，只是說，一個巴比倫的聖妓。

約拿的心裡一下子被抽得空空的，天主一直在他心中，但裡面還是空空的，好像永遠地少了什麼。女人莫非比天主還重要，他一想到此，就懊悔起來。

巴比倫女人長得如此美麗，如果不是凡人，就很可能是一個神廟的聖妓。約拿撓著頭皮想自己多笨，竟然看不出來那是一個聖妓。早聽說許多巴國女子頭戴花冠，群集于阿芙洛提神廟，衣香鬢影，絡繹不絕，委身於陌生的異國男子，收到金錢不拘多少，一律對神交帳。

約拿不願來尼尼微城，但既然來了，就不能輕易走了。

約拿罰自己去幹活。他決心等著主兌現諾言。只有幹活，才不去想女人和酒，不去抱怨命運不公。

他用陶匠的工具，花了一整天為自己搭了一座棚，坐在棚下，要看看那城究竟如何擺脫災難，天天向上，卻被毒日頭曬了個半死，眼看邪惡之城居然經歷神跡，煥然一新，他氣了個半死。

尼尼微大城至今還是巍然不動，上主大能的手居然放過了十惡不赦的尼尼微，上主自己定下的命運之輪居然不轉了。如今，尼尼微這些外邦人都認為約拿是騙子，大魚肚子裡出來的聖人變成了騙子，天主永遠做一個老好人，不是嗎。約拿變成了一個假先知，按祖宗摩西定的律法該當被石頭砸死，早該被砸死了。到尼尼微沒幾天，天主就失信變了心意。從前的先知們說天主永不改變。原來也是假話。為這事約拿暗中發怒：天主啊，我在本國的時候，難道不是這樣說嗎？我知道你是有恩典，有憐憫的神，不輕易發怒，有豐盛的慈愛，天主啊，求您取我的命吧。我死了比活著好……

第二天醒來，涼風習習，一棵綠油油的蓖麻從土裡生長出來，杆子高過他的頭，開出了談黃色的小花，影子蓋住他，再也不用曝曬，約拿笑了，開心得失眠。

第三天黎明，他被薄寒凍醒，抹去臉上露珠和蛛網，晨曦裡的蓖麻微微搖晃，枯槁敗落，變成一株黃葉飄飛的廢物。他咬牙切齒，翻動葉片，找到一條吃撐了的蟲子，惡狠狠一腳踩死了蟲子。

日頭出來，東風炎炎，再無蔭涼，天空是奇異的血紅色，空氣灰黑灼熱，散發著山火的焦味，約拿頭痛到幾乎要燒裂，他長籲短歎，眯著眼，朝著烈日呼喊：生不如死呀不如死……

陶匠聽見老頭的慘叫，停下活計，走出作坊，來到約拿的棚前，明白原委，他用最和緩的方式對約拿說，先生為棵蓖麻發怒，有必要嗎？

約拿說，不要救我，我恨不得立刻氣死。有酒嗎？

連酒也沒有。蓖麻一夜枯亡。人生苦短的隱喻。去死不是要脅，他是真想死。他差點在尼尼微城裡被人揍死，在海裡淹死，在大魚肚子裡哭死，他死了好多次，只因為他不願意講那句咒語式的壞消息：要不了四十天，尼尼微必全城覆滅。這豈止是咒詛，這是定數。壞消息，壞話，總得要有人講，天主說，就是你約拿。真相就是，神揀選就是厄運臨頭。你是倒楣蛋約拿，死了好多遍的希伯來先知。一旦走上去尼尼微的路，就走上了掙扎之路。神的眷顧裡充滿了血和淚。

陶匠突然像是懂了約拿，他變得伶牙俐齒起來：蓖麻不是你種的，也不是你養的。一夜榮，一夜枯，你尚且愛惜。何況這尼尼微大城中不能分辨左手右手的有十二萬多人，還有許多牲畜。天主難道會不愛惜？

憤怒源於絕望，而絕望是出於愛，對祖國以色列極度的愛導致對尼尼微極度的恨，而天主藉著陶匠之口說，愛為什麼不能延伸到仇敵尼尼微，天主也愛尼尼微。可天主為何不明白主是約拿的主、以色列的主，與尼尼微何干，尼尼微若能蒙恩澤，約拿豈非成為一個說假話的先知，天主偏愛歪曲悖逆的亞述人，卻以犧牲他約拿的聲譽，乃至性命為代價。

陶匠離開前對他說，城內十二萬人不能分清黑白是非，對天主來說，不是比你一個人更重要？

聽上去多像天主的自我辯護，約拿沖著陶匠的背影大喊說，可我是一個分清黑白的義人吶。我重信守諾，天主怎能背信棄義？

約拿發燒七天七夜。

他沒有走出不能遮風避雨的棚，也拒絕搬回陶器作坊。陶匠除了端飯送水以外，也沒有在棚裡逗留，村子裡的人更是躲得遠遠的，好像約拿得的是瘟疫。

等到約拿能夠再次走出來的時候，他什麼人都沒見著，只看到樹上、地上、薊草上都布滿了風的鞭印，雨的淚痕。

一小片嫩綠色在微微招手。

那棵蓖麻的枯萎莖稈如同大地支柱，發出了一片綠葉。無論生命如何短暫，如何微小，都開啟了新生命的綠色脈絡。

約拿摘下那一小片綠葉，貼在焦灼的唇上，坐在雨後的涼爽裡，看著河岸碼頭上堆起出窯的新陶罐。

約拿的心靈至此才鬆弛下來，身體漸漸恢復生機。

後來，有人說看見那個南方老頭騎在一條大魚背上離開。當然，這是傳說罷了。陶匠年紀不大，但見多識廣，他聽見了，笑笑而已。

沒人提及那個巴比倫女人，多數人都不會記住一個蒙面的廟妓。陶匠為修復皇宮服役，順便告訴圖書館長那個糟老頭約拿回南方去了。館長不免捶胸，長籲短歎，說斯人已乘黃鶴去。

約拿的確啟程回國了。

陶匠和圖書館館長並不知道的事記載在此。約拿沒有到海邊搭船，而是取陸路經大馬士革返鄉。途中，下起了大雪，雪絨花裹纏著雪絨花，從山地飄落。

在一個小村避雪，村頭會堂門前，無花果樹下圍著一圈人，他覺得眼熟，他拄著手杖，擠進人群，立刻心頭狂跳。他認出那個裹著黑袍黑頭巾的巴比倫女人。一個絡腮胡男人像個耍賴的小孩坐在地上，一顆接一顆吃沙棗，拚命搖頭說不去不去。女人苦苦勸說絡腮胡。

約拿聽見那些最熟悉不過的話：去尼尼微，你無可逃避。天主揀選了你，去吧，把壞消息傳遞給尼尼微……

約拿故意走到女人面前，看她能不能認出他來，女人瞪他一眼說，到尼尼微去，這是天主的話語臨到你頭上。

她看上去不像一個廟妓，就像一個瘋子。她是一開始就不正常，還是後來發了瘋，約拿不知道。他不想知道。他累了。

雪停了。他只想知道自己是不是救下了尼尼微城。

但是，他也知道那是妄念，其實，全與他無關，那是天主的事，全然是天主的恩惠之舉。然而，他竟然無比喜悅，得了莫名的安慰。在聖潔中的安慰，不是什麼做給人前看的道學，而只是一種簡簡單單的領悟。

聖潔看不清聽不見，也理不清道不明，卻又明明可以摸到感覺到，無可推諉的某種不存在，把他與周圍的萬物都區分開來。

一種簡簡單單的快樂。

他大口地呼吸著雪花呼出來的氣息，離家鄉不遠了。

在一個眨眼間的時刻，他嗅出了牧羊人和羊群身上的濃烈味道。

雪花把這個時刻融解了。

他把自己也融進這天地間白茫茫的不存在之中，便與一切均脫離，聖的境界進入他的內心。

他居然不想喝酒了，也不想女人了。

約拿連頭裹著大袍，倚著杖，靠在小飯館一隻倒扣的橡木酒桶上，瞳仁裡飛過前方加利利的高山，鬍鬚上結滿了霜華。

他坐著一動不動，不知有多久，雪晴後現出的日頭使他眩暈。

路中間，幾道黑乎乎的雪水開始流淌，白色霧氣在蒸騰；陽光好得很，幾隻甲蟲招來了更多的同伴，嗡嗡振動的透明翅膀纏著一顆顆塵粒在上升，宛如一個個羞澀纖細的靈魂在舞蹈。

喜樂滲入腕上每一次細微至極的脈搏振動。

他無聲地祈禱，聽見心裡的喜樂劃擦著金屬銳音，彷彿鴿子翅膀，覆蓋雪野。

身體彷彿一個白色燈籠，微微顫動；聖潔的光暈在神祕中，漸漸膨脹。

寫於2019年6月墨爾本冬季

都市里的山歌《水蜘蛛的最後一個夏天》後記

沈志敏
澳洲作家

武陵驛的小說集《水蜘蛛的最後一個夏天》別具一格，卻看他的佈局，七篇中短篇小說，從禮拜一到禮拜天。「禮拜」的稱呼似乎是從十裡洋場上傳承下來的，成為上海人的口訣。那個時候，上海不僅僅是在中國，而且是東方最大的一個都市。其實，這不僅僅是上海人對於一個星期的稱呼，追根尋源，可以找到西方基督教的禮儀，甚至追溯到舊約裡所描繪上帝創世紀的七天時光。禮拜天，上帝完成了地球上的各種工作，根據基督教的習俗，則是讓人們休息去教堂做禮拜的日子。而地球上的人們，現在也已經接受了每週七天的觀念。

也許，可以從禮拜天最後一個短篇「往尼尼微去」說起（其中禮拜四的那個短篇《黃金海岸的巫女》也提到了這個幻覺中的尼尼微）。其實，所謂西方的基督教並不是起源與西方歐洲地域，而是在地中海周圍的西亞地域。「尼尼微」作為一個大城被記載在古老基督教故事裡，據說比古代世界聞名遐邇的巴比倫城面積還大，是亞述帝國的皇城，古語說：「請光臨亞攝神的偉大之城」。

自古以來，無論西方還是東方，城市的產生和發展是建立在散居的人群越來越集中的場景上，他們為了某種利益和原因集合到了一起，其中一個很重要的因素就是商業交換，這個城市的功能從古至今沒有多大變化。由此我們可以清晰地觀察到，城市是人類社會發展中的一個集智慧和技巧，理想和陰謀等多種功能的產物，又宛如一台精密而又錯綜複雜的大機器，人似乎把自己當作原料，製作成為一種越來越高級的生物體。和自然純樸的鄉村比較，都市人的生活變化無常，甚至大起大落；人的情感在這架都市機器的傾軋中也變得越來越複雜，甚至充滿詭異。也許可以這樣說：城市是人類創造出的一個胎兒，或者說是一頭怪獸，既神奇健康，生機勃勃，又帶來無可奈何的罪惡。

卻看武陵驛君從禮拜一到禮拜天的七篇小說，都是以城市生活的各個層面為內容，「商業」元素經常圍繞在這些人物周圍。

禮拜一，《拉鍊男女》，你我他三種稱謂其實是同一個人，一個人在外表形象和內心活動之間的拉鋸，是真相和和假像之間的矛盾糾纏，而他和外部社會的關係，就如故事中所議：「在這個社會裡，好多人活著活著，就活成了拉鍊關係。辛西婭和我，孫望和李希，全是拉鍊關係，合上嚴絲密縫，因為有拉力才分開，拉力過大，或者反著拉，就拉不上了，拉鍊壞了。」而在他們之間情愛或商務活動中，都有這條拉鍊的影子。最後在這條「拉鍊」的品質紛爭裡，竟然埋藏著一個商業欺騙的地雷。

禮拜二，《如果黑洞不存在》，一個喜歡藝術的商人，一個做生意不成的藝術家，還有萬貫家產的何老闆和日本商人等，他們都圍繞在一個自稱為從黑洞裡來的漂亮女孩的身邊，他們的生意・藝術・情愛等都像幽靈般在黑洞周圍遊蕩，是否會被即刻吸入黑洞，而欲望本身也恰似一個黑洞。幾十年後，而這一切又殘存在人生記憶的黑洞中。真有黑洞嗎？大科學家霍金死了，卻留下了一個似是而非的「黑洞」理論。東方佛教的「空」和西方科學的「黑洞」是不是處於同一維度之上呢？

禮拜三，《開香堂》，敘述上個世紀三四十年代遠景式的故事。上海灘淪陷時期，幾個少年在這個畸形的都市社會的籠罩下，也存在著一種偏離正道的追求。白道黑道，從古代社會的義結金蘭到現代黑社會在都市分割勢力範圍，期間有一種精神傳承，而在城市青少年的心理中，「開香堂」的大佬成為人五人六的羡慕的對象。

同時，崇拜英雄的情結也會在少年心田中萌發，和抗日特工的出生入死糾纏在一起，說不盡的甜酸苦辣，升化為義薄雲天的舉動。就如同作者所敘述的：「這座城市身體深處生命的聲音如鳥雀啾啾，微小卻鮮活，遠處樓宇的輪廓漸漸清晰，如同一架巨大而綿延的橋樑……」

禮拜四，《黃金海岸的巫女》，則把場景拉到海外，拉到了西方移民世界的一個大島——澳大利亞。當代科學發展產生越來越多不確定意念，特別是在現代人的心理之中。一個老師，應該是理性教育的工作者，可在馬老師的潛意識中，經常陷於和外星人遭遇的夢幻感覺之中。他糊裡糊塗地去參加黃金海岸的「神水年度發佈會」，又和一個行銷「愛麗絲神水」的高手愛梅彼此產生了一種特殊的感情，而當代巫女愛梅也有一段奇異的經歷。兩人相遇相知，用科學觀念來解釋巫術似乎就成為了一種可能。然而，在真實世界的地圖上，卻無法找到那個「尼尼微車站」。

最後那個馬藝說：「我就是尼尼微站的一部分，不，尼尼微站是我生命的一部分，比如那個量子糾纏，我們就這樣永遠糾纏下去。即使我們彼此相隔十幾重維度，幾十個宇宙，我們仍然能彼此感應，彼此糾纏。」

禮拜五，《水蜘蛛的最後一個夏天》，上海外貿公司接到一個美國大訂單，派遣一個出差人員去潮汕地區，尋找一家鄉鎮地區生產廠家。背景圖案讓人們看到一個由都市化主導的商務和生產的循環圈。而在這個圈的背後更深藏著一個人類肉體欲望和精神情感織成的迷圈。在陰差陽錯中，喬賓遇到了一個從鄉村來的女孩，由憐愛而產生的情愛，從若有若無的感覺到如饑似渴的念想，最後幻化成「那個在水邊蘆花中迎風的側臉，飄揚的髮絲，光在水面蕩漾，看不清面容的女孩子，不是生產線上機械運動著的某個標準化人體部件，她是一隻在山崖上追逐春風的小羊——是一隻在水面行走的水蜘蛛。」這段人類靈魂深處的情感刻畫得惟妙惟肖，其中暗含著由於城鄉落差和貧富差異等現代社會無可奈何的淒美悲劇因素。

禮拜六，《與玫瑰練習對話》的場景從上海轉移到南半球的悉尼，一段婚姻由盛到衰，也在這兩個城市中展開。安琦的思緒經常跳躍在外公外婆和父母分崩離析的婚姻往事中，還有從上海的老克臘到今天越看越不順眼的丈夫湯姆，女兒則被夫妻倆培養成一個女權與環保的素食者，新時代不需要婚姻的另類。而關心她的女老闆，那個房地產公司的單身女強人更像一把煽風點火的扇子。人還是那個人，究竟是什麼因素需要她和他離婚呢？如果說玫瑰象徵著愛情，那麼愛情之花的呵護，需要澆水剪枝，精心培植。也許，傳統社會的泥土更有利於鮮花樹木的自然成長。而現代都市的婚姻，猶如玫瑰花種植在乾燥泥土之中，缺乏自然風雨的滋潤，花瓣上不得不出現越來越多可恨的黑斑，最後，葉枯花謝。

禮拜天，又回歸到《往尼尼微去》，這篇從聖經故事翻版的小說並不複雜，卻含義深遠。每位讀者都可以有自己的解讀。

尼尼微是數千年前的人類文明的搖籃兩河流域發展起來的大城，人們只能從傳說中遙看它的幻景。當年底格裡斯河畔有一個女人說，「尼微城的惡直達天主面前」。在歷史長河中，有許多城市生長壯大而又走向毀滅，然後，被上帝之手從大地上抹去，因為只有上帝才能看清楚人們的每一項惡行，而人類自己無法看清那些謎底。

今天，在這個地球上已經生長起無數個城市，城市化過程成為引領這群智慧生物體的標杆。樓房越建越高，當代的高樓大廈越來越像都市里的大山，千百座高樓形成了山林，而每一扇窗戶裡似乎都在演繹不平凡的故事。武陵驛的小說，則是對都市各個側面的描繪，猶如都市山林裡男女演唱出來的山歌。農耕社會的山歌純樸自然，而城市裡的山歌則夾雜著更多奇異聲調，現代審美觀念不願意和寧靜守舊的傳統配對。

在寫作技巧方面，作者仍在不斷探索，採用了元小說和非現實主義在內的一些後現代技術，天馬行空的穿越，意識流動的轉換，特別突出的是象徵手法的運用，如拉鍊，黑洞，水蜘蛛和玫瑰花等等。雖然讀來有些費勁，但細細嚼之，還是頗有味道的。同時，他還採納了許多當代元素，如科技元素，商業元素等，這也和小說意境相貼切。當然，由於作者的人生經歷，一個個玻璃珠般的宗教元素若隱若現，潛伏在故事的底蘊之中

國家圖書館出版品預行編目

水蜘蛛的最後一個夏天 / 武陵驛著. -- 臺北市：
致出版, 2020.03
面； 公分
ISBN 978-986-98410-8-5(平裝)

857.63 109002243

水蜘蛛的最後一個夏天

作　　者／武陵驛
封面內頁插圖／黃信寧（澳洲）
出版策劃／致出版
製作銷售／秀威資訊科技股份有限公司
114 台北市內湖區瑞光路76巷69號2樓
電話：+886-2-2796-3638
傳真：+886-2-2796-1377
網路訂購／秀威書店：https://store.showwe.tw
博客來網路書店：http://www.books.com.tw
三民網路書店：http://www.m.sanmin.com.tw
金石堂網路書店：http://www.kingstone.com.tw
讀冊生活：http://www.taaze.tw

出版日期／2020年3月
定　　價／380元